SABINE TRINKAUS

Schnapsleiche

WO IST WALTER? Aufregung ist so ziemlich das Letzte, was Britta in ihrem Leben vermisst. Sie schätzt den ruhigen Alltag als hauseigene Physiotherapeutin der Bonner Schnapsfabrikantenfamilie Hutschendorf. Als ihr Arbeitgeber Walter Hutschendorf verschwindet, geraten die Dinge allerdings aus dem Lot. Seine Gattin Chantal, Tochter Lucia und Walters Mutter, die streitbare Matriarchin Agathe, vermissen den Verschwundenen schmerzlich. Da die Polizei die Sache aber nicht sonderlich ernst zu nehmen scheint, beauftragen die drei unabhängig voneinander Britta mit der Suche. Unterstützt von der trinkfesten rheinischen Frohnatur Margot nimmt sie die Ermittlungen auf und kommt schnell dahinter, dass ihre Auftraggeberinnen nicht die ganze Wahrheit sagen. Schritt für Schritt folgen sie der Spur, die in die Vergangenheit führt und kommen dem dunklen Familiengeheimnis gefährlich nahe.

© privat

Sabine Trinkaus wuchs im hohen Norden hinter einem Deich auf. Zum Studium verschlug es sie ins Rheinland, wo sie nach internationalen Lehr- und Wanderjahren sesshaft und heimisch wurde. Heute lebt sie in Alfter bei Bonn.

SABINE TRINKAUS

Schnapsleiche

KRIMINALROMAN

GMEINER

Immer informiert

Spannung pur – mit unserem Newsletter informieren wir Sie
regelmäßig über Wissenswertes aus unserer Bücherwelt.

Gefällt mir!

Facebook: @Gmeiner.Verlag
Instagram: @gmeinerverlag
Twitter: @GmeinerVerlag

MIX
Papier aus verantwortungsvollen Quellen
FSC® C083411
FSC www.fsc.org

Besuchen Sie uns im Internet:
www.gmeiner-verlag.de

Im Ehnried 5, 88605 Meßkirch
Telefon 07575/2095-0
info@gmeiner-verlag.de

1. Neuausgabe 2022

Lektorat: René Stein
Herstellung: Mirjam Hecht
Umschlaggestaltung: U.O.R.G. Lutz Eberle, Stuttgart
unter Verwendung eines Fotos von: © New Africa / Shutterstock
Druck: CPI books GmbH, Leck
Printed in Germany
ISBN 978-3-8392-0191-6

Für Daniela, Heidi, Marita und El Bartel –
Danke fürs Rauschen!

PROLOG

Es war dunkel in der Halle. Er stand vor der Maschine und betrachtete die Knöpfe der Steuerung. Die Maschine war groß, größer, als er sie von zu Hause kannte.

Sein Onkel hatte so ein Gerät im Hof stehen gehabt. Als Kind hatte der Mann oft zugesehen, wenn Beeren oder anderes Obst körbeweise in den Trichter geschüttet wurden. Den Kindern hatte das gefallen, obwohl oder gerade weil warnende Tanten und Mütter ständig keiften, dass sie weg bleiben sollten von dem Ding. Weil es gefährlich war.

»Verdammt gefährlich«, sagte er leise zu der Leiche, die er mit Müh und Not kopfüber in den Trichter gesteckt hatte. Er war noch immer außer Atem. Der Mann war mindestens einen Kopf größer als er und schien eine Tonne zu wiegen. Ein ganzer Kerl war das gewesen. Jedenfalls bis vor wenigen Stunden. Stark, herrisch, befehlsgewohnt. So einen haute so schnell nichts um. Hätte man meinen können. »Aber unverhofft kommt oft«, murmelte der Mann, und die Worte hallten flüsternd von den Wänden der Halle wider. Ein Schauer lief ihm über den Rücken.

»Eine Leiche«, sprach er sich selbst Mut zu. »Eine ganz normale Leiche. Ein ganz gewöhnlicher Auftrag!« Jedenfalls theoretisch. Dass er bislang über keinerlei praktische Erfahrung auf diesem Gebiet verfügte, ging schließlich niemanden etwas an. Dass es von ihm aus gerne hätte so bleiben können noch viel weniger. Man konnte es sich eben nicht immer aussuchen im Leben. Darin unterschied sich sein Beruf nicht von anderen.

Der Hintern des Toten ragte aus dem Trichter. Unwürdig, dachte er, aber so ist das wohl. Wenn man tot ist, geht die Würde schnell flöten. Da konnten die Beerdigungsunternehmer noch so schöne Phrasen in ihre Prospekte schreiben.

»Du bist aber auch selbst schuld«, sagte er zu der Leiche, nicht vorwurfsvoll, eher erklärend. »Alles hast du gehabt. Aber du konntest den Hals ja nicht voll kriegen!« Er seufzte, schüttelte den Kopf. Seine Hand wanderte zum Kontrollpaneel. Ein Knopfdruck. Es war einfach. Nur ein Knopfdruck.

Er schloss die Augen, atmete kurz durch. Ausgesprochen unappetitlich fand er die Angelegenheit. Aber das war nicht der Zeitpunkt für Zimperlichkeiten.

Das dünne Stimmchen eines Vogels drang durch eines der gekippten Fenster. Es wurde schon hell, es wurde Zeit, die Sache zu Ende zu bringen.

Er blickte ein letztes Mal auf den Rücken der Leiche. Hob seine rechte Hand ein Stück. »Mach's gut, alter Mann!«, murmelte er leise und drückte dann auf den Knopf.

1

Die Sonne brannte vom Himmel. Britta saß am Rand des weitläufigen Pools, ließ ihre Füße in das kalte, klare Wasser baumeln und betrachtete versonnen die Schäfchenwolken, die sich träge über ihrem Kopf dahinschleppten. Vom Fluss hörte man das gleichmäßige Tuckern eines Schiffsmotors, gelegentlich drang das Läuten einer Fahrradklingel von der Rheinpromenade hinauf in den Park. Zu ihren Füßen durchpaddelte ein dicklicher Achtjähriger lustlos das Becken. Gelegentlich warf sie ihm einen aufmunternden Blick zu, von dem der Junge zwar nichts mitbekam, der Britta jedoch das Gefühl gab, einen guten Job zu machen. Denn so sehr der Eindruck sich aufdrängen mochte, Britta war nicht zu ihrem Vergnügen hier. Walter Hutschendorf, genauer Walter Drei, kurz: Klein Walter, wirkte zu Wasser und zu Lande auf den ersten Blick wie ein durchweg unspektakuläres Kind. Dieser Eindruck jedoch trog, denn Walter war es als jüngstem Spross der Familie Hutschendorf bestimmt, eines fernen Tages die Geschicke des familieneigenen Imperiums zu lenken. Um ihn auf diese Verantwortung vorzubereiten, ließ es seine Mutter, Lucia Hutschendorf, nicht an Förderung mangeln.

Daher gehörten zu Brittas Aufgaben nicht nur die Pflege des zum Anwesen gehörigen Pools und die Ermunterung der greisen Matriarchin Agathe zur Krankengymnastik, sondern eben auch Walters optimale körperliche Entwicklung zu garantieren und ihn zu entsprechender sportlicher Betätigung zu motivieren.

Britta hatte schon schlimmere Jobs gehabt. Und wesentlich schlechter bezahlte. Es lag ihr daher am Herzen, ihre Arbeitgeberin nicht zu enttäuschen.

Aus dem Augenwinkel nahm sie eine Gestalt wahr, die hektisch die gepflegte Rasenfläche zwischen Herrenhaus und Pool überquerte.

»Toll machst du das, Walter«, rief sie eilig, »ganz toll! Schöne ruhige Bewegungen! Das sieht doch schon ganz prima aus!«

Von dieser ebenso unerwarteten wie verlogenen Ansprache erschreckt, kam der Knabe aus dem Takt. Ein Schluck gechlorten Wassers schwappte in seinen geöffneten Mund und er begann, wild zu husten und um sich zu schlagen. Britta zögerte keine Sekunde. Sie hechtete in das kühle Wasser und zog den Jungen an den Beckenrand. Ihr tat leid, was sie da angerichtet hatte.

Lucia Hutschendorf schenkte weder Britta noch ihrem Sohn, der sich nur langsam von seiner Panikattacke erholte, die geringste Beachtung. Sie trat mit ihren Designerpumps hygienisch bedenklich nahe an den Rand des Pools, warf sich in die Brust und hob den Kopf gen Himmel. »Walter, Walter, komm sofort ins Haus!«, rief sie den Wolken entgegen. »Die Oma hat den Opa umgebracht!«

Man unterstellte Lucia nicht gänzlich zu Unrecht einen gewissen Hang zur Theatralik. Das erklärte, warum weder Walter noch Britta sich ob ihrer Aussage übermäßig schockiert zeigten. Als Britta dem Jungen, dessen Nerven sich mittlerweile beruhigt hatten, das weiße Handtuch reichte, las sie in seinem Blick nur pure Erleichterung, der nassen Gefahr entronnen zu sein.

Der kleine Walter war wasserscheu. Mehr noch, er hasste Schwimmen so wie jede andere körperliche Anstrengung mit der grimmigen Inbrunst des übergewichtigen Kindes. Zwischen ihm und Britta bestand allerdings ein stillschweigendes Einverständnis, diesen Umstand vor seiner Mutter geheim zu halten.

Gelangweilt tupfte er nun seine Speckröllchen trocken und griff nach seinem T-Shirt. Britta sah ihrem Schützling zu und dachte über das eben Gehörte nach. Dass der von Lucia als ›Oma‹ titulierten Person allerhand Ungutes unterstellt wurde, war nichts Neues. Angesichts der Ungeheuerlichkeit des erhobenen Vorwurfs kam Britta jedoch nicht umhin, einen Hauch von Sensation zu verspüren. Neurotisches Verhalten seitens ihrer Arbeitgeber war eine Sache. Mord und Totschlag eine gänzlich andere.

Die Firma Hutschendorf stellte Schnaps her und befand sich in der vierten Generation im Familienbesitz. Der alte Hutschendorf, der Erste Walter, wie der geschäftstüchtige Urahn allgemein genannt wurde, hatte einst die kleine Schwarzbrennerei seines Vaters übernommen und sich zum erfolgreichen Unternehmer hochgearbeitet. Da Schnaps eine krisensichere Sache war, hatte das Unternehmen Wirtschaftskrisen, Weltkriege, Gewerkschaften und ähnliche Unannehmlichkeiten mehr oder weniger schadlos überstanden und florierte über die Jahre und Generationen. Familie Hutschendorf bewohnte ein Anwesen am Rheinufer im Godesberger Villenviertel, das der Erste Walter kurz vor dem zweiten Weltkrieg einer verarmten Adelssippe abgeluchst hatte. Traditionell lebten die Generationen unter einem Dach, ein Arrangement, das dem unbeteiligten Beobachter zuweilen unsinnig, wenn nicht gar masochistisch erscheinen mochte, an dem aber nicht gerüttelt wurde. Lucia bewohnte mit dem Kleinen Walter den ersten Stock des Hauptflügels. Im zweiten Stock, hoch über den Dingen, logierte Agathe, die Wert darauf legte, von ihrem Fenster aus einen Blick über das Anwesen und den Rhein zu haben.

Im Erdgeschoss des Gebäudes befand sich neben der geräumigen Küche und dem Speisezimmer noch der Salon, in dem Besucher bewirtet wurden. Die ehemaligen Stallungen, die sich an das Haupthaus anschlossen, gewährten Lucias Vater, Walter Zwo, seit ihrem Umbau Obdach.

Britta lebte mit ihrer Kollegin Margot, einer ganzheitlichen und diplomierten Ernährungswissenschaftlerin, die als Hausdame fungierte, die allgemeine Ordnung und Sauberkeit überwachte und dafür sorgte, dass das abendliche Mahl der Familie reich an Ballaststoffen und positiver Energie war, im sogenannten Gärtnerhaus, das am Rand des Anwesens stand. Britta befand sich im Zustand mittlerer Ratlosigkeit, als sie die knarrende Tür des verwitterten Gartenzauns öffnete, der ihr kleines Reich gegen das parkähnliche Grundstück abgrenzte. Entgegen ihrer sonstigen Gewohnheit verschwendete sie keinen Blick auf die von ihr so hingebungsvoll gepflegten Kräuter- und Blumenbeete, sondern schritt zielstrebig in Richtung Terrasse. Nachdem Lucia den Kleinen Walter mit sich ins Haus gezerrt hatte, war sie, unschlüssig, was von ihr erwartet wurde, noch eine Weile am Pool sitzen geblieben und hatte sich von der Sonne trocknen lassen, bevor sie es wagte, ihren Dienstort zu verlassen, um ihrer Freundin und Mitbewohnerin von den unerhörten Geschehnissen zu berichten.

Margot lag in ihrem Leopardenmusterbikini auf einem Liegestuhl in der Sonne. Sie nutzte ihre freien Stunden gerne dazu, ihre bereits ledrige Haut in der Sonne zu gerben, und schätzte es in der Regel gar nicht, in diesem meditativen Zustand gestört zu werden. Darauf konnte Britta in diesem Moment jedoch keine Rücksicht nehmen.

Sie hielt sich nicht lange mit Vorreden auf. »Die Oma hat den Opa umgebracht!«

Margot richtete sich im Liegestuhl auf. »Herrgott! Bist du von allen guten Geistern verlassen? Du hast mir einen Höllenschreck eingejagt.« Sie schob die Sonnenbrille in die blondierte und toupierte Haarmähne und warf Britta einen vorwurfsvollen Blick zu.

»Die Oma hat den Opa umgebracht«, wiederholte diese in der Hoffnung, dass die Neuigkeit angemessene Beachtung fand.

»Ich habe dir tausendmal gesagt, du sollst dir was auf den Kopf setzen, wenn du in der Mittagshitze am Pool bist«, tadelte Margot. »Du solltest überhaupt mittags nicht am Pool sein bei diesem Wetter. Und noch viel weniger der arme Junge. Das ist unverantwortlich und ganz bestimmt ist es nicht gesund.«

»Im Wasser ist es kühl«, widersprach Britta unwillig, »aber darum geht es doch gar nicht.«

»Ach nein? Worum geht es denn dann?«

»Die Oma hat den Opa umgebracht«, unternahm Britta einen dritten, verzweifelten Versuch.

Margot starrte sie an. »Britta, du hast einen Sonnenstich. Damit ist nicht zu spaßen.«

»Ich habe keinen Sonnenstich. Wie kommst du darauf, dass ich einen Sonnenstich habe?«

Margot räusperte sich. »Nun, du sagst ständig, dass die Oma den Opa umgebracht hat!«

»Ja!« Britta schrie fast.

»Jetzt mal langsam. Mal von Anfang an. Ich verstehe kein Wort.«

»Ich auch nicht«, gab Britta bereitwillig zu. »Aber das hat Lucia gesagt. Das waren ihre Worte.«

»Die Oma hat den Opa umgebracht«, murmelte Margot bedächtig, als handle es sich um ein geheimnisvolles Mantra. »Wie meint sie das?«

»Nun, da es in diesem Haus nur eine Person gibt, die Lucia Oma nennt und nur eine, die Opa genannt wird, gehe ich davon aus, dass sich ein furchtbares Familiendrama abgespielt haben muss.«

Margot runzelte die Stirn. »Die Oma?«, fragte sie. »Du meinst *die* Oma?« Sie brach in hemmungsloses Gelächter aus. Und obwohl Britta sich unbestimmt in ihrer Ehre gekränkt fühlte, kam sie nicht umhin, sich diesem anzuschließen.

Die ›Oma‹ war weder jemandes Großmutter noch entsprang der Titel familiärer Wärme. Chantal Hutschendorf-Baumeister, ihres Zeichens zweite Ehefrau von Lucias Vater Walter II., hatte die 30 noch nicht erreicht. Das war nicht der einzige Grund, warum sie ihrer Stieftochter missfiel. Dass Lucia sie konsequent als ›Oma‹ titulierte, diente allein dem Zweck, sie zu demütigen und zu beleidigen.

»Die Oma«, keuchte Margot und rang um Fassung. »Wie hat sie das angestellt? Hat sie ihn mit dem Fön umgeblasen? Oder ihn mit einer Flasche Nagellack erschlagen? Oh, Britta, du bist köstlich.«

»Ich? Ich habe doch damit nichts zu tun«, protestierte Britta. »Ich wiederhole lediglich, was Lucia gesagt hat. Allerdings muss ich zugeben, dass sie etwas hysterisch wirkte.«

Margots Miene verfinsterte sich. »Dass sie emotional reagiert, ist völlig in Ordnung. Es ist nicht fair von dir, das als hysterisch abzuqualifizieren.« Margot ließ auf Lucia nichts kommen. Sie hatte ihre Arbeitgeberin bei dem Seminar ›Der Urschrei – Hilfe und Befreiung für geknechtete Frauenseelen‹ kennengelernt. Schreiend waren sie einander nähergekommen. Der Umstand, dass Margot nach dem Seminar einen Job hatte, der ihr aus einem gewissen finanziellen Engpass half, trug dazu bei, ihre seelische Schwesternschaft noch zu vertiefen. Margot nahm Lucia gegen jede Kritik – berechtigt oder unberechtigt – in Schutz. Britta machte es eben darum immer wieder Freude, sie auf gewisse neurotische Züge ihrer gemeinsamen Chefin hinzuweisen. Aber im Moment war sie nicht an Zankereien interessiert.

»Sie hat ja nun jedes Recht, hysterisch zu sein!«, erklärte sie also rasch. »Der eigene Vater, hingemeuchelt von der kleinen Schlampe.«

»Britta!«, unterbrach Margot. »Du redest Blödsinn. Chantal ist zu dumm, sich allein die Schuhe zuzubinden. Selbst wenn sie auf die absurde Idee kommen sollte, die Gans zu schlachten, die ihr goldene Eier legt, sie wüsste gar nicht, wie man das macht, ohne sich einen Fingernagel abzubrechen.«

»Ja, aber Lucia hat gesagt …«

»Papperlapapp! Da hast du sicher etwas missverstanden. Du solltest wirklich einen Hut aufsetzen, wenn du in der Sonne bist. Hätte sich ein Mord zugetragen, ein echter Mord, dann wäre doch jetzt alles voller Polizei. Dann wäre die Hölle los. Mordkommission, Spurensicherung, der ganze Zirkus … Heilige Scheiße!« Die letzten zwei Worte bezogen sich auf den Polizeiwagen, der just in diesem Moment knirschend die kiesbedeckte Einfahrt zum Herrenhaus entlangrollte.

»Ich brauch einen Schnaps«, ächzte sie, während zwei Uniformierte und ein Herr in Zivil dem Fahrzeug entstiegen und hinter den großen Flügeltüren verschwanden.

2

Agathe Hutschendorf war wütend. Mit ihren 91 Jahren war dieser Zustand ihr durchaus vertraut. Angesichts der sich um sie herum stetig ausbreitenden Dummheit und Inkompetenz konnte Agathe nicht umhin, sich immer wieder und derart beträchtlich zu ärgern, dass Wut zu einer Art Grundzustand ihres Seins geworden war.

Um sich ein wenig Luft zu verschaffen, stieß sie den Gehstock mit dem Perlmuttgriff in den feinen Kies, dass dieser aufstob. Es half nichts. Agathe war wütend, da gab es keinen Zweifel. Aber da war noch etwas anderes. Ein Gefühl, das ihr fremd war und das sie verunsicherte. Sie konnte nicht genau sagen, was es war. Und das wollte sie auch nicht.

Lucias Auftritt hatte sie alarmiert. Eigentlich hielt Agathe viel von ihrer Enkelin. Im Grunde war sie die einzige Person in diesem Irrenhaus, von der Agathe überhaupt etwas hielt. Aber es war nicht zu übersehen, dass Lucia die Nerven verloren hatte. Die Polizei, hatte sie gesagt, sie würde jetzt die Polizei rufen. Agathe hatte ihr das verboten. Beschränkte Provinzpolizisten, die ihre Nase in Angelegenheiten steckten, die sie nicht das Geringste angingen, waren im Moment wirklich das Letzte, was sie gebrauchen konnte.

Und doch hatte sie kurz darauf das Knirschen der Reifen gehört, hatte den Polizeiwagen in der Einfahrt erblickt. Der Zorn hatte ihr geholfen, sich aus ihrem Sessel hochzuarbeiten, um sich auf den langen, mühevollen Weg hinunter in den Salon zu machen. Erst, als sie vor der Tür stand, durch die Lucias aufgeregtes Gekeife und das hysterische Heulen der kleinen Schlampe drangen, war ihr bewusst geworden, dass sie nicht die geringste Lust verspürte, sich mit der Sache auseinanderzusetzen. Nicht auf diesem Niveau. Und nicht in diesem Moment. Sie hatte sich abgewandt und war hinaus getreten ins gleißende Sonnenlicht des frühen Nachmittags.

Abermals stieß sie ihren Stock in den Kies, als morde sie etwas dahin. Sie fühlte sich alt. Sicher, sie war alt, sie war sogar steinalt. Aber diese sonderbare Erschöpfung, die nicht nur in ihren Knochen, sondern auch in ihrem Kopf hockte, war ihr dennoch fremd. Sie schüttelte ihr graues Haupt und lenkte ihre Schritte in Richtung Flussufer.

Agathe verließ das Haus nicht mehr oft. Der abendliche Weg von ihren Gemächern hinunter zum gemeinsamen Abendessen der Familie war ihr Anstrengung genug.

Früher hatte sie jeden Abend einen Streifzug über das Grundstück unternommen. Ihr Grundstück. Agathe liebte jeden Quadratzentimeter des Anwesens, das sich diskret mittels hoher Bäume und dichter Büsche vor neugierigen Blicken geschützt über der Rheinpromenade erhob. Sie konnte sich lebhaft an die Tage erinnern, in denen sie ›das Mädchen auf der anderen Seite‹ war. Das Mädchen im schäbigen Kleid, das sich durch das kleine Gässchen oberhalb des riesigen Grundstücks schlich, entlang der Backsteinmauer. Das davon träumte, wenigstens heimlich einen Blick auf die Menschen zu erhaschen, die dort lebten. Irgendwann war ihr klar geworden, dass sie hinein wollte. In so einem Haus wohnen, in so einem Garten sitzen. Dafür hatte sie gearbeitet, Tag und Nacht. Zusammen mit ihrem Mann, dem Ersten Walter, hatte sie sich die Chance genommen, die ihr keiner freiwillig hatte geben wollen. Man bekam nichts geschenkt im Leben. Das hatte Agathe früh verstanden.

Nie würde sie den Tag vergessen, an dem sie das erste Mal über die Wiese gegangen war. Nie das Gefühl des reinen Triumphs, das sie damals durchströmt hatte. Sie hatte es geschafft. Agathe Hutschendorf hatte ihr Ziel erreicht. Und sie war nicht willens, sich das wieder zerstören zu lassen.

Sie erreichte den Rand des Grundstücks, schritt unter den Bäumen entlang und versuchte, zu ergründen, was in ihrem Busen tobte. Wut, ja, aber da war noch etwas anderes. »Angst«, entfuhr es ihr halblaut. Sie schauderte. »Unfug!«, korrigierte sie sich selber. Angst war etwas für Heulsusen. Und Agathe war alles andere als eine Heulsuse. Sie ließ sich auf eine Bank im Schatten fallen.

»Ach, Walter, ich weiß es doch auch nicht ...«, seufzte sie. Einseitige Gespräche mit ihrem Gatten waren die einzige Schrulle, die Agathe sich im Alter gönnte. Ihr war vollkommen klar, dass ihr Walter seit 30 Jahren tot unter dem imposanten Grabstein auf dem Burgfriedhof lag und somit vermutlich taub war. Aber da sich unter den lebenden Seelen weit und breit keine fand, mit der sie sich vernünftig unterhalten konnte, gönnte sie sich zuweilen das, was Außenstehende möglicherweise für das Selbstgespräch einer wirren, alten Schachtel halten mochten.

»Was soll ich denn jetzt machen?«, fragte sie ihren toten Gatten. »Ich hätte nie gedacht, dass es noch mal so weit kommt. Was habe ich nur falsch gemacht?« Der Gehstock bohrte wütende Muster um ihre orthopädischen Schuhe. Erneut seufzte sie. »Alles, ja, ich weiß. Aber es muss doch auch mal gut sein. Himmel, er ist doch selbst schon een ahle Büggel!« Agathe schwieg einen Moment und spähte durch das dichte Blattwerk hinaus auf den Strom und auf das auf der anderen Rheinseite aufragende Siebengebirge. Ein Schiff tuckerte gemächlich vorbei. »Et sin de Wiever!«, verfiel sie kurz in das Idiom ihrer Kindheit. »De Wiever machen ihn jeck. Ich hätte aufpassen müssen. Aber wer hätte das ahnen können? In seinem Alter. Ich bin zu alt für den Driss! Ich mag nicht mehr. Ich hätte nicht übel Lust zu sterben. Hier und jetzt. Dann sollen sie alle mal sehen, wie sie klarkommen.« Sie lehnte sich zurück, schloss die Augen und überdachte die Idee kurz. Dann schüttelte sie unwillig den Kopf. »Ich könnte Walter, ich könnte sehr wohl«, brummte sie wütend. »Aber so bin ich nun mal nicht erzogen, Herrgott!« Sie wandte den Blick hinauf zum blauen Himmel und seufzte ein drittes Mal. »Jetzt schlaf du nur weiter, ahl Bumskopp«, forderte sie ihren verblichenen Gatten auf. »Ich muss nachdenken.«

Margot starrte unverwandt hinüber zu dem großen Portal und nippte an dem Schnapsglas, das Britta ihr zur Beruhigung serviert hatte. Als die Flügeltüren aufgestoßen wurden, entrang sich ihr ein kurzer, aufgeregter Schrei. Eine sich im Zustand sichtlicher Erregung befindliche Chantal Hutschendorf-Baumeister stolperte die Stufen hinunter. Ihr folgte ein Mann in Zivil. Ein äußerst ansehnlicher Mann in Zivil, wie Britta bemerkte. Hochgewachsen und gut gebaut, die lockigen Haare für den Berufsstand ungewöhnlich lang. Keiner, vor dem man davonlaufen musste, dachte Britta, auch wenn Chantal das offenbar anders sah.

»Warten Sie doch, bitte, so beruhigen Sie sich doch!«, rief er verzweifelt, aber die Flüchtende würdigte ihn keines Blickes und rannte in Richtung Gärtnerhaus.

»Kscht, kscht«, machte Margot. »Denk gar nicht daran, blöde Pute.«

Der Adonis wechselte in trägen Trab und folgte der Fliehenden. Zu Margots und Brittas Erleichterung stoppte diese einige Meter vor dem Gartenzaun. Sie wandte sich zu ihrem Verfolger um. »Lassen Sie mich in Ruhe«, kreischte sie. »Ich bin keine Mörderin!« Sie setzte ihre Flucht fort und schlug sich ins Unterholz des Parks.

Ihr Verfolger verharrte auf der Wiese und sah ihr unschlüssig nach.

Margot kniff die Augen zusammen. Auf ihrem Gesicht breitete sich ein Lächeln aus, das Britta ganz und gar nicht gefiel. »Huhu«, machte sie albern und winkte dem Polizisten mit ihrem Schnapsglas.

»Margot«, zischte Britta, die nicht ganz sicher war, wie der Anblick von zwei offensichtlich schamlos gaffenden Frauen, die am helllichten Tag alkoholische Getränke zu sich nahmen, auf einen Gesetzeshüter wirken mochte. Aber es war zu spät. Der Polizist hatte sie entdeckt und steuerte auf sie zu.

»Guten Tag, die Damen.« Er tippte an seine wohlgeformte Stirn, auf der deutlich sichtbar ein paar Schweißtropfen schimmerten.

»Herr Inspektor«, Margot erhob sich und zupfte an ihrem Leopardenhöschen. »Können wir vielleicht helfen? Geraten die Dinge außer Kontrolle? Ist die Oma aufgeregt?«

»Hauptkommissar«, murmelte der Mann, »ich bin Kriminalhauptkommissar. Von welcher Oma sprechen Sie, bitte?« Sein Gesicht, auf dem sich bereits wieder kleine, salzige Perlen gebildet hatten, verzog sich, und seine Mimik spiegelte völlige Ratlosigkeit.

»Chantal«, erklärte Britta rasch, »Frau Hutschendorf-Baumeister. Sie ist keine Oma. Sie wird nur so genannt.«

Obgleich die Aussage weit weniger vernünftig klang, als sie gehofft hatte, schien sie den Polizisten erst einmal zufrieden zu stellen.

»Darf ich?« Er deutete auf einen Stuhl.

»Selbstverständlich, Herr Insp … äh, Kommissar!«, zwitscherte Margot. »Etwas zu trinken? Sie sehen aus, als könnten Sie einen Schluck vertragen. Einen Schnaps vielleicht?«

»Danke, ich … bin im … danke, also …« Sehnsüchtig saugte sich sein Blick an Margots Glas fest. »Also, ich könnte wirklich einen vertragen. Weiß Gott, das könnte ich.« Sein flackernder Blick wanderte in Richtung Herrenhaus.

»Ach, nehmen Sie das nicht so schwer!« Margot setzte sich ihm gegenüber und schlug aufreizend die Beine übereinander. »Die Hutschendorfs sind nicht immer so. Sie sind nur … sie sind aufgeregt. Britta, sei doch so gut und hole unserem Gast etwas zu trinken!«

Halb beleidigt, halb erleichtert erhob sich Britta und floh in die Küche.

3

Lucia schloss die Schlafzimmertür hinter sich. Der große Raum, ganz in weiß und hellgelb gehalten, beruhigte ihre Nerven etwas. Die hohen Flügelfenster waren einen Spalt geöffnet und die langen Vorhänge schwangen sanft im Luftzug einer kaum spürbaren Brise. Lucia ließ sich auf die zartgelbe Überdecke des extrabreiten Bettes fallen. Sie erwog kurz, ihre Frustration einfach herauszuschreien, aber sie hielt sich zurück.

Die Polizisten waren höflich gewesen. Leider hatten sie nichts begriffen. Es gebe keinen Grund, das Schlimmste anzunehmen, hatten sie gesagt. Jeden Tag verschwanden Menschen. Die allermeisten tauchten über kurz oder lang wieder auf. Lucia hatte versucht, ihnen klarzumachen, dass das vielleicht für gewöhnliche Menschen galt. Für einen Hutschendorf war ein solches Gebaren unmöglich, ja, undenkbar. Vor allem unter den gegebenen Umständen, die sie natürlich nicht weiter hatte ausführen können. So hatte sie – sachlich und unaufgeregt, wie sie fand – darauf hingewiesen, dass die Tatsachen für sich sprachen. Fünf Tage hatte das kleine Flittchen gewartet, fünf Tage hatte sie sich angeblich nicht gewundert über die Abwesenheit ihres Ehemanns. Ein Umstand, der den Beamten zu denken geben sollte. Stattdessen musste sich Lucia das mittlerweile satt bekannte Schauspiel ansehen. Flatternde falsche Wimpern und bebendes Silikon mochten ebenso ordinäre wie erbärmliche Mittel der Unschuldsbeteuerung sein – wirksame Waffen waren sie leider allemal. Natürlich hätte sie, Lucia Hutschendorf, sich nie im Leben auf ein derartiges Niveau begeben. Aber das Nachsehen hatte sie, daran gab es nichts zu deuteln.

Es hatte keinen Sinn, sich darüber zu ärgern. Es gab, weiß Gott, dringendere Probleme. Denn Lucia brauchte ihren Vater. Und zwar sofort. Auf keinen Fall konnte sie zulassen, dass die Polizei sich zurücklehnte und wartete. Und eben das geschah. Die Lage war vertrackt. Sie musste nachdenken, dringend und sofort.

Das war allerdings leichter gesagt als getan. Sie konzentrierte sich auf den Raum. Alles in diesem Zimmer war von einer Innenarchitektin und Adeptin in Sachen Feng-Shui darauf ausgerichtet, ihrem Geist Ruhe und Frieden zu schenken. Das Arrangement war nicht billig gewesen und so hoffte Lucia, dass sich die Investition nun, im Moment der Krise, bezahlt machen würde. Sie rollte sich auf die Seite und entnahm dem eigens zu diesem Zweck eingebauten Kühlfach im Nachttisch eine gelgefüllte Augenmaske. Dann drückte sie auf einen diskret verborgenen Knopf. Leise, ätherische Harfenklänge schwebten durch den Raum. Lucia legte die Maske an, ließ sich zurücksinken und versuchte, sich auf ihre Atemübungen zu konzentrieren. Sie bekam den Luftstrom nicht hin. Ständig versuchte ein aufgeregter Schluchzer ihre Atemwege zu blockieren.

Sie kämpfte ein paar Minuten wacker, bevor sie aufgab und von Wimperntusche geschwärzte Tränen hinter der Maske frei ließ. Eine Woge der Wut und des Hasses brandete in ihr auf, und Lucia tat nichts, um sie aufzuhalten.

Sie erinnerte sich an den Tag, an diesen schrecklichen Tag, an dem er zu ihr gekommen war, um ihr die ›gute Neuigkeit‹ mitzuteilen.

»Ich werde wieder heiraten«, hatte er gesagt.

Lucia hatte ihn angestarrt. Die Falten um die blauen Augen. Trotz Glatze sah er gut aus für sein Alter. Das war Lucia nie zuvor aufgefallen. Und nie war sie auf den Gedanken gekommen, dass er auf andere Menschen, auf Frauen, attraktiv wirken könnte.

»Ich wollte es dir zuerst sagen«, fuhr er fort. Er wirkte fast verlegen. »Ich weiß, du hast kaum Erinnerungen an deine Mutter. Außerdem bist du wohl aus dem Alter raus, in dem ich dir sagen müsste, dass nie jemand ihren Platz einnehmen könnte, aber …« Er zögerte. »Aber ich wollte es trotzdem gesagt haben.«

Lucia war die ganze Szene unwirklich vorgekommen. »Es ist …« schon in Ordnung, wollte sie sagen, aber die Worte kamen nicht aus ihrem Mund. Sie sah es vor sich. Eine ältere Dame, kultiviert, reizend, gepflegt. Geschmack, Geld, die richtigen Interessen. Eine Witwe, vermutlich. Jemand, der sich um ihn kümmerte. Jemand, der bereit war, die verschwiegene Lücke zu füllen, die ihr Leben so wie das seine bestimmte. Sie sah sich mit ihrer Stiefmutter. Untergehakt und plaudernd im Foyer der Oper. Sie würde sicherlich nicht Mutter zu ihr sagen. Sie würde sie wohl beim Vornamen nennen. Vielleicht würden sie gelegentlich miteinander einkaufen gehen. Oder zum Friseur.

»Du bist nicht einverstanden«, riss ihr Vater sie aus ihrem Tagtraum. Es war keine Frage.

Lucia lächelte. »Ich bin überrascht, das ist alles.«

Sie blickte in sein unsicheres Gesicht. »Ich freue mich«, versicherte sie. »Erzähl mir von ihr. Ich will alles wissen. Kenne ich sie?«

»Das glaube ich nicht.«

Lucia nahm gerührt zur Kenntnis, wie aufgeregt er klang.

»Ach, was soll's!« Er straffte die Schultern und schluckte sichtbar. »Ich habe sie einfach gleich mitgebracht. Ich werde sie … äh, ich rufe sie einfach mal rein.«

Unwillkürlich überprüfte Lucia mit der Hand den Sitz ihrer Frisur. Sie sah tipptopp aus. Sie sah immer tipptopp aus, und das wusste sie. Dennoch hätte sie gern ein paar Minuten gehabt, um sich in Ruhe und eventuell mithilfe eines Spiegels davon zu überzeugen. Um sich zu sammeln für diesen Moment. Aber er war schon auf dem Weg zur Tür.

»Schatz!«, rief er. »Liebling, kommst du mal rein zu uns?«

Lucia erhob sich eilig von dem zarten Chippendale-Stühlchen. Was sollte sie sagen? ›Guten Tag!‹, ganz lapidar? Oder vielleicht etwas Feierlicheres, etwas wie ›Willkommen in der Familie‹ oder …

Jede weitere Überlegung erübrigte sich, als sich die Tür öffnete und diese Person den Raum betrat. In Lucia schien alles zu ersterben. Sie stürzte in einen Abgrund, einen sehr tiefen Abgrund, und zwar kopfüber, und landete in einem Morast aus ekligem, grünem Schleim, als die Zukünftige ihres Vaters den Mund öffnete und ein artig auswendig gelerntes »Guten Tag, ich freue mich sehr, Sie endlich kennenzulernen« von sich gab. Dass sie imstande war, Sätze auswendig zu lernen, das wusste Lucia. Denn obwohl sie es nie und nimmer zugegeben hätte, kannte sie die Person viel besser, als ihr lieb war.

Wenn Lucia sich wochentags um sieben Uhr abends in ihr Schlafzimmer zurückzog, so war diese Zeit sakrosankt: Ihr Vater, ihr Sohn, das Personal, ja sogar Agathe akzeptierten, dass sie bis Viertel vor acht unter keinen Umständen gestört werden durfte. Alle nahmen an, sie mache ihre Atemübungen, sie lese, sie betreibe ein wenig Yoga, sie tue eben das, was man von ihr gewohnt war. Niemand wäre je auf die Idee gekommen, dass sie den Fernseher einschaltete. Und hätte jemand geahnt, dass sie keine Folge von ›Das Hospital im Villenviertel‹ versäumte, sie wäre vor Scham augenblicklich tot umgefallen.

Tot umfallen schien ihr in eben jenem Moment eine durchaus brauchbare Alternative, denn vor ihr stand Schwester Angela leibhaftig. Schwester Angela war vor etwa einem Jahr zum ›Personal‹ gestoßen. Ihr mangelndes schauspielerisches Talent – eine Eigenschaft, die sie im Wesentlichen mit ihren Kollegen teilte – machte sie durch enorme Silikonbrüste wett, die in jeder Szene dem Dekolleté des Schwesternkittels zu entkommen suchten. Ihre Rolle bestand darin, Kaugummi kauend ihre Pflichten als Krankenschwester zu vernachlässigen und sich ihrer Kleidung zu entledigen, um mit dem Chefarzt, den Oberärzten und diversen Patienten zu kopulieren. Lucia hasste Schwester Angela. Alle hassten Schwester Angela. Was wohl der Grund war, dass sie vor nicht allzu langer Zeit einen absurden und blutrünstigen Serientod gestorben war. Natürlich war Lucia durchaus in der Lage, zwischen einer Schauspielerin und der Rolle, die sie spielte, zu unterscheiden. Leider bestand also nicht der geringste Zweifel, dass Schwester Angela quicklebendig war und hier vor ihr stand. Eine Frau, die zwar leicht verlebt wirkte, trotzdem aber höchstens Mitte 20 sein konnte. Eine Frau mit aufgeblähten Brüsten, blond gefärbten, strohigen Haaren und weit mehr Make-up, als ihr zuträglich war. ›Billig‹ war das bei Weitem harmloseste Wort, das Lucia im Kopf herumschwirrte.

»Darf ich vorstellen – Chantal Baumeister. Sie ist Schauspielerin!«, verkündete ihr Vater nicht ohne Stolz.

»Guten Tag!« Lucia aktivierte alles Soldatische, das sie in sich trug, und ließ eilig die schon zum Gruß erhobene Hand hinter dem Rücken verschwinden, während sie ihre Gesichtsmuskeln in eine lächelähnliche Grimasse zwang. »Es … es tut mir leid, ich … ich habe ganz vergessen …« Sie blickte mit gespielter Hektik auf die goldene Uhr an ihrem Handgelenk. »Termin …«, stieß sie hervor. »Ich meine, einen Termin, einen wichtigen Termin habe ich vergessen. Ich muss leider sofort …«

Sie war geflohen. Einfach weggelaufen. Und sie hatte sich nie wieder eine Folge vom ›Hospital im Villenviertel‹ angesehen.

4

»Hol' den Schnaps und setz dich hin!« Agathe Hutschendorf vollführte eine ebenso herrische wie ungeduldige Bewegung mit ihren dünnen Ärmchen.

»Vielleicht sollten wir erst ein paar Übungen …« Auch unter den gegebenen Umständen war Britta nicht willens, von ihrem Ritual abzulassen. Dabei lehrte sie sämtliche Erfahrung, dass der Versuch, Agathe zum therapeutischen Turnen zu animieren, in etwa so große Erfolgsaussichten hatte wie der Plan, einen Esel zum Blockflötenspiel zu bewegen. Agathe hatte mehrfach und deutlich erklärt, dass sie weit über 90 Jahre ohne solchen Schnickschnack ausgekommen war und ihr ohnehin schon über die Maßen gesegnetes Lebensalter keinesfalls durch derartigen Blödsinn künstlich zu verlängern gedachte.

Heute würdigte sie Brittas Bemerkung nicht einmal der Kenntnisnahme. Sie saß in ihrem Lehnsessel, wiegte ihr runzliges Haupt mal nach links, mal nach rechts und starrte gedankenverloren vor sich hin.

Britta entnahm der wuchtigen Vitrine eine Flasche Götterfunke. Sie stellte das Produkt, das das Haus Hutschendorf groß gemacht hatte, nebst zwei Gläsern auf den Beistelltisch, der sich neben dem Sessel etwas verloren ausnahm, und setzte sich auf den Besucherstuhl. Agathe griff nach der Flasche. Ihrem Ritual entsprechend lächelte sie dem grimmigen Beethoven-Haupt auf dem Etikett freundlich zu, bevor sie die Gläser füllte. Sie prostete Britta zu, leerte ihr Glas in einem Zug und seufzte schwer.

»Wir müssen etwas tun!«

Britta starrte auf ihr unberührtes Glas. »Er kommt sicher bald wieder. Die Polizei …«

»Papperlapapp!«, unterbrach Agathe. »Die Polizei! Die Polizei hat keine Ahnung. Als würde er sich einfach vom Acker machen. Das ist lächerlich. Das passt nicht zu Walter.«

Britta räusperte sich. »Na ja …«

»Was – na ja?«

»Nichts. Nur – man steckt ja nicht drin. Ich meine, Menschen verändern sich. Vor ein paar Monaten hätte auch keiner gedacht, dass er noch mal heiraten würde.«

Agathe grunzte. »Das ist etwas anderes. Männer in dem Alter … das hat mit Hormonen zu tun. Aber es spielt ohnehin keine Rolle. Die Frage ist, was wir tun können.«

Britta nippte verlegen an ihrem Glas. Leider ließ Agathes bohrender Blick keinen Zweifel daran, dass etwas von ihr erwartet wurde. »Wir müssen Ruhe bewahren und abwarten.«

»Kappes!« Agathe füllte ihr Schnapsglas nach.

»Mag sein«, räumte Britta ein, »aber mir fällt dazu nichts Kluges ein!«

»›Mir fällt dazu nichts Kluges ein‹«, äffte Agathe. »Das ist mir aufgefallen. Aber du sollst ja auch nicht klug daher schwätzen, Liebelein, sondern du sollst etwas tun!«

»Ich?«

»Britta, ich bin nicht mehr die Jüngste. Mein Sohn ist verschwunden. Meine Enkelin, das muss ich leider sagen, verliert jede Contenance. Sie ist geradezu besessen von der Idee, dass Chantal ihn um die Ecke gebracht hat. Was mich überraschen würde, denn es ist kaum anzunehmen, dass meine Schwiegertochter rein intellektuell zu so etwas in der Lage wäre. Aber das hält Lucia nicht davon ab, sich nach allen Regeln der Kunst lächerlich zu machen. Und da kommst du mir mit Ruhe bewahren? Ich warne dich, meine Liebe, ich bin in einem Alter, in dem leicht mal ein paar Adern im Gehirn platzen. Ich kriege jetzt schon Herzklabaster!« Ihre blassblauen Augen verfinsterten sich. »Irgendwer muss etwas tun. Und du, meine Liebe, du verdankst Walter einiges. Oder hast du das vergessen?«

Natürlich hatte Britta das nicht. Wie sollte sie auch, wo Agathe sie bei jedem Besuch daran erinnerte? »Ich habe keine Ahnung, was Sie meinen!«, begehrte sie trotzdem auf. »Ich meine – warum ausgerechnet ich?«

»Lucia«, erklärte Agathe betont geduldig, »ist völlig hysterisch. Klein Walter ist erst acht. Das Flittchen steht unter Mordverdacht und hat den IQ von Weißbrot. Ich bin ungefähr 1.000 Jahre alt und stolz, dass ich es noch allein aufs Klo schaffe. Lass mich nachdenken, wer bleibt da noch?« Sie tat, als würde sie angestrengt überlegen. »Ja, richtig!«, rief sie dann und ihr Zeigefinger streckte sich drohend in Brittas Richtung. »Dann bleibst noch du!«

»Nein, nein!«, widersprach Britta, »das ist Sache der Polizei. Die wird sich schon darum kümmern.«

»Die Polizei? Dass ich nicht lache!« Agathe lachte laut und keckernd. Dann ruckelte sie mit der Zunge ihr Gebiss zurück in die richtige Position. »Die Polizei wird gar nichts tun. Es gibt nicht die geringste Spur eines Verbrechens. Und wenn das Gespräch mit Lucia und dem Flittchen auch nur annähernd so gelaufen ist, wie ich mir das vorstelle, dann werden die Herren Beamten zu dem Schluss gekommen sein, dass mein Junge aus gutem Grund Fersengeld gegeben hat.«

»Das mag ja alles sein, aber ich bin Physiotherapeutin. Ich bin Schwimmlehrerin. Ich kann Turnübungen, ich kann massieren. Ich kann Menschen die Front-Quadrat-Technik beim Kraulen beibringen. Das sind Sachen, die ich kann. Das sind Sachen, für die ich bezahlt werde. Ich habe keine Ahnung, wie man Leute sucht. Oder gar findet. Ich kann das nicht machen!«

»Da, meine Liebe, da irrst du.« Das Funkeln in Agathes Augen gefiel Britta ganz und gar nicht. »Du kannst mich nämlich nicht hängen lassen. Das brächtest du nie übers Herz.«

»Doch!« Es kostete Britta jeden Funken Willenskraft, den sie besaß. Aber es langte. »Es tut mir leid. Aber ich kann nichts für Sie tun!« Das klang gut. Das klang großartig. Das klang abschließend und kompromisslos.

»Ich brauche einfach jemanden, der die Augen offen hält. Und die Ohren. Ich muss wissen, was da draußen vorgeht.« Agathe tat, als hätte sie Britta nicht einmal gehört. »Ich bin ein böses, altes Weib, ich weiß. Aber ich habe keine Zeit mehr für Sentimentalitäten. Der Junge muss wieder her. So schnell wie möglich!«

Britta schwieg. Sie starrte aus dem Fenster. Eine Fähre querte den Rhein und näherte sich langsam dem Ufer in Niederdollendorf, wo Autos und Fußgänger geduldig in der Hitze warteten.

Erneut nippte sie am Schnaps. »Er ist mein einziges Kind.« Agathe holte tief Luft und seufzte dann ausgiebig. »Er war eine Enttäuschung, in vielerlei Hinsicht. Aber er ist mein Sohn.«

»Vielleicht sollten Sie einen Privatdetektiv engagieren«, schlug Britta vor.

»Einen wildfremden, windigen Kerl, der seine Nase in Familienangelegenheiten steckt? Das kommt nicht infrage.«

Britta kniff die Lippen zusammen. Es war höchste Zeit, dieses Gespräch zu beenden. Dieser Unsinn machte ihr ein bisschen Angst. Zögernd erhob sie sich von ihrem Stuhl. »Ich muss dann auch wieder. Ich habe viel zu tun. Ich habe wenig Zeit, eigentlich gar keine Zeit, mich in Dinge einzumischen, polizeiliche Ermittlungen und dergleichen …«

Agathe starrte sie fassungslos an. Es kam nicht alle Tage vor, dass man sich ihrem Willen widersetzte. Britta lenkte ihre Schritte zur Tür.

»Na, in Zukunft wirst du ja dann mehr Zeit haben. Oder weniger, je nachdem«, giftete es aus dem Sessel. »So eine Jobsuche nimmt ja doch viel Zeit in Anspruch.«

»Was?« Britta erstarrte.

Langsam wandte sie sich wieder Agathe zu, die vergnügt fortfuhr: »Ich sehe das immer im Fernsehen. Millionen Arbeitslose, Hartz IV, das ganze Elend. Da sitzen sie auf den kalten, zugigen Fluren im Arbeitsamt und warten. Stunde um Stunde. Natürlich hast du mit deinem abgebrochenen Studium im mittleren Alter ohne nennenswerte Referenzen sehr gute Aussichten. Ich bin sicher, du findest schnell eine Stelle. Eine ebenso gut bezahlte Stelle. Und eine schöne, günstige Wohnung. Es täte mir in der Seele weh, wenn du dich verschlechtern würdest.«

Britta fühlte einen übermenschlichen Drang, die Schnapsflasche zu ergreifen und sie Agathe über den bösen Schädel zu ziehen. Da das ihre Situation aber höchstens kurzfristig verbessert hätte, riss sie sich zusammen. »Das ist Erpressung!« Sie legte all ihre moralische Entrüstung in das Wort.

»Ja, das hast du gut erkannt!«

»Das ist unmoralisch! Das ist nicht fair!« Britta bedauerte, dass ihre Argumente so infantil klangen, aber leider sprudelten sie direkt vom Bauch über Kehlkopf und Zunge in den Raum hinein.

Agathe grinste zufrieden. »Das ist es wohl. Aber weißt du, ich habe im Lauf meines Lebens einiges gelernt. Etwa, dass Erpressung ein durchaus wirksames Werkzeug ist. Es ist mir über die Jahre fast zur lieben Gewohnheit geworden. Und weißt du, wenn man über 90 ist, dann trennt man sich nicht mehr von lieben Gewohnheiten.«

5

Die sommerliche Dämmerung tauchte die Fabriklandschaft in rosafarbenes Licht. Normalerweise liebte Lucia die Aussicht aus ihrem Bürofenster. Obwohl das Industriegebiet genauso aussah, wie Industriegebiete nun einmal aussehen. Die meisten Menschen hätten das Panorama eher unattraktiv gefunden. Aber Lucia sah mehr als funktionale Hallen und Schornsteine. Lucia sah das Werk eines Lebens. Das Werk mehrerer Generationen gar. Lucia sah, was wichtig war. Und in der Regel gefiel es ihr, vor allem, wenn die Abendsonne ihr mildes Licht auf die Anlage warf. Heute allerdings bemerkte sie das Schauspiel kaum.

Nachdem ihr Sohn nach einem schweigsamen Abendessen, dem sowohl Agathe als auch Chantal fern geblieben waren, ins Bett geschickt worden war, hatte sie es zu Hause nicht mehr ausgehalten. Schon der Gedanke, unter einem Dach mit der Person zu sein, hatte es ihr unmöglich gemacht, zur Ruhe zu kommen. Sie hatte sich in ihr Auto gesetzt und war über die Autobahn hinaus ins Vorgebirge gefahren, in das so genannte Durchfahrland. Ihr Großvater hätte sich bei dem Gedanken, die Firma aus dem Stadtgebiet ins Umland zu verlegen, vermutlich im Grabe herumgedreht. Aber auch als Traditionalistin war Lucia imstande zu erkennen, wann aus Tradition Idiotie wurde. Die Firma wuchs und irgendwann hatte es einfach keine Alternative zum Umzug ins Industriegebiet gegeben. Bornheim Süd, gelegen zwischen Auto- und Eisenbahn, war ein hervorragender Standort. Auch, wenn ihr Arbeitsweg im Berufsverkehr nicht unbedingt ein Vergnügen war.

Heute hätte Lucia allerdings lieber jeden Stau der Welt in Kauf genommen, als den Abend zu Hause zu verbringen.

Margot hatte sich rührend um sie bemüht. Es tat Lucia gut, sie an ihrer Seite zu wissen. Aber sie war nicht gut darin, sich trösten zu lassen. So war sie einfach nicht erzogen. Lucia konnte sich kaum an ihre Mutter erinnern. Nachdem sie von der Bildfläche verschwunden war, hatte ihr Vater sich tief in seine Depression zurückgezogen und ihre Erziehung Agathe überlassen. Lucia schätzte Agathe. Sie bewunderte ihre Großmutter und irgendwie liebte sie sie wohl auch. Aber Agathe war nicht unbedingt der mütterliche Typ. So früh wie möglich hatte sie Lucia auf Internate geschickt. Gute und teure Schulen, in denen sie die beste aller möglichen Ausbildungen erhielt. Sie hatte früh gelernt, worauf es ankam im Leben. Fleiß, Disziplin und Zielstrebigkeit – das waren die Dinge, an denen man sich orientieren konnte. Ihre Großmutter hatte ihr von Anfang an klargemacht, dass es keinen Sinn hatte, vergossener Milch hinterherzuheulen. Oder einer verlorenen Mutter. Das brachte gar nichts. Das führte höchstens zu Schmerz und hielt einen davon ab, sich um die wichtigen Dinge im Leben zu kümmern. Lucia hatte ihre Lektion gelernt. Und sie war ausgezeichnet klargekommen. Mit allem. Mit jedem. Bis jetzt.

Ein Klopfen an der Tür ließ sie zusammenzucken. Sie warf einen Blick auf die Uhr. »Ja, bitte?«

Hermann von Brodt betrat den Raum. »Entschuldigen Sie die Störung.«

»Nein, nein, ich bitte Sie!« Lucia versuchte ein Lächeln. »Was machen Sie denn noch hier, um diese Zeit? Setzen Sie sich doch, bitte, nehmen Sie Platz!« Obwohl Lucia nicht hören wollte, was von Brodt zu sagen hatte, wusste sie doch, was sie ihrem Prokuristen schuldig war.

»Frau Hutschendorf, ich bin die Papiere noch einmal durchgegangen. Es ist alles vorbereitet. Ich möchte Ihnen wirklich nicht auf die Nerven gehen, aber die Zeit wird langsam knapp. Die Herren von Softdrinks Limited sitzen mir im Nacken. Sie scheinen etwas besorgt.«

»Dafür gibt es keinen Grund. Das haben Sie den Herren doch sicher gesagt, Herr von Brodt.«

»Ja, selbstverständlich, natürlich habe ich das. Aber offen gesprochen frage ich mich, wo das Problem liegt. Geschäfte in dieser Größenordnung verursachen gern eine gewisse Nervosität, wenn Sie verstehen. Nervosität, der man entgegenwirken sollte. Und da es ja nun um nicht mehr geht als um einen Termin beim Notar – eine reine Formsache –, denke ich, wir sollten die Sache zu einem glücklichen Ende bringen. Eine Unterschrift, eine knappe halbe Stunde, und ihr Vater könnte sich wieder anderen Dingen zuwenden. Selbst wenn er indisponiert ist. Ist er indisponiert? Ist er vielleicht krank? Etwas Ernstes womöglich?«

»Nein!«, erklärte Lucia und bemühte sich, ihre Stimme fest klingen zu lassen. »Er ist nicht krank. Er ist nur … er ist verreist.«

»Oh«, sagte von Brodt.

Lucia begann zu schwitzen.

Von Brodt räusperte sich umständlich. »Frau Hutschendorf, es steht mir nicht zu, Ihren Herrn Vater zu kritisieren, aber unser Zeitfenster ist eng. Bei allem Respekt, es gibt Vereinbarungen. Wir sind in der Pflicht.«

»Ich weiß, Herr von Brodt, das weiß ich doch alles. Mein Vater hat … es geht um eine persönliche Angelegenheit. Aber ich versichere Ihnen, dass das keinerlei Auswirkungen auf das Geschäft haben wird.« Nervös erhob sie sich von ihrem Stuhl und begann, durchs Büro zu wandern.

»Ich verstehe.« Von Brodt klang nicht, als verstünde er irgendetwas. Er zögerte. »Frau Hutschendorf, ich will Ihnen wirklich nicht lästig fallen. Aber es ist meine Pflicht, es ist einfach meine Pflicht, Sie auf die Dringlichkeit der Sache hinzuweisen. Bei allem Verständnis für die persönlichen Probleme ihres Vaters. Ich weiß, wie das ist, menschlich, meine ich. Aber Sie wissen so gut wie ich, was auf dem Spiel steht. Für das Unternehmen. Für uns alle.«

»Natürlich weiß ich das!«, brauste Lucia auf. »Mein Gott, denken Sie, mir gefällt das? Ich tue, was ich kann, das dürfen Sie mir ruhig glauben!« Sie atmete ein paarmal tief durch. »Entschuldigen Sie, ich wollte Sie nicht anfahren. Machen Sie sich keine Sorgen. Ich kümmere mich um die Sache.« Der Gedanke, dass womöglich die Polizei in der Firma auftauchen könnte, schlich sich in ihr Gehirn und stürzte sie umgehend wieder in das gedankliche Chaos, dem sie gerade mit Mühe entronnen war. War es doch ein Fehler gewesen, die Polizei einzuschalten? Sie versuchte, ruhig zu atmen, und konzentrierte sich auf die kleine, hässliche Warze auf von Brodts Wange.

Der war mittlerweile in ein stumpfes Nicken verfallen. »Dann ist es ja gut«, murmelte er unüberzeugt und studierte angestrengt seine Fingernägel.

»Haben Sie noch ein kleines bisschen Geduld!« Lucia hatte das dringende Bedürfnis, den Besucher loszuwerden. »Ein paar Tage noch. Davon können Sie die Herren überzeugen. Herr von Brodt, ich kann mich doch auf Sie verlassen?«

Er erhob sich. »Natürlich. Ich werde es versuchen. Ich tue, was ich kann. Aber es liegt nicht mehr allein an mir.« Kleine Schweißperlen standen auf seiner hohen Stirn.

»Ich weiß, Herr von Brodt, das weiß ich doch. Machen Sie sich keine Sorgen. Gehen Sie nach Hause, es ist spät.«

Als er verschwunden war, saß Lucia noch eine Weile regungslos am Schreibtisch. Sie atmete, atmete immer wieder tief in den Bauch, bis auch die letzte Träne unter Kontrolle war.

Britta schwankte zwischen heiligem Zorn und Fassungslosigkeit, als sie ins Gärtnerhaus zurückkehrte. Sie war von Agathe einiges gewohnt, aber das schlug dem Fass doch den Boden aus.

»Margot!«, brüllte sie, als sie die Küche leer vorfand. Beschwingte Schritte knarrten auf der alten Holztreppe, die das Erdgeschoss mit den Schlafzimmern im ersten Stock verband.

Margot erschien in der Küchentür. »Wie findest du das?« Sie warf sich in Pose, um die dunkelgraue Cargohose und das für ihre Verhältnisse dezent tarnfarben gemusterte, ärmellose Stretchoberteil der Kritik zu überstellen.

»Schön«, befand Britta uninteressiert. »Du ahnst nicht, was mir gerade passiert ist.«

»Ja, ich glaube auch, ich kann das tragen.« Margot verdrehte den Hals beim Versuch, ihren Hintern kritisch zu würdigen. »Ist ja nicht ganz mein Stil, aber man muss sich den Gegebenheiten anpassen.«

»Agathe ist das Allerletzte«, zischte Britta.

»Ja, sicher, natürlich ist sie das.« Margot machte eine Kniebeuge. »Mir geht es in erster Linie um die Bewegungsfreiheit, weißt du. Es kann ja immerhin zum Äußersten kommen. Verfolgungsjagden durch unwegsames Gelände. Vielleicht muss ich über Mauern klettern. Nachts. Da kann ein Rock zur Last werden, Ästhetik hin, Stil her.«

Britta öffnete den Kühlschrank und entnahm eine Flasche Orangensaft. »Es ist unfassbar«, murmelte sie vor sich hin.

»Na, was denn?«, erbarmte sich Margot.

»Sie ist komplett altersschwachsinnig geworden! Stell dir vor, sie will im Ernst, dass ich nach Walter suche.«

»Nein!« Margot ächzte und ließ sich gegen die Anrichte fallen.

»Doch! Ich habe ihr gesagt, dass das Unfug ist. Lächerlich! Ich habe ihr gesagt, ich mache das nicht.« Britta seufzte. »Aber dann schmeißt sie mich raus. Das hat sie gesagt. Das hat sie im Ernst gesagt.«

»Na, dann ist es ja gut.« Margot wirkte erleichtert.

»Was, bitte, soll daran gut sein?«

»Nun – ich habe mir, offen gestanden, auch ein paar Sorgen gemacht. Verfolgungsjagden, wie ich schon sagte, über Mauern klettern, nachts. Ich meine, ich habe die 40 ja hinter mir …«

»Du bist 54!«, unterbrach Britta übellaunig. »Und ich verstehe beim besten Willen nicht, über was für Mauern du die ganze Zeit redest.«

»Na, Mauern eben. So Mauern, wie sie überall herumstehen. Du wirst es erleben. Du bist gut zu Fuß. Meine Stärke sehe ich eher im Bereich der Psychologie. Lebenserfahrung und dergleichen. Ich kann mich gut in Menschen einfühlen. Ja, je länger ich darüber nachdenke, desto sicherer bin ich mir: Wir sind ein Dream-Team!«

»Margot, wovon genau sprichst du eigentlich?«

»Vorhin, nach dem Abendessen, da habe ich mit Lucia gesprochen. Die Arme, sie ist völlig außer sich. Nun, immerhin konnte ich sie davon überzeugen, dass Chantal den armen Walter vermutlich nicht um die Ecke gebracht hat. Obwohl nichts unmöglich ist. So muss der Ermittler denken, weißt du – nichts ist unmöglich! Wie dem auch sei, sie hat mich jedenfalls gebeten, mich um die Sache zu kümmern. Ihn zu finden. Tot oder lebendig.«

Britta war sich nicht ganz klar darüber, was sie mehr aus der Fassung brachte – der Umstand, dass alle Welt den Verstand zu verlieren schien, oder die Tatsache, dass Margot einen durchaus begeisterten Eindruck machte.

»Und stell dir vor, kaum war ich hier, da hat der nette Polizist angerufen.« Margot lächelte. »Dieser Wörner.«

»Was?«

»Ja, er wollte wissen, ob er vielleicht sein Handy hier vergessen hat. Ein Vorwand, klarer Fall. Eigentlich ist er zu jung für mich. Und ich bin auch nicht sicher, ob er überhaupt mein Typ ist. Aber ich habe ihn mal eingeladen, morgen, zum Tee. Dann kann ich weitersehen. Jedenfalls hat er sich gefreut. Über die Einladung. Und nützlich ist er allemal. Ein heißer Draht zur Polizei, das ist Gold wert.«

»Margot«, krächzte Britta und ließ sich auf einen Stuhl

fallen. »Wir sind hier nicht im Romantik-Thriller! Wie stellst du dir denn das alles vor?«

Bevor Margot Gelegenheit hatte, diese prekäre Frage zu beantworten, wurde die Haustür aufgerissen. In eine üppige Duftwolke und ein luftiges Seidenkleid gehüllt flatterte Chantal in den Raum. Sie ließ sich auf einen Stuhl fallen und brach umgehend in Tränen aus.

Margot und Britta tauschten einen irritierten Blick.

»Frau Hutschendorf-Baumeister?«, brach Britta das Schweigen, als klar war, dass Chantal außer Schluchzern nichts von sich geben würde. »Können wir Ihnen helfen?«

»Sie denken, ich habe meinen Walter ermordet«, schluchzte Chantal.

Britta fühlte den Drang, laut zu schreien. Die Lage war kompliziert genug. Das hier, das fehlte gerade noch.

»Aber, aber, das denkt doch keiner«, säuselte sie also, obwohl sie keine Freundin von Lügen war.

»Doch, natürlich. Lucia denkt das. Das hat sie der Polizei gesagt. Und Lucia, der glaubt man solche Sachen. Auch wenn es völlig verrückt ist. Ich meine … oh Gott!«

Margot räusperte sich. »Das mag ja alles ein, aber was führt Sie zu uns?«

»Ihr müsst mir helfen«, keuchte Chantal.

In Britta keimte der tröstliche Verdacht, dass sie sich vielleicht inmitten eines sehr, sehr sonderbaren Traums befand.

»Alle sind gegen mich. Alle! Von Anfang an. Lucia hasst mich. Die Alte kann mich nicht leiden. Sogar der Junge … der Junge beachtet mich kaum. Nur Walter, nur mein Walter, er hat immer zu mir gehalten. Und jetzt ist er weg.«

Dem konnten weder Margot noch Britta widersprechen.

»Ich habe doch nur euch. Ihr seid meine einzigen Freunde hier.«

Diese Aussage hingegen war so monströs unsinnig, dass die Damen die Zeit, die Chantal benötigte, um aus ihrem Glitzerhandtäschchen ein Taschentuch zu zerren, vollständig damit beschäftigt waren, sich zu fassen. Das Verhältnis, das Chantal mit dem Personal pflegte, war von gegenseitiger Gleichgültigkeit bestimmt. Chantal darauf hinzuweisen, dass man dies gemeinhin nicht mit dem Begriff der Freundschaft umriss, schien unter den gegebenen, psychologisch schwierigen Bedingungen jedoch nicht unbedingt ratsam.

»Ihr müsst mir helfen.« Chantals Brust entrang sich ein gewaltiger Seufzer. »Ihr seid meine einzige Hoffnung!«

»Ich glaube, das reicht jetzt.« Britta erhob sich von ihrem Stuhl. »Frau Hutschendorf-Baumeister, es tut mir ja sehr leid für Sie, aber …«

»Wir müssen kurz unter vier Augen reden«, fiel Margot ihr ins Wort. »Entschuldigen Sie uns für einen Moment!«

Sie zerrte die widerstrebende Britta aus der Küche in den kleinen Flur. »Mach jetzt keinen Fehler!«, zischte sie. »Das ist das Beste, was uns passieren kann.«

»Mir fallen ganz spontan zwei Millionen bessere Dinge ein, die mir passieren können. Und das schließt eine Wurzelbehandlung am Backenzahn ein.«

»Britta, nimm dich zusammen! Du hängst sowieso mit drin. Oder willst du, dass die Alte dich rausschmeißt?«

»Ja! Ja, vielleicht wäre das eine gute Alternative. Das ist doch verrückt hier, das ist doch ein Affenzirkus.«

»Jetzt gib dir mal einen Ruck! Vom alten Walter hast du Lohn und Brot bekommen. Du wohnst in Traumlage, und dein Gehalt ist deiner Tätigkeit auf keinen Fall angemessen. Du schuldest ihm was. Du kannst Agathe glücklich machen und Lucia, Chantal und mich. Vier glückliche Menschen und es kostet dich nur ein Kopfnicken. Du bist doch sonst so harmoniesüchtig.«

»Margot, ist dir eigentlich klar, worum es hier geht? Der Mann ist verschwunden. Vielleicht hat ihn jemand entführt. Vielleicht hat ihn auch jemand umgebracht.«

»Vielleicht ist er einfach nur abgehauen«, wandte Margot ein. »Aber das ist egal. Niemand hat etwas zu verlieren. Die Polizei ist informiert. Die Sache geht ihren Gang. Wir tun doch niemandem weh, wenn wir ein paar Leuten einen Gefallen tun. Und wenn sich Chantal jetzt auch noch auf einem silbernen Tablett präsentiert, extra für mich, dann ist das eine Chance, die du mir auf keinen Fall versauen darfst.«

Britta stöhnte.

»Komm schon! Denk an Herrn Wörner. Herr Wörner würde sich freuen. Ich bin sicher, Herr Wörner wäre entzückt.«

Abermals stöhnte Britta.

»Ein Kopfnicken«, wiederholte Margot.

Brittas Kopf neigte sich. Ganz leicht nur, aber Margot langte das. »Ich wusste, dass du vernünftig bist! Und jetzt komm mit und lass mich machen. Über die Details können wir später reden.« Sie lächelte, als sie Britta in die Küche zurückzerrte.

Breitbeinig baute sie sich vor Chantal auf und verschränkte die Arme vor ihrem unter dem militärischen Muster des Tanktops fast bedrohlich wirkenden Busen.

»Frau Hutschendorf-Baumeister, die Lage ist ernst!« Sie musterte die aufgelöste Blondine streng. »Sie befinden sich in einer prekären Situation. Wir sind bereit, Ihnen zu helfen. Aber dazu bedarf es Ihrer uneingeschränkten Kooperation. Das heißt, Sie müssen uns alles erzählen. Und wenn ich alles sage, dann meine ich alles. Wir können keinerlei Rücksicht auf Ihre Privatsphäre nehmen.«

»Natürlich! Natürlich nicht, meine ich. Oh, ich bin so froh. Ich bin euch so dankbar!« Um ihre Rührung zu unterstreichen, putzte Chantal sich erneut das Näschen.

Britta schloss kurz die Augen. Unglücklicherweise zweifelte sie mittlerweile nicht mehr im Mindesten daran, dass sie wach war. Sie war, im Unterschied zu allen Menschen, die sie umgaben, sogar bei klarem Verstand. »Das ist doch alles Quatsch!«, erklärte sie daher.

»Frau Hutschendorf-Baumeister, es ist wohl besser, wenn Sie jetzt gehen!« Margot legte eine Hand auf die in Seide gewandete Schulter. »Wir werden uns bei Ihnen melden, gleich morgen. Seien Sie unbesorgt! Wir werden eine Strategie erarbeiten. Wir kümmern uns um die Sache.«

Chantal erhob sich. Ein Strahlen erhellte ihr von Tränenfluten verwüstetes Gesicht. »Ich danke euch. Ich wusste, dass ich mich auf euch verlassen kann.«

Kaum war sie weg, riss Margot das Fenster auf, um die süßliche Duftwolke aus der Küche zu lassen.

»Ich mache das nicht!« Britta setzte sich auf einen Küchenstuhl und es kostete sie Mühe, nicht die Unterlippe vorzuschieben. »Das ist alles vollkommen bescheuert!«

»Ja, sicher, meine Liebe, das ist es. Aber überleg nur mal, wie viele bescheuerte Sachen du in deinem Leben schon gemacht hast! Da kommt es auf eine mehr oder weniger nicht mehr an.«

6

Britta schlief nicht gut in dieser Nacht. Zwischen Wachen und der wirren Traumwelt des leichten Schlafs entstand ein Kopfkino, das hässliche Bilder erzeugte. Bilder, die sie mit einem kleinen Koffer vor der Tür ihrer Mutter zeigten. Bilder einer arbeits- und mittellosen Person, die in stiller Demut zurückkehrte in das Dorf in der Voreifel, die in ihrem ehemaligen Kinderzimmer nächtigte und täglich Diskussionen über ihr berufliches Fortkommen zu führen hatte. Alternativ sah sie Gestalten, huschende und dunkle Gestalten, die gefährlich waren. Gestalten, die ältere Herren entführten und auch sonst vor nichts zurückschreckten. Die mit dummdreisten, unfähigen Privatdetektivinnen kurzen Prozess machten.

All diese Bilder regten sie derart auf, dass ihr ermatteter Geist irgendwann Zuflucht in netteren Bereichen suchte. Er floh zu Polizisten, die George Clooney ähnlich sahen. Letztlich hatte sie gar nicht übel geträumt.

Als sie des Morgens die sonnendurchflutete Küche betrat, balancierte Margot gerade die gusseiserne Pfanne zum Tisch. »Spiegelei ist fertig«, flötete sie.

In ihrem ersten Leben war Margot Gattin eines Sparkassen-Filialleiters gewesen, den sie direkt nach Abschluss ihres Hauswirtschaftsstudiums geheiratet hatte. Sie hatte ein schmuckes Eigenheim in einem der schickeren Neubauviertel in Wachtberg bewohnt, hatte zwei Kinder großgezogen und war über die Jahre zu einer übergewichtigen, latent depressiven Hausfrau mutiert. Als die Kinder aus dem Haus waren, hatte ihr Gatte sie mit der Erkenntnis überrascht, die Liebe seines Lebens in seiner Sekretärin gefunden zu haben und mit dieser ein neues Leben beginnen zu wollen. Das hatte in Margot Dinge entfesselt, die sie selbst zunächst erschreckten. Mithilfe einer erstklassigen Anwältin hatte sie ihren Mann bis aufs Hemd ausgezogen. Sie hatte das Häuschen verkauft und all ihr Geld und all ihre Energie in das Projekt investiert, Kontakt zu ihrer inneren Göttin aufzunehmen. Ein voller Erfolg. Einige Monate später, um gut 30 Pfund und ein kleines Vermögen erleichtert, war Margot ganz im Einklang mit sich selbst. Sie strotzte vor Energie und Selbstbewusstsein. Das Zusammentreffen mit ihrer Seelenschwester Lucia tat ein Übriges. Ihre Zukunft war gesichert. Sie hatte einen Job, in dem sie, wie sie gerne betonte, das tat, was sie ihr Leben lang getan hatte – mit dem entscheidenden Unterschied, dass man ihr nun finanzielle und moralische Anerkennung zollte und sie zudem über geregelte und bezahlte Frei- und Urlaubszeit verfügte.

Britta, deren Fähigkeiten nicht schwerpunktmäßig im Bereich Haushaltsführung lagen, hatte sich klaglos in ein Arrangement gefügt, in dem Margot für Nahrung und Ordnung sorgte. Im Gegenzug spielte sie mehr oder weniger willig die Rolle des Helferleins, das Margot zu Diensten war, wenn diese es für nötig erachtete, und sich ansonsten um die Pflege des Gartens kümmerte.

Margot wartete geduldig, bis Britta ihr Mahl beendet hatte. »Kommst du?«, fragte sie dann und erhob sich.

»Wohin?«, erwiderte Britta scheinheilig.

»Zu Chantal! Wir haben ihr doch gesagt, dass wir vorbeikommen.«

Britta griff demonstrativ gelassen nach der Kaffeekanne und schenkte sich nach. »Du hast ihr gesagt, dass wir eine Strategie erarbeiten. Deine Worte.«

»Herrgott, Britta! Nicht so viel denken, die allmähliche Strategie wird sich schon beim Reden ergeben. Wir horchen sie erst mal aus. Wir sehen uns ein bisschen um. Mir fällt schon was ein.«

»Das, meine Liebe, ist genau, was ich bezweifle. Du hast keine Ahnung, wonach wir eigentlich suchen.«

»Meine Güte! Du schmeißt mit negativer Energie nur so um dich. Meine ganze Küche ist schon voll davon. Das hält ja kein Mensch aus.«

»Ich bin«, sprach Britta ernsthaft, »ich bin voll mit positiver Energie. Randvoll. Ich strotze nur so vor positiver Energie! Aber das heißt ja nicht, dass ich blindwütig losrenne, ohne die leiseste Ahnung zu haben, was ich eigentlich erreichen will.«

»Gut, dann gehe ich eben allein. Ich brauche dich nicht. Putz' du halt den Pool. Oder was dein kleines Hirn sonst für erreichbar hält. Ich jedenfalls gehe jetzt!«

Klein Walter betrat die Küche.

»Walter, mein Schatz!« Margot tätschelte ihm die Schulter. »Das ist aber schön, dass du uns besuchst. Da kann ich dir gleich sagen, dass die Schwimmstunde ausfällt heute. Die Britta hat nämlich sehr viel zu tun.« Sie grinste böse.

Britta hob an zu protestieren. Als sie jedoch die reine und unverfälschte Glückseligkeit auf dem Gesicht des Kindes erblickte, beschied sie sich mit einem unwilligen Grunzen. So viel Freude aus einem Kinderherz zu wischen, war ihr auch in ihrer derzeit unwirschen Stimmung nicht möglich.

In Walters jungem Leben gab es drei große Leidenschaften: Computerspiele, Essen und Margot, in die er mit aller Inbrunst seines achtjährigen Herzens verliebt war. Weil Besuche im Gärtnerhaus zwei dieser drei Interessen bedienten, kam er gern und oft. Schon hatte Margot die Pfanne wieder in der Hand. »Magst du auch ein Spiegelei, mein Schatz?« Sie strich ihrem Verehrer über den Kopf und stellte sich, ohne eine Antwort abzuwarten, wieder an den Herd. Walter starrte auf die Tischplatte, bis Margot den Teller vor ihm abstellte. »Iss erst mal einen Happen! Es tut mir leid, aber Britta und ich müssen ein paar Sachen besprechen. Vielleicht magst du ja ein bisschen fernsehen, während du frühstückst.«

Allein der Gedanke, dass ihr Sohn Spiegeleier verzehrte, hätte ausgereicht, um bei Lucia Zustände hervorzurufen. Dass er das vor laufendem Fernseher tat, gehörte definitiv zu den Dingen, die sie nie erfahren durfte.

»Musst du ihn immer so vollstopfen?«, nörgelte Britta, nachdem Walter sichtlich zufrieden in Richtung Wohnzimmer abgezogen war. »Er hat garantiert schon gefrühstückt. Und drei Eier … ich bitte dich!«

»Er ist ein Junge. Jungen haben immer Hunger.«

»Er ist zu dick!«

»Er ist nicht dick. Er ist kräftig. Und außerdem ist er im Wachstum. Irgendwann macht der Junge einen Schub, und dann wirst du schon sehen.« Margot setzte sich zu Britta an den Tisch. »Jetzt komm schon. Du musst ja gar nichts tun. Du begleitest mich einfach. Wir gehen die Sache an und im schlimmsten Fall sind wir hinterher nicht schlauer als vorher.«

»Wir müssen aber doch wenigstens nachdenken. Bevor wir einfach losstürmen, meine ich. Was wissen wir? Wonach suchen wir?«

»Na gut, na schön. Was glaubst du denn? Was ist passiert?«

»Es gibt drei Möglichkeiten. Erstens: Er ist abgehauen.«

»Ja, das ist möglich. Aber es ist nicht wahrscheinlich. Wer macht sich aus dem Staub und nimmt nur die Klamotten mit, die er auf dem Leib trägt?«

»Er ist ein reicher Mann«, wandte Britta ein. »In seinen Klamotten steckt möglicherweise die eine oder andere goldene Platinkarte. Er kann sich irgendwo einmieten und mit allem versorgen, was er braucht.«

»Richtig! Wir sollten seine Kontobewegungen im Auge behalten.«

»Tolle Idee. Ich schlage vor, du rufst gleich mal bei der Bank an und erkundigst dich. Ich bin sicher, man wird dir weiterhelfen: ›Aber natürlich, Frau Pütz, gerne auch telefonisch. Hier ist der derzeitige Kontostand, und wenn Sie möchten, führen wir einige Überweisungen für Sie durch.«

»Das ist genau dein Problem«, schimpfte Margot. »Negative Energie im Übermaß. Aber egal – dafür hast du ja mich. Also – die zweite Möglichkeit?«

»Entführung«, erklärte Britta. »Aber es gibt keine Lösegeldforderung. Er ist schon fast eine Woche weg. Warum sollte ein Entführer so lange warten?«

»Vielleicht, weil es nicht um Lösegeld geht.«

»Sondern?«

»Sondern darum, ihn aus dem Weg zu schaffen.«

Britta wurde ein bisschen flau. »Das führt aber dann eher zur Möglichkeit Nummer drei: Jemand hat ihn umgebracht.«

»Mein Opa ist nicht tot!« Walter stand mit seinem leeren Teller in der Küchentür. Seine Stimme klang ungewöhnlich bestimmt. »Kann ich noch ein Ei haben?«

»Sicher, oh, natürlich, mein Schatz. Oh mein Gott!« Margot sprang auf und begann, hektisch am Herd zu hantieren.

»Natürlich ist dein Opa nicht tot«, versuchte Britta, den psychologischen Schaden zu reparieren. »Das ist Unsinn. Ich glaube ... ich nehme an, der Opa musste einfach mal weg. Dringend. Und er hatte keine Zeit, jemandem Bescheid zu sagen.«

»Genau! Mein Opa ist nicht tot. Und ich will doch kein Ei mehr. Hast du Kuchen?«

»Sicher, natürlich habe ich Kuchen.« Margot zauberte ein Stück Marmorkuchen hervor und reichte es Walter. »Aber wir müssen jetzt los. Wir müssen Oma Chantal besuchen. Sie ist ein bisschen traurig, weißt du.«

»Ich bin auch traurig. Ich muss Klarinette üben.«

Britta zuckte ob des Vergleichs innerlich zusammen. Dennoch nahm sie erleichtert zur Kenntnis, dass Walter bei dem Blick auf den Kuchen, den Margot ihm hinhielt, zu strahlen begann. »Mein Lieblingskuchen«, bemerkte er glücklich und schien immerhin für den Moment frei von jedweden traurigen oder gar morbiden Gedanken.

7

Es roch nach Möbelhaus. Und es sah auch so aus. Britta blickte sich im Wohnzimmer um und versuchte sich Walter auf dem weißen Designersofa vorzustellen, bei einem gemütlichen Fernsehabend vor dem gigantischen Flachbildschirm an der Wand. Es gelang ihr nicht.

Chantal stellte ein Tablett mit Kaffee auf dem Glastisch ab. Schatten unter ihren Augen verrieten, dass auch ihre Nacht eher unruhig verlaufen war. »Ich weiß nichts«, erklärte sie unaufgefordert. »Ich habe die ganze Nacht gegrübelt. Ich habe keine Ahnung, wo er hin ist. Und schon gar nicht, warum er überhaupt irgendwohin gehen sollte!«

»Hatte er vielleicht Streit mit jemandem?«, erkundigte sich Margot.

»Nein. Obwohl … Er hat sich mit Agathe gestritten. Neulich.«

Brittas kurz aufgeflammtes Interesse fiel in sich zusammen. Agathe zählte nicht. Jeder stritt mit Agathe.

»Worum ging es denn?«, bohrte Margot nach.

»Ich weiß nicht genau. Er hatte diesen Brief bekommen. Vom Heimatverein. Die wollten in diesen Heimatblättern einen Artikel über das Anwesen bringen. Deshalb haben sie angefragt, ob es alte Fotos gibt, Dokumente, was weiß ich. Walter, der ist ja für so was. Für Geschichte und so. Deshalb ist er dann rüber auf den Dachboden. Aber das fand Agathe gar nicht lustig. Sie ist hier aufgetaucht und dann …«

»Sie war hier?«, unterbrach Britta. Das war in der Tat ungewöhnlich. War Agathe doch nicht nur gebrechlich, sondern in der Regel auch schlicht zu faul, sich unnötig von ihrem Sessel wegzubewegen. Agathe besuchte niemanden, Agathe zitierte die Menschen zu sich.

»Sie war fuchsteufelswild«, fuhr Chantal fort. »Sie hat ihn angebrüllt. Von wegen: Dinge, die die Familie betreffen«, ihre Stimme erhob sich in dem kläglichen Versuch, Agathe nachzumachen. »›Das geht keinen was an! Du hast kein Recht, auf meinem Dachboden herumzuschnüffeln!‹ Wie gesagt, sie war fuchsteufelswild. Aber dazu braucht es bei ihr ja auch nicht viel, nicht wahr?«

Ein esoterisch polyphoner Klingelton erfüllte den Raum und entband die Damen von der Pflicht, zu antworten. Margot griff in ihre Tasche und zog ihr Handy hervor. Sie warf einen Blick aufs Display und seufzte. »Die Uschi«, murmelte sie. »Ich fürchte, da muss ich rangehen. Entschuldigt mich.« Sie huschte aus dem Raum und hinterließ ein Schweigen, das mit jeder Sekunde peinlicher wurde.

»Das ist merkwürdig, dass sie sich wegen so einer Lappalie derart aufregt«, sagte Britta, um die Stille zu durchbrechen. »Und wie hat Walter reagiert?«

»Na ja, ich glaube, er hat ein bisschen Angst vor Agathe. Aber es hat ihn geärgert. Als sie weg war, war er schlecht gelaunt. Wir haben eigentlich nicht weiter darüber gesprochen. Es war ja auch erst … ich meine, das war ja letzte Woche und dann war er auf einmal schon weg und …« Tränen verschleierten ihren Blick.

»Und sonst? Sonst war alles wie immer?«, versuchte Britta eilends, den bevorstehenden Tränenausbruch zu verhindern. Sie hatte keine Chance.

»Ja!«, schluchzte Chantal. »Oh Gott, ich weiß nicht, wie ich es sagen soll. Aber Margot, sie hat ja recht, ich meine, es hilft ja nichts, ich muss alles sagen, alles, und ihr werdet es ja sowieso herausfinden.« Sie schlug theatralisch die Hände vors Gesicht.

»Sie können mir vertrauen«, log Britta frech.

»Vielleicht bedeutet es ja nichts«, seufzte Chantal. »Bestimmt bedeutet es nichts. Aber weißt du, am Anfang, da war es wirklich toll. Mit uns beiden. Ich weiß schon, was ihr alle denkt. Aber das stimmt nicht. Er hat mich behandelt wie eine Königin. Er war so charmant. Und so aufmerksam. Er hat mich verwöhnt. Ich habe meinen Vater nie kennengelernt, vielleicht mag ich deshalb ältere Männer …«

Britta biss sich auf die Unterlippe. Als ebenfalls vaterlos aufgewachsener Person war ihr nie der Gedanke gekommen, diesen Mangel auszugleichen, indem sie mit

Vaterfiguren schlief. Aber darum ging es ja im Moment nicht und daher schwieg sie.

»Wir haben uns bei einem Casting getroffen«, fuhr Chantal fort. »Ein Werbespot für die Firma. Ich hatte gar keine Lust, einen Werbespot zu machen, aber ich war arbeitslos. Als arbeitslose Schauspielerin, da kann man nicht wählerisch sein.« Sie stockte kurz. »Ich habe den Job nicht bekommen. Ich war deprimiert deshalb. Und er hat sofort gesehen, dass es mir gar nicht gut ging. Und dann hat er mich zum Essen eingeladen, zum Trost, hat er gesagt. Wir haben uns gleich so gut verstanden.« Sie zog die Nase hoch. »Dann ging alles ganz schnell. Ich weiß, das kann man sich nicht vorstellen, aber da war gleich diese Anziehung, gleich am Anfang. Ich meine, auch sexuell, nein, falsch, vor allem sexuell!«

Britta sandte ein kurzes Stoßgebet gen Himmel. Ermittlungen hin oder her – es gab durchaus Dinge, die sie nicht zu wissen begehrte. Sie wurde nicht erhört.

»Ich war platt, offen gestanden«, erläuterte Chantal weiter. »Für einen Mann seines Alters … Ich muss schon sagen. Er stand auf Sachen, meine Güte! Es ist ja nicht so, dass ich besonders unerfahren gewesen wäre, aber das war dann doch …« Sie kicherte nervös. »Einmal, da hat er zum Beispiel …«

Gequält schloss Britta die Augen. Sie hörte Margots Murmeln vom Flur und tat ihr Möglichstes, sich auf diese Stimme zu konzentrieren. Vergeblich. Chantals Redefluss strömte gnadenlos weiter, und vor Brittas innerem, schlecht erzogenem Auge entstanden Bilder, farbenprächtige 3-D-Bilder, die Walters und Chantals gewagten Akt zeigten. Ihr wurde ganz schwummerig, bis sich dankenswerterweise der adrette Herr Wörner über Walters Bild stülpte. Da Herr Wörner ganz und gar nicht auf Chantal stand, mutierte diese zu einer Frau, die Britta recht ähnlich war, wenngleich sie bei genauerer Betrachtung etliche Kilo leichter und deutlich gelenkiger war, denn das, was sie nun tat …

»Ach, aber das ist ja nun wirklich nicht wichtig, ich … Entschuldigung, das interessiert Sie ja nun gar nicht«, unterbrach Chantal die Vision, die sich gerade als nicht ausschließlich verstörend herausgestellt hatte. »Ich muss nur viel daran denken, im Moment. An die Zeit, in der alles gut war.« Abermals schniefte Chantal. Es folgte ein Moment unbehaglichen Schweigens.

»Das ist ja sehr schön«, murmelte Britta dann. »Ich meine, da kann man doch wirklich gratulieren.«

Chantal schüttelte den Kopf. »Das war am Anfang. Es ist … es hat sich alles geändert zwischen uns. Er war mir nicht treu.«

»Bitte?«

»Ich kann es nicht beweisen. Aber eine Frau fühlt so etwas! Irgendwie hat er das Interesse an mir verloren. Er war kaum noch zu Hause. Immer in der Firma oder in Wachtberg auf dem Golfplatz. Ich war die ganze Zeit alleine. Und es hat sich nicht mehr viel abgespielt zwischen uns. Ich habe versucht, mit ihm darüber zu reden. Er hat gesagt, so ist das nun mal. Die Zeit, die Gewohnheit, das wäre normal in einer Ehe, und er wäre ja nicht mehr der Jüngste.«

»Und wie kommen Sie auf die Idee, dass er ein Verhältnis hatte?«

»Ich bin doch nicht dumm«, behauptete Chantal. »Ich kann doch zwei und zwei zusammenzählen. Sie heißt Ingrid!«

»Sie kennen sie?«

»Nein, eigentlich nicht. Er hat gesagt, sie ist eine Freundin. Eine gute, alte Freundin. Natürlich habe ich das geglaubt, am Anfang. Aber ich fand es gleich komisch, dass er sie nie eingeladen hat zu uns. Das macht man doch, mit guten, alten Freunden. Sie haben sich die ganze Zeit getroffen. Ich hätte misstrauischer sein müssen, aber wenn man verliebt ist, dann ist man ja furchtbar naiv. Ich bin gar nicht auf die Idee gekommen, dass sich da etwas abspielt, ich dumme Pute.«

»Haben Sie der Polizei von der Sache erzählt?«

Chantal schüttelte den Kopf. »Natürlich nicht! Ich meine, was wirft das für ein Licht auf unsere Ehe? Das geht doch nun wirklich keinen was an.«

»Aber er ist verschwunden.« Britta bemühte sich um einen ruhigen Ton. »Es ist doch möglich, dass er bei seiner ... dass er bei dieser Ingrid ist.«

»Meinen Sie wirklich?« Chantal wirkte ehrlich verblüfft. Dann schüttelte sie den Kopf. »Aber ich kann nicht, ich meine ... Wie sieht das denn aus, was sollen denn alle denken, wenn ich ...? Es ist ja so, sie ist ... sie ist alt.«

Britta erschloss sich nur verschwommen, was dieser Umstand mit der Sache zu tun hatte, aber sie interessierte im Moment ohnehin andere Dinge. »Ich denke, Sie kennen sie nicht!«

Chantal wurde rot. »Ich bin ihm mal nachgefahren. Sie haben sich getroffen, haben Kaffee getrunken drüben in Honnef bei Nottebrock. Ich meine, ich habe sie gesehen. Ich konnte mir nicht vorstellen ... Aber ich bin ihnen gefolgt. Sie sind dann zu ihr. Sie wohnt in Beuel, nicht weit von der Kennedybrücke, und sie sind ins Haus gegangen und dann … Ich weiß es auch nicht. Ich bin dann nach Hause gefahren. Und er war erst Stunden später wieder hier.«

»Ich brauche ihre Adresse.« Zu ihrem eigenen Entsetzen stellte Britta fest, dass diese Ermittlungssache anfing, ihr Spaß zu machen. Noch keine halbe Stunde und sie hatte eine Spur – die Sache war vielleicht weit weniger kompliziert, als sie befürchtet hatte.

»Ich habe vergessen, wie die Straße heißt«, bremste Chantal die Euphorie. »Aber die Telefonnummer. Die Telefonnummer, die steht in seinem Kalender. Im Arbeitszimmer!«

»Das ist gut, da sollte ich mich ohnehin mal umsehen.« Britta gefiel die Sache immer besser. Womöglich war an ihr tatsächlich eine Ermittlerin verloren gegangen. Sie folgte Chantal auf den Flur, wo Margot nach wie vor an ihr Handy geleimt schien, aus dem ein verzerrter Wortschwall drang. Sie rollte die Augen, als Britta an ihr vorbeiging. Britta hob albern den Daumen. »Ich mach das schon.«

Das Arbeitszimmer hatte sich nicht verändert. Brittas letzter Besuch lag lange zurück. Hier hatte das sonderbare Vorstellungsgespräch stattgefunden. Sie erinnerte sich an das riesige Bücherregal hinter dem wuchtigen Schreibtisch, der eine Seite des Raums beherrschte. Gegenüber, vor dem Flügelfenster, luden zwei gerade richtig abgeschabte Ledersessel Herren dazu ein, sich bei einer Pfeife in ein Schachspiel oder eine philosophische Diskussion zu vertiefen. Hier hatten sie gesessen, Walter und eine nervöse Britta. Die äußerst vagen Angaben der Dame von der Arbeitsagentur hatten es ihr unmöglich gemacht, sich auf dieses Gespräch vorzubereiten. Aber das war auch nicht nötig gewesen, denn Walter war derjenige, der sprach. Er hatte Britta erklärt, worin ihre zukünftigen Aufgaben bestünden. Er hatte sich nicht damit aufgehalten, ihr lästige Fragen bezüglich ihrer Qualifikation zu stellen. Die Sache war ihr damals so sonderbar vorgekommen, dass sie mit dem Gedanken gespielt hatte, sich schnell und höflich zu verabschieden. Bevor es jedoch dazu kam, war Walter auf die Gehaltsfrage zu sprechen gekommen. Es gehörte nicht zu Brittas Unarten, schicksalhafte Glückssträhnen zu hinterfragen. Und so hatte sie ihre Zweifel zerstreut und beschlossen, sich die Sache erst einmal anzusehen.

In detektivischem Gestus näherte sie sich dem aufgeräumten Schreibtisch, auf dem ein paar säuberlich gestapelte Schnellhefter lagen. Sie griff danach. ›Studie zum Jugendalkoholismus‹ las sie auf dem Dokument, das einen durchaus wissenschaftlichen Eindruck machte. Sie griff nach dem nächsten Ordner, dasselbe Thema. Offenbar hatte Walter seinem Broterwerb kritisch gegenüber gestanden. Brisant erschien Britta das allerdings nicht. Er war ein Grübler, das war bekannt. Ihr Blick fiel auf den angegilbten Pappkarton, der halb unter den Schreibtisch gerückt war. Sie öffnete den Deckel. Der muffige Geruch von Dachböden schlug ihr entgegen. Alte Briefe und Fotos lagen in wüstem Chaos übereinandergestapelt.

»Das ist die Kiste. Die er geholt hat, von drüben«, erklärte Chantal, die in der Tür stand und nicht recht zu wissen schien, was von ihr erwartet wurde. Britta griff nach einem Brief, der obenauf lag. Er war an Agathe adressiert. Sie konnte den Poststempel nicht lesen.

»Der Kalender, die Telefonnummer meine ich – da, neben dem Telefon«, sagte Chantal. »Sie steht unter I – I wie Ingrid.«

Britta griff nach dem ledergebundenen Büchlein. »Den leihe ich mir mal aus«, sprach sie und steckte den Kalender in ihre Tasche. »Sie bekommen ihn selbstverständlich zurück.«

Es klingelte an der Tür.

»Sekunde«, flötete Chantal und verschwand.

Allein gelassen wandte Britta ihre Aufmerksamkeit wieder der Kiste zu. Erneut griff sie nach dem Umschlag. Sie öffnete ihn und zog den Inhalt ein Stück heraus. Ein beschriebenes Blatt Papier und ein Foto. Brittas Finger zupften an dem Brief. Sie überlegte, ob das Briefgeheimnis auch für bereits geöffnete Schreiben galt, die zudem Jahrzehnte alt waren. ›Hochverehrte Frau Hutschendorf‹ lasen ihre Augen von solchen Skrupeln unabhängig, ›anbei ein Bild von unserem neuen Heim, in dem unsere Familie nun endlich ausreichend Platz hat. Wir hoffen, Ihnen und Ihrer Familie geht es gut und verbleiben in Dankbarkeit und Verbundenheit …‹ Britta betrachtete das Foto.

Die Schwarz-Weiß-Fotografie zeigte eine Familie vor einem bescheidenen, offenbar neu gebauten Einfamilienhaus aus den 50er-Jahren. »Was zum Teufel machen Sie da?« Die Stimme drang durch Mark und Bein und bevor Britta sich auch nur aufrichten konnte, fühlte sie sich am Arm gepackt und vom Schreibtisch weggezerrt.

»Frau Hutschendorf!« Britta starrte in Lucias wütendes Gesicht. Ihr schwante nichts Gutes.

»Was hat das zu bedeuten?«, verlangte Lucia zu wissen.

»Äh, nichts, ich … das hat gar nichts zu bedeuten.«

»Britta, stammeln Sie nicht! Ich verlange eine Erklärung. Was haben Sie im Arbeitszimmer meines Vaters zu suchen? Meines Vaters, der zufällig Besitzer eines international agierenden Konzerns ist. Haben Sie schon mal was von Industriespionage gehört? Sollte ich mich so getäuscht haben in Ihnen? Ich habe Ihnen vertraut, Britta. Und jetzt das!«

»Lucia!« Margot stolperte in den Raum. »Lucia, was ist denn los? Du bist ja ganz aufgeregt.«

»Margot!« Lucia starrte sie verständnislos an. »Was tust du hier? Was geht hier vor?«

»Ich besuche Chantal. Ich wollte mich ein bisschen mit ihr unterhalten, weißt du.« Sie versuchte sich an einem verschwörerischen Zwinkern. Aber Lucia war viel zu aufgebracht, um solche Feinheiten zu bemerken.

»Was macht Britta im Arbeitszimmer meines Vaters?«

»Ich musste kurz telefonieren. Die Uschi, weißt du, die aus der Atemgruppe, du erinnerst dich sicher …«

»Ja, ich erinnere mich«, zischte Lucia. »Aber was hat das mit Britta zu tun?«

»Sie hat mich angerufen, eben, die Uschi, meine ich. Weißt du, sie hat doch diesen Freund jetzt, obwohl sie ja gerade diesen Hund gekauft hatte, weil sie ja keinen Freund mehr hatte und keinen wollte, aber nun hat sie doch beides und es ist wohl etwas anstrengend im Moment. Sie war ein bisschen aufgewühlt und ich dachte, ich rede lieber kurz mit ihr. Du kennst sie ja, die Uschi. Und da hat Britta schon mal angefangen.«

»Angefangen mit was?«

»Na, sich ein bisschen umzusehen. Mag sein, dass sie etwas übers Ziel hinausgeschossen ist.«

»Ich höre wohl nicht richtig.« Britta machte sich endlich aus Lucias Umklammerung frei. Mehr um die Hände frei zu bekommen als um es mitzunehmen, steckte sie das Foto, das sie noch immer umklammert hielt, zu dem Kalender in ihre Tasche.

»Lucia!« Margots Ton wurde bestimmter. »Du hast mich gebeten, dir zu helfen. Und genau das versuche ich gerade. Britta ist mir netterweise zur Hand gegangen und es ist nicht fair, ihr das jetzt vorzuwerfen.«

»Sie ist was?« Nun war es an Chantal, die gerade wieder zur Türe hereingekommen war, zu kreischen. »Oh Gott, ihr seid Doppelagentinnen! Verräterinnen, das seid ihr.«

»So geht das nicht.« Lucias Stimme sank ob der Anstrengung, ruhig zu bleiben, um zwei Oktaven. »So geht das wirklich nicht. Wir alle wissen, wonach wir suchen müssen.« Sie durchbohrte Chantal, die vor Empörung zu beben schien, mit ihren Blicken. »Wir wissen, was hier geschehen ist. Aber bilde dir nicht ein, dass du damit davonkommst, du Flittchen! Ich werde beweisen, was du meinem Vater angetan hast.«

Chantal schlug die Hände vors Gesicht.

Lucia wandte sich Britta und Margot zu. »Ich hätte mich vielleicht deutlicher ausdrücken sollen«, presste sie hervor. »Aber ich hätte ja im Traum nicht daran gedacht, dass diese dämliche Pute hier jeden herumschnüffeln lässt. In vertraulichen Unterlagen.«

»Das reicht jetzt!«, kreischte Chantal. »So lasse ich mich nicht behandeln. In meinen eigenen vier Wänden!«

»In deinen vier Wänden?« Lucia trat einen Schritt auf Chantal zu. »Dir gehört hier nicht das Schwarze unter dem Fingernagel. Nach allem, was du uns angetan hast. Glaub nicht, dass ich dich noch lange hier dulde. Wenn es nach mir ginge, könntest du sofort deine Koffer packen.«

»Raus!«

»Es ist vielleicht wirklich besser, wenn wir jetzt gehen«, murmelte Britta. »Nun, da wir alle wissen, dass es sich um ein Missverständnis handelt.«

Lucia bedachte sie mit einem giftigen Blick. »Nach Ihnen!«

Sie deutete auf die Tür. Chantal, die in Tränen ausgebrochen war, machte sich nicht die Mühe, ihre Gäste hinauszubegleiten.

8

Klein Walter saß in seinem Geheimversteck im Wäldchen am Rand des Grundstücks und versuchte, nachzudenken. Das war nicht so leicht, denn in seinem Kopf ging einiges durcheinander.

Immerhin fühlte er sich hier etwas besser. Hier, in seiner Höhle. Wo keiner ihn sah und wo er auch nichts sah, nichts hörte und wo niemand ihn etwas fragen konnte. Er hörte das leise Tuckern der Schiffe. Ein schönes Geräusch war das, eines, das ihn normalerweise beruhigte, wenn er aufgeregt war. Manchmal stellte er sich vor, wie das wohl wäre, auf so einem Schiff zu fahren, irgendwohin, wo er noch nie gewesen war. Aber heute nicht. Heute fühlte Walter sich schrecklich durcheinander. Die Fragen waren das Schlimmste. Walter mochte Fragen ohnehin nicht besonders, aber seit Opa weg war, hatte er angefangen, sie zu fürchten. Es schien vollkommen egal zu sein, wie gut er überlegte, bevor er antwortete, er sagte trotzdem immer das Falsche, obwohl er nicht so genau verstand, warum.

Eben, zum Beispiel, eben im Haus. Da hatte seine Mutter ihn gefragt, warum er nicht beim Schwimmen war. Eine Frage, die eine ungeheure Unordnung zur Folge hatte. Dabei war alles unordentlich genug. Allein dass sie da war, seine Mutter, mitten am Tag! Walter hatte seine Mutter lieb, natürlich hatte er das, sie war ja seine Mutter, und er freute sich ja auch, wenn sie da war, aber dass sie mitten am Tag zu Hause war und nicht in der Firma, das machte ihn ganz unruhig. Und dann so eine Frage. Er hatte ganz ruhig überlegt und erst dann hatte er gesagt, dass die Schwimmstunde ausfiel, weil Britta Oma Chantal besuchte. Er war sicher gewesen, dass das so in Ordnung war, schließlich hatte Margot genau das gesagt. Aber seine Mutter war furchtbar wütend geworden und davon gestürmt. Sie war nicht wütend auf Walter, das war immerhin gut. Aber trotzdem hatte ihn die Sache ganz nervös gemacht und deshalb war er hinter ihr hergelaufen. Vor dem Fenster von Opa hatte er gehört, wie alle sich anbrüllten.

Das war seine Schuld, das kam nur, weil er etwas gesagt hatte, von dem er gedacht hatte, dass es vollkommen ungefährlich war. Er verstand die Regeln einfach nicht mehr. Seine Mutter stellte oft Fragen, auf die man besser erst antwortete, wenn man gut überlegt hatte. Sie fragte, ob er Klarinette geübt hatte oder Diktat. Egal, ob er Schule hatte oder Ferien, wie jetzt. Daran war er gewöhnt. Das waren Mutterfragen, damit konnte Walter umgehen. Aber jetzt, mit Opa weg und dem ganzen Durcheinander wurde alles so kompliziert, dass ihm der Kopf wehtat.

Seine Mutter machte sich Sorgen. Das konnte Walter verstehen. Er hätte sich auch Sorgen gemacht, wenn seine Mutter einfach verschwunden wäre, das war ja normal. Was sie nicht zu verstehen schien, war, dass es nicht nötig war. Opa war nichts passiert, natürlich war ihm nichts passiert. Aber weder Mama noch die anderen Erwachsenen wollten das begreifen.

Walter vermisste Opa. Er wollte, dass Opa jetzt hier war. Ihn fragte, ob er vielleicht Lust hatte, mit rauszugehen, Eis zu kaufen in dem Büdchen am Fähranleger oder irgendwo Steine übers Wasser flitschen zu lassen.

Opa war der Einzige hier, mit dem es nicht anstrengend war. Bei Margot fühlte er sich auch wohl, bei ihr war es schön. Aber es war anders schön als mit Opa, eben schön und irgendwie auch ein bisschen anstrengend.

Walter schloss die Augen und versuchte, sich auf seinen Lieblingstraum zu konzentrieren. In diesem Traum war er groß, 18 oder so, jedenfalls sehr alt und sehr erwachsen. Und er ging zu Margot und sah sie an und sagte: Margot, ich liebe dich, willst du mich heiraten? Und Margot hatte diesen Rock an mit dem Wilde-Tiere-Muster, den Walter so gut leiden konnte, und sie lächelte und sagte: ›Walter, oh ja!‹ Und dann ging der Traum nicht wirklich weiter, aber es war ja auch genug, und Walter mochte den Traum sehr. Aber heute konnte er sich nicht gut konzentrieren. Stattdessen musste er wieder daran denken, wie alle waren, im Moment. Nicht nur Mama. Auch Uroma und Margot und Britta. Und alle dachten, dass Walter nichts merkte und nichts verstand. Als wäre er dumm oder so was. Aber er war nicht dumm.

Irgendwie ging das alles so nicht.

Klein Walter musste etwas unternehmen. Er hatte nur leider keine Ahnung, was.

»Britta, es tut mir leid!« Als sie auf dem kiesbedeckten Hof standen, schien Lucia sich zu fassen. »Was ich da eben gesagt habe … mir ist natürlich klar, dass Sie keine Spionin sind. Ich bin einfach mit den Nerven am Ende.«

Britta rang sich ein Nicken ab.

»Ist ja nichts Schlimmes passiert«, Margot lächelte schief. »Sieht man davon ab, dass Chantal jetzt weiß, dass wir sie im Auge haben«, fügte sie unwillig hinzu.

»Es tut mir wirklich leid!«, wiederholte Lucia. »Aber als ich Sie, Britta, da gesehen habe, am Schreibtisch … Ich meine, es ist doch nicht zu viel verlangt, dass diese dumme Pute begreift, dass sie nicht jeden einfach die Papiere durchsehen lassen kann. Nichts für ungut, Britta, aber wir sprechen immerhin vom Geschäft. Es gibt Transaktionen, die mehr als sensibel sind. Wenn unsere Geschäftspartner den Eindruck gewinnen, dass sensible Daten in unbefugte Hände gelangen, dann könnte das Folgen haben, an die ich gar nicht denken will.«

Britta sah sie an und versuchte, sich vorzustellen, welcher Art die sensiblen Informationen wohl sein könnten, die Lucia so verzweifelt zu schützen suchte. Die ganze Aufregung kam ihr reichlich sonderbar vor. Zumal es wenig wahrscheinlich schien, dass die geheimnisvollen internationalen Geschäftspartner davon Wind bekamen, dass sie, die Physiotherapeutin des Privathaushaltes, Einblicke in Unterlagen genommen hatte. Hier stank etwas – und zwar gewaltig. Aber das war kein Themenbereich, den sie mit Lucia zu diskutieren gedachte.

»Ich hätte mich klarer ausdrücken sollen«, fuhr Lucia fort und warf Margot und Britta einen strengen Blick zu. »Die Firma ist tabu! Absolut und unter allen Umständen. Ihr sollt das Miststück im Auge behalten, einfach an ihr dran bleiben. Sie ist dumm. Sie wird einen Fehler machen.« Abermals musterte sie ihre Gesprächspartnerinnen kritisch. »Haben wir uns verstanden?«

»Natürlich, meine Liebe!« Margots Lächeln verbreiterte sich. »Ich werde ab jetzt nur noch das tun, was du wünschst!«

Die feine Ironie war an Lucia völlig verschwendet. »Und was Sie angeht«, wandte sie sich an Britta. »Es steht Ihnen natürlich frei, Margot zu unterstützen. Aber ich wünsche nicht, dass Walter darunter leidet. Es ist gerade jetzt wichtig für ihn, dass seine Routine gewahrt bleibt. Ich wünsche keinerlei Nachlässigkeiten diesbezüglich.« Sie warf einen Blick auf ihre Uhr. »Oh Gott, so spät schon! Ich muss los, ich muss in die Firma!« Hastig küsste sie Margot auf beide Wangen, schenke Britta ein Abschiedslächeln und eilte zum Haupthaus.

»Gottverfluchtes Miststück!« Margot wartete kaum, bis sie außer Hörweite war.

»Ich dachte, sie ist deine Seelenschwester?«, fragte Britta erstaunt.

»Das eine schließt das andere ja wohl nicht aus. Und dass hier etwas oberfaul ist, liegt doch wohl auf der Hand.«

»Oh ja, oberfaul ist das richtige Stichwort.« Britta besann sich auf den diffusen Zorn, den sie unbewältigt im Busen trug. »Wie war das noch gleich – du musst gar nichts tun, du musst mich nur begleiten? Und dann plauderst du in aller Seelenruhe stundenlang mit Uschi über ihren dämlichen Hund, während ich in Teufels Küche gerate! Während ich da sitze und mir intime Details aus dem Sexleben von Chantal und Opa anhören muss.«

»Was? Was für Details?«

»Ach, so allerhand Details.« Wohlig rieb Britta Salz in die erfolgreich gerissene Wunde der Neugier. »Nichts Besonderes, meine Liebe. Abartige Sexualpraktiken und dergleichen. Aber nichts, was für die Ermittlungen von Interesse wäre.«

»Gut, bitte! Mach nur so weiter«, schnaubte Margot. »Aber ich kenne dich. Das schaffst du nicht. Nie und nimmer kannst du das auf Dauer für dich behalten.«

»Ich hab noch mehr. Er hatte eine Geliebte.« Britta hatte sich die Information eigentlich aufsparen wollen, aber sie konnte nicht an sich halten. »Und ich habe ihre Telefonnummer!«

Margots Mund stand für einen Moment offen. »Meine Güte, Britta, ich muss sagen, ich habe dich unterschätzt.«

9

Im Gärtnerhaus holte Margot ohne Umschweife die Flasche mit dem Götterfunken aus dem Kühlschrank.

»Es ist noch nicht mal elf!«, protestierte Britta.

»Na und? Alle großen Detektive saufen. Das ist gut für die Kreativität.«

»Ich nehme trotzdem lieber einen Kaffee«, verweigerte sich Britta dem frühmorgendlichen Wermutstropfen.

»Dann setz' einen auf, ich muss kurz telefonieren.«

Ehe Britta begriff, was ihre Freundin vorhatte, war sie schon mit dem Telefon im Wohnzimmer verschwunden. Als sie eben das kochende Wasser über den Kaffee goss, kehrte Margot zurück. »Sie heißt Lipschitz«, erklärte sie. »Ingrid Lipschitz. Und sie will auf keinen Fall mit uns reden. Ich glaube, sie ist eine wirklich blöde Kuh.«

»Du hast sie einfach angerufen? Was, zum Henker, hast du gesagt?«

»Ich habe ihr gesagt, dass wir alles wissen. Und ihre Reaktion beweist deutlich, dass sie einiges zu verbergen hat. Aber die wird sich wundern. Wir werden ihr einen Besuch abstatten und zwar gleich. Ich fresse einen Besen, wenn die nicht ihre Finger in der Sache hat!«

Britta schüttelte den Kopf und schenkte sich Kaffee ein. »Selbst wenn sie Walter unter ihrem Bett versteckt – jetzt, wo du sie netterweise gewarnt hast, wirst du wohl kaum etwas finden bei ihr.«

Ein Klingeln an der Tür hielt sie davon ab, die Sache weiter zu diskutieren.

Die Damen warfen sich einen erstaunten Blick zu. Es klingelte nie im Gärtnerhaus – eigentlich. In der Regel wurde geklopft, kurz und symbolisch, bevor die Menschen durch die Tür spazierten, die nur in Ausnahmefällen abgeschlossen war. Margot eilte, der Herkunft des ungewohnten Tons auf den Grund zu gehen.

Britta setzte sich an den Küchentisch und stellte ihren Kaffeebecher neben das Schnapsglas. Eine Tat, die sie sogleich bitter bereute, denn in der Tür erschien Herr Wörner, der als Ermittler nun vermutlich den völlig falschen Schluss zog, dass sie diejenige war, die schon am frühen Vormittag dem Alkohol zusprach. Unauffällig schob sie das ebenso kompromittierende wie falsche Indiz von sich weg.

»Nehmen Sie Platz, bitte.« Eifrig wies Margot ihrem Besucher einen Küchenstuhl zu. Sein Blick fiel auf das Schnapsglas, und Britta meinte zu bemerken, dass sich eine seiner äußerst wohlgeformten Augenbrauen leicht hob.

»Wir trinken eigentlich nicht am helllichten Tag«, erklärte sie eilig. »Es sind nur die Nerven, wissen Sie. Margots Nerven meine ich. Möchten Sie vielleicht auch einen? Oder einen Kaffee?«

»Jaja, die Nerven«, warf Margot ein, nicht ohne Britta mit einem bösen Blick zu bedenken. »Den ganzen Tag Kaffee zu trinken ist ja überhaupt nicht gut für Nerven und Gesundheit! Aber das wissen Sie als Polizist ja sicher. Also – was können wir Ihnen anbieten?«

Wörner schien zu zögern. »Ein Kaffee wäre jetzt genau richtig«, sagte er dann. »Ich hatte erst einen heute Morgen. Aber nur, wenn es wirklich keine Umstände macht.«

»Nein, aber gar nicht. Britta hat sowieso einen frisch aufgebrüht. Ich hatte Sie aber nicht so früh erwartet«, plapperte Margot weiter munter drauf los. »Hatten wir uns nicht zum Tee verabredet?«

Wörners Gesicht verkrampfte sich. »Doch, ja, das hatten wir, aber … ich bin leider nicht privat hier.«

»Ach?«

»Ja, leider«, wiederholte Wörner. Seine Stimme klang gepresst. »Ich muss Ihnen unglücklicherweise mitteilen, dass man Anzeige gegen Sie erstatten wollte.«

»Was?« Margot knallte den Wörner zugedachten Kaffeebecher auf den Tisch. »Das ist ja wohl die Höhe! Wer zeigt uns denn an? Und warum, zum Teufel?«

Britta konnte dem Gespräch kaum folgen. Gebannt hing ihr Blick an Wörners Gesichtsmuskeln, die in ständiger Bewegung schienen. Es zuckte überall und sein Kiefer wirkte sonderbar verbissen. Vielleicht, so dachte sie nicht ohne Erleichterung, vielleicht war er doch nicht so traumhaft. Vielleicht hatte er einen Tick, einen schlimmen und irritierenden Tick. Einen Tick, der diese pubertäre Wallung, die es ihr so schwer machte, sich in seiner Gegenwart zu konzentrieren, dämpfen würde, bevor es zum Äußersten kam.

»Eine Anzeige wegen Hausfriedensbruchs«, erklärte Wörner nun. Abermals zuckte seine Wange und dann verlor er die Kontrolle. Er brach in schallendes Gelächter aus.

»Entschuldigen Sie«, keuchte er, als er sich wieder gefangen hatte. Er wischte eine Lachträne aus dem Augenwinkel. »Frau Hutschendorf-Baumeister hat mich angerufen. Sie war … nun, sagen wir, sie war außer sich. Sie hat mir allerhand Dinge erzählt, denen ich keinen

Sinn entnehmen konnte. Verstanden habe ich nur so viel, dass Sie beide in ihrer Wohnung Hausfriedensbruch unter Vorspiegelung falscher Tatsachen begangen haben. Das waren ihre Worte. Es ist mir gelungen, sie ein wenig zu beruhigen, indem ich ihr versichert habe, dass ich dieser ungeheuerlichen Sache«, er legte sehr viel stimmlichen Nachdruck auf die letzten beiden Worte, »sofort nachgehen werde, um sie mit aller gebotenen Härte zu verfolgen. Zumal ich gestehen muss, dass ich zu gerne wüsste, was hier eigentlich vorgeht.«

»Sie ist ein solches Miststück.« Margot griff nach dem Schnapsglas und kippte den Rest in einem Zug herunter. »Das ist bloß billige Rache wegen der Doppelagentinnensache!«

»Ja, das Wort fiel.« Wörner griff nach der Zuckerdose. »Allerdings in dem Teil, den ich nicht verstanden habe.«

Britta nahm zur Kenntnis, dass er außergewöhnlich schlanke Finger hatte. Pianistenfinger, dachte sie, und schluckte gerade noch rechtzeitig einen verzückten Seufzer hinunter.

»Sie hat nicht alle Tassen im Schrank«, erklärte Margot freundlich. »Chantal ist vollkommen bescheuert!«

»Das kann und möchte ich nicht beurteilen. Aber ich wäre Ihnen verbunden, wenn Sie mir erklären könnten, wo das Problem denn nun eigentlich liegt.«

Margot holte tief Luft und erklärte ihm die Situation. Als sie geendet hatte, schien Wörner zwischen Belustigung und Ärger zu schwanken. »Das hier«, verkündete er gemessen, »das ist ein Irrenhaus. Ist Ihnen das klar?«

»Selbstverständlich ist uns das klar«, versicherte Britta. »Sagen Sie, spielen Sie Klavier?«

»Bitte?« Wörner warf ihr einen sonderbaren Blick zu und sie verspürte plötzlich den dringenden Wunsch, im Boden zu versinken. »Ja, also, äh, leidlich, aber bitte, lenken Sie nicht ab! Die Art von Privatermittlung, die Sie da zu betreiben scheinen, ist Unsinn. Nicht nur Unsinn, das kann unter Umständen gefährlich werden. Juristisch grenzwertig ist es ohnehin. Und wenn Sie eine Anzeige wegen Behinderung polizeilicher Ermittlungen am Hals haben, dann lässt sich das nicht so leicht hinbiegen wie diese Geschichte hier. Ist Ihnen auch das klar?«

»Vollkommen sonnenklar«, stimmte auch Margot zu. »Betrachten Sie die Sache als erledigt. Absolut erledigt. Wir haben unsere Lektion gelernt. Eine Anzeige, wirklich, da wird einem ja angst und bange. Das will niemand, so einen Ärger. Machen Sie sich gar keine Sorgen! Wir werden ab jetzt einfach hier sitzen und warten, bis Walter wieder auftaucht.«

Wörner ließ einen strengen Blick zwischen den beiden hin- und herwandern. »Ich weiß nicht, warum in diesem Haus alle davon ausgehen, dass die Polizei untätig herumsitzt. Wir nehmen die Sache durchaus ernst. Aber es gibt Vorgehensweisen für derartige Fälle, Vorgehensweisen, die sich bewährt haben. Sie müssen sich einfach darauf verlassen, dass wir unsere Arbeit machen. Dabei wäre es sicher hilfreich, wenn man alle Informationen, die verfügbar sind, mit uns teilen würde. Wenn Sie verstehen, was ich damit sagen will.«

Chopin, dachte Britta, sicherlich Chopin. Er war ja eher der bescheidene Typ. Wenn er leidlich sagte, dann stellte er sein Licht unter den Scheffel, da war sie sicher. Chopin passte gut. Seelenvolles, zartes Spiel, virtuos und geschmeidig. Obwohl auch Rachmaninow vorstellbar war, wild und donnernd und leidenschaftlich.

Margots Stimme riss sie aus derart abschweifenden Gedanken: »Wenn wir im Besitz von Informationen wären oder gelangen sollten, also, ganz zufällig, während wir hier sitzen und warten, würden wir keine Sekunde zögern, diese mit Ihnen zu teilen.«

»Ich bin froh, das zu hören. Ich denke, wir könnten dann vielleicht zunächst so verbleiben, dass ich versuche, Frau Hutschendorf-Baumeister insoweit zu beruhigen, dass sie von einer Anzeige absieht. Im Gegenzug möchte ich, dass Sie beide mir versprechen, sich aus dieser Sache rauszuhalten. Können wir uns darauf einigen?«

Britta nickte. Sie fragte sich, ob sie in den letzten Minuten je aufgehört hatte, zu nicken. Sie fühlte sich wie ein Wackeldackel. Nicht Herrin ihrer Sinne, geschweige denn der Lage.

»Natürlich, lieber Herr Wörner.« Margot erhob sich. »Aber nur unter einer Bedingung!«

»Bedingung?«

»Nur unter der Bedingung, dass ich Sie morgen Abend auf einen Drink einladen darf. Um Sie für die Umstände, die wir Ihnen bereitet haben, zu entschädigen.«

Britta erstarrte. Was tat Margot da? Und was tat vor allem Wörner? Er reckte sein markantes Kinn und lächelte. »Das, meine Liebe, nenne ich mal eine wunderbare Idee. Ich komme um halb acht, wenn es recht ist.« Er erhob sich.

Just in diesem Moment polyphonierte Margots Handy erneut. Britta packte die Gelegenheit beim Schopf. »Ich bringe Sie noch zum Auto«, hauchte sie und stand mit zittrigen Knien auf. Während Margot begann, in ihr Telefon zu plaudern, verließ sie mit Wörner das Haus.

Im Vorgarten hielt er inne. Er legte den Kopf in den Nacken und schnüffelte, bevor er Britta einen fragenden Blick zuwarf. »Kann es sein?« Er schnüffelte erneut. »Nein, das ist keine Kretische Bergminze, oder?«

Für einen Moment schwanden Britta die Sinne. »Doch«, krächzte sie dann. »Sie kennen sich aus? Mit Minze, meine ich?«

Wörner vollführte eine abwehrende Handbewegung. »Auskennen ist zu viel gesagt. Ich versuche mich an verschiedenen Kräuterbeeten. Als Hobby, mehr Leidenschaft als Sachverstand. Aber mir ist der Garten natürlich sofort aufgefallen. Dieser Geruch – himmlisch!«

Chopin, dachte Britta, womöglich auch Rachmaninow. »Es ist gleich da drüben«, stammelte sie. »Mein Minzebeet, meine ich. Möchten Sie vielleicht einen Blick …«

»Unbedingt. Wenn ich darf?«

Britta führte ihn auf zittrigen Beinen zum Quell des Duftes.

»Wundervoll!« Er beugte sich hinunter und zupfte hier und dort ein Blättchen. »Das ist ja … Bananenminze haben Sie auch? Herrgott, und eine Karoo-Minze, nicht wahr? Das ist wunderschön. Haben Sie die hier vom Markt? Sie kennen ja sicher diesen wunderbaren Stand mit den Kräutern. Großartige Kräuter gibt es da, ich kann nie vorbeigehen, ohne etwas Neues mitzunehmen. Aber Sie haben ja ganz offensichtlich auch ein Händchen dafür, die sehen ja prächtig aus, alle, wie sie da sind.«

»Na ja, sie sind ja nicht so anspruchsvoll«, murmelte Britta bescheiden.

»Ich habe letzte Woche eine Orangenminze gekauft. Die fehlt Ihnen, oder? Sie müsste noch ein bisschen einwachsen, bevor ich sie teile, aber vielleicht, also, wenn Sie Interesse hätten, dann könnte ich zu gegebener Zeit gern etwas abstechen, also von der Pflanze meine ich natürlich.«

Für eine Sekunde dachte Britta, er stammle genauso wie sie. Rasch verwarf sie diesen unsinnigen Gedanken. »Ja, gerne, ich meine, natürlich, wir können ja … tauschen, könnten wir, ich …«

Er warf einen Blick auf die Uhr. »Ich muss. Leider muss ich wirklich los. Vielleicht … können wir vielleicht ein andermal … ich meine, Ihr Kräuterbeet, das würde ich mir zu gerne genauer ansehen. Und Ihre Rosen, da vorn, das ist eine Fresia, nicht wahr? Was tun Sie bloß damit, sie ist ja kerngesund und ich habe doch immer wieder das Problem mit den elenden Blattläusen. Ich hab die ganze Chemie im Garten ja nicht so gern, aber mit den Marienkäfern will es nicht so recht klappen.«

»Sie müssen die Ameisen in den Griff kriegen«, hauchte Britta. »Ohne Ameisen reicht ein bisschen Neem-Öl. Und ich habe da auch so ein Vitaminspray, das stärkt die natürlichen Abwehrkräfte der Pflanzen, seitdem ist es viel besser geworden.«

»Oh, das ist … faszinierend! Es ist schade, dass ich jetzt … ich meine, wir sehen uns, nicht wahr?«

Mit diesen Worten stieg er in sein Auto und fuhr davon. Britta war nicht sicher, wie lange sie bewegungslos neben ihren Minzen wurzelte und sich selbst davon überzeugte, dass die rosa Schmetterlinge, die um ihr Haupt schwebten, nicht real waren.

10

Britta kurvte langsam durch die schmalen Straßen des Villenviertels. Die Platanen und Kastanien, die wie in einer Allee zu beiden Seiten der Fahrbahn aufragten, spendeten den Gründerzeitvillen angenehmen Schatten. Britta wohnte gern hier. Sie konnte verstehen, warum es die reichen Kölner im Ruhestand einst von der großen Stadt ans Rheinufer nach Bonn gezogen hatte. Still war es hier und schön. Und doch nur ein Katzensprung in die große weite Welt. Über die B 9, einst als Diplomaten-Schnellweg bekannt, oder mit Eisen- und Straßenbahn, wer woanders sein wollte, dem konnte geholfen werden. Britta verspürte diesen Drang allerdings eher selten. Ihr reichte die fußläufige Godesberger Innenstadt vollkommen aus. Obwohl deren Niedergang allgemein beklagt wurde, gar das hässliche Wort vom sozialen Brennpunkt die Runde machte, fand sich dort alles, was ein Herz wie das ihre begehrte. Ob internationaler exotischer Imbiss oder Frittenbude, es gab ausreichend Möglichkeiten, ein gelegentlich nötiges Gegenwicht zu Margots ökologisch-dynamischer Küche zu schaffen. Man konnte in der wohlsortierten Buchhandlung stöbern, danach durch die Fronhofer Galeria schlendern und einen Latte macchiato mit Orangenschokolade im Segafredo zu sich nehmen. Britta wohnte nicht lange genug hier, um die Gattinnen der Ministerialbeamten und der Diplomaten und die von ihnen frequentierten, mittlerweile weitgehend verschwundenen Fachgeschäfte für Pelze, Juwelen und andere dekadente Kostbarkeiten zu vermissen. Das, was sie brauchte, fand sie hier. Nicht einmal der Hunger nach Kunst und Kultur trieb einen weit fort. Theater in den Kammerspielen, die neuesten Filme im Kinopolis oder Konzerte in der Klangstation mit ihrem schönen Biergarten – es war für alles gesorgt. Und obwohl das Kurfürstenbad nicht mehr unbedingt den Anforderungen eines modernen Bades genügte, reichte es für Brittas Bedürfnisse vollkommen aus. Zumal man hier mit dem revolutionären Konzept der regelmäßigen Nacktbadesonntage durchaus progressive Geisteshaltung bewies.

Britta fragte sich, ob Wörner wohl gerne schwimmen ging.

»Was ist denn los mit dir? Seit deine Zuckerschnute weg ist, benimmst du dich sonderbar.« Margot hibbelte nervös auf dem Beifahrersitz herum.

»Ich benehme mich nicht sonderbar. Und nenn' ihn nicht so!«

»Warum nicht? Herrgott, warum hast du denn nicht gesagt, dass du scharf auf ihn bist? Das kann ich doch nicht ahnen.«

»Er interessiert mich nicht. Darum geht es ja gar nicht«, log Britta hastig.

Margot verdrehte die Augen.

Britta schwieg beleidigt, setzte den Blinker und bog auf die B 9 ab. Erst als sie auf der Autobahn waren, die den Rhein querte, fühlte sie sich bereit, ein letztes Mal an Margots Vernunft zu appellieren. »Dieser Mann ist bei der Polizei. Und du hast ihm versprochen, dass wir ihm alles sagen, was wir wissen.«

»Aber wir wissen doch nichts. Gar nichts wissen wir. Oder willst du mir erzählen, du glaubst Chantal den Unsinn, den sie da verzapft hat? Alles, was wir haben, sind Vermutungen, äußerst vage Vermutungen. Und bevor ich die Polizei mit derartigem Unsinn belästige, bevor ich Steuergelder verschwende, muss ich doch überprüfen, ob überhaupt die Möglichkeit besteht, dass da etwas dran ist.«

»Du hast gesagt, wir tun gar nichts. Wir sitzen nur herum, hast du gesagt.«

»Ja, ja, das tun wir ja auch. Im übertragenen Sinne. Wir sitzen eben nur nicht bei uns zu Hause herum, sondern bei Ingrid, bei unserer guten, alten Freundin Ingrid. Das ist doch wohl nicht verboten, wir leben in einem freien Land und ich darf jederzeit herumsitzen, wo ich will.«

Die Straße, in der Ingrid Lipschitz wohnte, zog sich parallel zum Rheinufer. Auf einer großen Wiese lagen die Vierparteienhäuser in ordentlichen Reihen, gesäumt von hohen Bäumen. Hier und da hatten die Bewohner vor den Fenstern Blumenbeete angelegt, in denen es duftend blühte.

»Sie wünschen?« Die Frau, die auf ihr Klingeln geöffnet hatte, war etwa Mitte 50. Ihr dunkles, kurzes Haar war von sparsamen grauen Strähnen durchzogen. Sie musterte die Besucher misstrauisch.

»Wir müssen mit Ihnen sprechen!« Demonstrativ schob Margot einen Fuß in den Türspalt.

»Großer Gott, Sie sind das. Das hätte ich mir ja denken können.« Ingrid verdrehte die Augen. »Habe ich mich am Telefon nicht klar ausgedrückt?«

»Oh doch, das haben Sie«, erwiderte Margot spitz. »Aber es geht um Leben und Tod!« Sie sprach in einer Lautstärke, die Ingrid keine Wahl ließ. Wenn sie nicht wollte, dass die gesamte Nachbarschaft die Unterhaltung mitbekam, musste sie die Störenfriede in die Wohnung lassen.

»Sie haben fünf Minuten«, fauchte sie und machte den Weg frei. Margot stürmte an ihr vorbei in den Flur und spähte auf unhöflichste Weise in jeden Raum.

»Treten Sie ruhig näher und fühlen Sie sich wie zu Hause!« Ingrid, sichtlich am Rand ihrer Fassung, warf Britta, die peinlich berührt in der Tür stand, einen bösen Blick zu.

»Er ist nicht hier«, vermeldete Margot enttäuscht.

»Natürlich ist er nicht hier. Das liegt daran, dass ich ihn in der Badewanne aufgelöst habe. Salzsäure. Furchtbare Sauerei. Aber ich mache das immer so. Wenn Sie ins Bad gehen und genau hinschauen, dann finden Sie vielleicht noch ein paar Reste.«

»Das ist nicht lustig, Frau Lipschitz«, erklärte Margot.

»Oh, das ist schön, dass wir uns wenigstens in diesem Punkt einig sind!«

»Entschuldigen Sie, es ist ...« Brittas Stimme klang heiser und sie räusperte sich. »Wenn ich mich vielleicht erst mal vorstellen darf – mein Name ist Britta. Britta Brandner. Ich arbeite für die Familie Hutschendorf.«

»Ach, Sie sind das?« Sie schien diese Information interessant zu finden, was Britta einigermaßen verunsicherte.

»Und das«, plapperte sie daher eilig weiter, »das ist Margot. Sie müssen ihr Benehmen entschuldigen, sie ist nur ... also, sie ist ...«

»Ja, das ist sie wohl!« Zu Brittas Überraschung huschte ein Lächeln über Ingrids Gesicht. »Aber jetzt kommen Sie doch erst mal rein. Vielleicht können Sie mir ja erklären, was hier eigentlich los ist. Ich habe nämlich wirklich keine Ahnung, was Sie eigentlich von mir wollen.«

Sie führte sie in ein geräumiges Wohnzimmer und bot ihnen einen Platz an. Die Wände waren mit großen, abstrakten Gemälden in kräftigen Farben dekoriert. Britta musterte sie interessiert.

»Gefallen sie Ihnen?« Ingrid schien vergessen zu haben, dass ihre Gäste nur geduldet, nicht geladen waren.

»Ich verstehe nichts von Kunst. Aber ich finde sie schön. Sind die von Ihnen?«

Ingrid nickte. »Nicht unbedingt meine künstlerisch wertvollsten Werke. Aber die dekorativsten. Ich wollte das mal beruflich machen, aber das ist lange her.«

»Was machen Sie denn jetzt? Stattdessen, meine ich?«

»Ich unterrichte. Kunst und Mathematik. Ganz bürgerlich und bieder. Aber ich hätte es schlimmer treffen können, schätze ich.« Sie lächelte wehmütig, dann schien sie sich zu besinnen. »Und jetzt rücken Sie endlich raus mit der Sprache. Was, zum Teufel, wollen Sie von mir?«

Zu Brittas Unglück brach Margot ihr Schweigen. »Es geht um Walter«, bellte sie. »Walter Hutschendorf.«

Ingrid verzog keine Miene. »Ja, das sagten Sie bereits am Telefon.«

»Er ist verschwunden.«

»Auch das erwähnten Sie. Aber was habe ich damit zu tun? Dass er nicht hier ist, davon haben Sie sich ja bereits selbst überzeugt.«

»Er hat sich in Luft aufgelöst.« Margot starrte Ingrid an. »Er ist weg, einfach weg. Entführt, ermordet – man weiß es nicht!«

Ingrid schüttelte den Kopf.

»Jetzt hören Sie schon auf, Spielchen mit uns zu spielen!« Margot sprang vom Sessel hoch. »Die Lage ist ernst. Wir haben allen Grund anzunehmen, dass Sie genau wissen, wo er sich befindet. Wir können das unter uns regeln. Ganz freundschaftlich! Oder wir schalten die Polizei ein.«

»Wie bitte?« Ingrid schien zwischen Belustigung und Ärger zu schwanken.

Margots Handy begann zu klingeln. Sie stieß einen Fluch aus. »Uschi, ich kann jetzt wirklich nicht … Nein, es ist ganz, ganz schlecht jetzt … Oh! Ja? Also … das ist natürlich … Es ist nur gerade jetzt, in diesem Moment, ganz schlecht … Nein, das will ich natürlich nicht damit sagen, ich …« Sie hielt das Gerät vom Ohr weg und warf Britta einen verzweifelten Blick zu. »Moment«, hauchte sie. »Es scheint wirklich dringend zu sein.« Sie verschwand im Flur.

»Ist die immer so?«, erkundigte sich Ingrid.

»Nein. Sie ist manchmal ein bisschen ruppig und ein bisschen verrückt ist sie auch, aber eigentlich ist sie sehr nett. Sie hat sich ein wenig verrannt in diese Sache, glaube ich. Sie kennt sich ja nicht so gut aus mit so … Äh …«

»So …?«

»Ermittlungen und dergleichen.«

»Wenn ich das richtig verstanden habe, dann sind ›Ermittlungen und dergleichen‹ ja auch nicht ihr Job. Ehrlich gesagt finde ich es ein wenig sonderbar, dass die Familie Hutschendorf die Haushälterin mit der Angelegenheit betraut. Nichts für ungut, ich wollte nicht arrogant klingen, aber da fallen einem doch zunächst andere Berufsgruppen ein. Aber wo Sie nun einmal hier sind, bringen wir es einfach hinter uns. Also, Britta … ich darf doch Britta sagen? Wie kann ich Ihnen helfen? Sie können ganz entspannt sein – ich kenne mich nämlich auch nicht aus – mit so was.«

»Wissen Sie, wo er ist? Oder haben Sie vielleicht eine Ahnung?«

Ingrid schüttelte den Kopf. »Ich weiß nicht mal, dass er weg ist. Was ist denn eigentlich passiert?«

»Seit einer Woche hat ihn kein Mensch gesehen. Nicht zu Hause, nicht in der Firma. Deshalb ist Lucia zur Polizei gegangen. Sie denkt, dass ihm etwas zugestoßen ist.« Britta bremste sich. Es war sicher nicht nötig, dieser Frau zu erläutern, was Lucia tatsächlich dachte.

»Ja, natürlich macht sie sich Sorgen«, murmelte Ingrid. »Aber ich verstehe immer noch nicht, wie Sie auf mich kommen. Offen gestanden hätte ich nie gedacht, dass irgendwer aus der Familie überhaupt von mir weiß.«

»Machen Sie sich keine Sorgen! Niemand weiß von Ihnen«, versicherte Britta eilig. »Nur Chantal, also, sie weiß nichts, aber sie hat einen Verdacht.«

»Verdacht?« Ingrid runzelte die Stirn. Sie schien ehrlich verblüfft. »Oh Gott, Sie glauben ... Sie meinen, dass ich ... ich und Walter?«

»Ich glaube gar nichts. Mich geht das auch nichts an. Aber Chantal ist seine Ehefrau und sie denkt, dass, ja, sie denkt, dass Sie und Walter ...«

Ingrid lachte. »Wie süß! Wie schmeichelhaft. Das Busenwunder ist eifersüchtig. Auf mich. Mein Gott! Aber ich muss Sie enttäuschen. Ich verkehre mit Walter, viel und gerne, aber nicht sexuell.«

»Nicht?« Britta wusste nicht, ob sie die Information enttäuschte oder erfreute.

»Nein. Wir kennen uns seit ... lassen Sie mich nachdenken, seit ungefähr 30 Jahren. Ich war mit seiner ersten Frau befreundet. Sie wissen, was passiert ist?«

»Sie hat ihn sitzen lassen, mit dem Kind.«

»Nun, ganz so einfach war die Sache nicht! Sie hat ihren Mann sehr geliebt und ihre Tochter sowieso. Aber das ist lange her. Es spielt keine Rolle.«

»Oh, aber das weiß man nicht« Britta fand das Thema durchaus nicht uninteressant.

»Doch«, sagte Ingrid. »Ich hätte nicht davon anfangen sollen. Ich kann nur bis heute nicht ertragen, wenn man es so darstellt, als sei alles Sunflowers Schuld gewesen. Vielleicht sollten Sie Agathe nach dieser Geschichte fragen. Sie wird Ihnen sicher gerne alles erzählen.«

Britta versuchte vergeblich, ein Grinsen zu unterdrücken.

»Was ist so lustig?«

»Nichts. Nur ... sagten Sie ›Sunflower‹?«

»Gott, ja. Ich habe mich daran gewöhnt und ich vergesse manchmal, wie albern das klingt, heutzutage. Aber es waren andere Zeiten. Schöne Zeiten. Eigentlich hieß sie Heidelinde. Aber dann ist sie abgehauen aus ihrer Provinz, direkt nach San Francisco. Sie hat die Sache mit den Blumenkindern durchgezogen und als sie zurückkam, da hieß sie Sunflower. Wir fanden das vollkommen normal, damals. Jedenfalls haben wir alle so getan, denn sie war wirklich cool. Walter hat sie abgöttisch geliebt. Er hat es nicht verkraftet, sie zu verlieren. Ich habe damals versucht, ihm zu helfen. So gut, wie ich es eben konnte. Aber ich glaube, er hat sich nie wirklich erholt. Ich glaube tatsächlich, dass es ihm das Herz gebrochen hat.«

»Aber er hat doch wieder geheiratet!«, wandte Britta ein.

»Was soll ich dazu sagen?« Ingrid warf Britta einen Blick zu. »Kommen Sie schon! Ich denke, wir sind unter uns und können uns das Theater sparen. Wie passend finden Sie seine Wahl?«

»Sie haben ihm also davon abgeraten?«

»Nein. Warum hätte ich das tun sollen?«

»Sie sind seine Freundin. Das haben Sie doch eben gesagt!«

»So einfach ist das nicht immer. Natürlich bin ich seine Freundin. Aber es gibt Entscheidungen im Leben, die man allein trifft. Mich macht allein der Gedanke an diese Familie krank. Aber Walter hat seine Entscheidung getroffen. Er lebt, wie er es für richtig hält. Und was Chantal angeht, so hat er mich nicht um meine Meinung gebeten. Er kennt mich gut genug, um zu wissen, wie ich darüber denke. Wer keine Antwort will, der fragt nicht. Ich respektiere das. Ich mische mich nicht in Dinge ein, die mich nichts angehen.

»Das ist aber mal ein interessanter Freundschaftsbegriff.«

Ingrid wehrte mit einer Handbewegung ab. »Ich weiß, dass das nicht jeder verstehen kann. Das ist auch nicht nötig. Es ist einfach, wie es ist.«

Britta schwieg einen Moment. »Sie machen sich überhaupt keine Sorgen um ihn? Entschuldigen Sie, aber mir kommt das wirklich ein bisschen merkwürdig vor.«

»Das bleibt Ihnen unbenommen.« Ingrids Ton kühlte deutlich ab. »Aber ich sehe ganz einfach keinen Anlass, mich aufzuregen. Mich würde nicht wundern, wenn er sich eine Auszeit genommen hat. Bei allem, was ich über sein Leben weiß, könnte ich ihm das nicht verdenken. Er ist ein erwachsener Mann. Er kann tun und lassen, was er will. Bei mir muss er sich jedenfalls nicht abmelden.«

»Er hat sich also eine Auszeit genommen? Ist einfach mal eine Weile abgetaucht?«

»Ich weiß es nicht, ich weiß es wirklich nicht. Aber ich halte es von allen Möglichkeiten ganz bestimmt für die wahrscheinlichste!«

»Ich verstehe.« Britta sah Ingrid direkt ins Gesicht. »Und wenn er etwas gesagt hätte, Sie würden es garantiert niemandem sagen, nicht wahr? Immerhin genießen Sie sein Vertrauen und das ist Ihnen wichtig.«

Ingrid hielt dem Blick stand. »Sie sind gar nicht so schlecht als Hobbyschnüfflerin«, sagte sie. »Wenn Sie meinen Rat wollen – warten Sie einfach ab und beschäftigen Sie sich mit sinnvollen Dingen. Ich bin sicher, es geht ihm gut und er kommt irgendwann zurück!«

Brittas Sympathie schrumpfte. Es ärgerte sie, dass diese Frau sie manipulieren wollte, indem sie so tat, als ziehe sie sie ins Vertrauen. »Schön, dass Sie sich da so sicher sind«, sagte sie daher eisig und erhob sich, »dann will ich Sie nicht weiter aufhalten!«

In diesem Moment sprang die Wohnzimmertür auf. Margot wirkte echauffiert. Bevor sie auch nur einen Ton sagen konnte, hatte Britta sie schon am Ellbogen gepackt. »Wir sind fertig hier«, erklärte sie.

»Oh!« Margot blickte verwirrt von Britta zu Ingrid und wieder zurück, fing sich aber schnell wieder. »Das ist gut. Das ist sehr gut. Wir haben nämlich ein kleines Problem!«

11

Lucia saß an ihrem Schreibtisch. Sie starrte auf die Unterlagen, die sie vor sich ausgebreitet hatte. Ein Klopfen an der Tür ließ sie zusammenzucken.

Ihre Sekretärin steckte den Kopf durch die Tür. »Frau Hutschendorf, der Herr Lohmann ist da und fragt, ob Sie einen Moment Zeit für ihn hätten.«

»Schicken Sie ihn rein!«, murmelte Lucia betont abwesend. Ihre Hände schwitzten ein wenig. Sie nahm ein Zögern an der Tür wahr. »Ist noch was?«, erkundigte sie sich ungnädig.

»Nein, es ist nur … Ich wollte nur fragen, ob Sie mich dann noch brauchen. Es ist nach fünf und ich bin mit der Ablage so weit durch.«

»Nein, nein, gehen Sie nur, Frau Bersenbrock.« Lucia verspürte einen Anflug von schlechtem Gewissen. Sie zahlte ihren Mitarbeitern großzügige Gehälter. Im Gegenzug erwartete sie überdurchschnittliches Engagement. Überstunden waren selbstverständlich. Wenn sie nötig waren. Heute allerdings hatte Lucia schlicht vergessen, ihre Sekretärin nach Hause zu schicken. Das war nicht ihre Art. Es war auch nicht ihre Art, stundenlang an ihrem Schreibtisch zu sitzen und auf Unterlagen zu starren, ohne wirklich etwas zu tun.

Sie überlegte, ob sie sich entschuldigen sollte. Aber auch das war nicht ihre Art. »Einen schönen Abend wünsche ich Ihnen«, sagte sie stattdessen.

»Danke, den wünsche ich auch.« Abermals zögerte

Frau Bersenbrock. »Ist alles in Ordnung? Brauchen Sie noch etwas?«

Lucia schüttelte den Kopf. »Alles bestens. Schicken Sie einfach den Lohmann rein. Ich schließe dann nachher ab.«

Sie erhob sich, um ihren Besucher zu begrüßen. »Herr Lohmann, schön, dass Sie noch Zeit gefunden haben! Nehmen Sie Platz!« Sie wies auf die ledergepolsterte Sitzgarnitur. »Etwas zu trinken?«

»Ein Scotch wäre schön.« Lohmann setzt sich. »Ich habe mit von Brodt gesprochen. Er macht sich Sorgen.«

Eine Welle Ärger brauste in Lucia auf. »Verdammt! Ich habe Herrn von Brodt ausdrücklich um Diskretion gebeten.« Sie schluckte. Zu ihrem Entsetzen begannen ihre Augen zu brennen.

»Lucia!« Stefan Lohmann war auf einmal dicht neben ihr. Er nahm sie in den Arm und sie ließ dankbar ihren Kopf auf seine Schulter sinken. Sie schluchzte, bis der Druck in ihrer Brust etwas nachgelassen hatte. Dann machte sie sich eilig los. »Nicht hier, nicht … du weißt …«

Er nahm ihren Kopf zwischen seine Hände und zwang sie, ihm ins Gesicht zu sehen. »Ich weiß. Aber erstens sind alle weg. Und zweitens ist das sicherlich unsere geringste Sorge im Moment. Lucia, du darfst jetzt nicht zusammenklappen! Ich mache mir Sorgen um dich.«

Der Ton in seiner Stimme war fremd und tat Lucia ungeheuer gut. Sie war keine Frau, die mit ihren Problemen hausieren ging. Lucia kam klar, mit allem und jedem. Und wenn sie und ihr Justiziar sich trafen, heimlich in irgendeinem romantischen Landgasthof in der Eifel, dann war da kein Platz für alltägliche Sorgen, schon gar nicht, wenn sie die Firma betrafen. Bei der Arbeit gingen sie distanziert und professionell miteinander um. Kein Mensch ahnte von ihrem Verhältnis. Für Lucia war dieses Arrangement immer perfekt gewesen. Stefan forderte nichts, was sie nicht zu geben bereit war. Und nun stand sie hier und heulte an seiner Schulter! Eilig befreite sie sich aus seinem Griff. »Was hat von Brodt dir erzählt?« Sie griff nach dem gebügelten Taschentuch, das er ihr reichte, und schnäuzte sich undamenhaft.

»Du kennst ihn ja. Besonders klar hat er sich nicht ausgedrückt. Er gibt sich Mühe, er gibt sich wirklich Mühe, nichts Falsches zu sagen. Aber er hat natürlich kapiert, dass etwas nicht stimmt. Und er macht sich Sorgen.«

»Der Idiot!«, fauchte Lucia.

»Lucia, der Mann macht seinen Job. Glaubst du im Ernst, du kannst weiter so tun, als sei alles in Ordnung?«

»Nein. Ja. Ich weiß es doch nicht! Es ist im Grunde einfach, es ist kinderleicht. Wenn die Polizei nur auf mich hören würde! Aber die fällt ja auf die kleine Schlampe rein. Genau wie mein Vater. Genau wie alle Männer.«

»Wovon sprichst du?«

»Ich bitte dich, Stefan! Sie steckt dahinter. Er wollte sich scheiden lassen. Das liegt doch auf der Hand.« Sie schluckte. Sie dachte an das letzte Gespräch mit ihrem Vater und schob den Gedanken eilig beiseite. »Ich kenne den Ehevertrag. Verdammt, ich habe ihn persönlich aufgesetzt. Keinen Cent kriegt die Schlampe. Ich habe damals gedacht, das ist gut so, aber jetzt … Mein Gott, das hat ihn vielleicht das Leben gekostet.« Sie schlug sich die Hände vors Gesicht.

»Lucia, bitte!« Lohmanns Stimme klang ungeduldig. »Du steigerst dich da in etwas hinein. Es gibt nicht die Spur eines Beweises. Das ist eine Theorie, weiter nichts.

Und, offen gesprochen, es gibt andere Dinge, mit denen wir uns auseinandersetzen müssen.«

Lucia schnäuzte sich erneut in Stefans Taschentuch. »Du hast ja recht«, sagte sie. »Wie viel Zeit bleibt uns?«

»Nicht viel. Ich habe telefoniert. Eine Woche vielleicht, maximal zwei. Keinen Tag länger. Sie machen Andeutungen, Lucia, Andeutungen, die mir nicht gefallen. Man versteht das Problem nicht. Und es gibt genug Interessenten, die gerne einspringen für uns.«

»Dann müssen wir die Wahrheit sagen!« Lucia atmete tief durch. »Er ist spurlos verschwunden, möglicherweise Opfer eines Verbrechens geworden, das ist höhere Gewalt, sie können doch unmöglich ...«

Lohmann fiel ihr ins Wort. »Du vergisst, in welcher Liga wir uns bewegen. Das ist kein kleiner Familienbetrieb. Da gibt es über jeder Stufe noch eine Stufe. Sie werden Verständnis haben, jede Menge Verständnis, rein menschlich, auch Mitleid und sie werden es sehr, sehr bedauern, dass sie gezwungen sind, sich andere Partner zu suchen, die in der Lage sind, die Verträge zu unterschreiben. Wach auf, Lucia, du musst den Tatsachen ins Auge sehen. Es gibt zwei Möglichkeiten – entweder, er taucht auf und unterschreibt. Oder man findet seine Leiche, und dann ist auch alles in Ordnung. Dann bist du zeichnungsberechtigt und die Sache kann über die Bühne gehen.«

»Stefan! Wie kannst du so etwas sagen?«

Lohmann verzog das Gesicht und begann, durchs Büro zu tigern. »Mir musst du nichts vormachen. Ich weiß doch, wie dein Verhältnis zu ihm war. Also spar' dir die trauernde Tochter, bitte! Niemand wünscht sich, dass er tot ist. Es geht darum, wie sich die Lage rein geschäftlich darstellt. Vielleicht hast du es noch nicht begriffen, aber was wir getan haben, war illegal. Wir haben Verträge erstellt und unterzeichnet, die wir nicht hätten machen dürfen, nicht ohne ihn. Ich hänge da genauso drin wie du. Nein, ich hänge da weit tiefer drin. Denn wenn dieser Laden hier den Bach runtergeht, dann wandere ich vielleicht in den Knast. Kapierst du das?«

»Stefan, ich … bitte, Stefan …« Lucia hasste sich selbst für den flehenden Ton in ihrer Stimme.

Aber Lohmann war nicht mehr zu bremsen. »Ich habe dir vertraut, Lucia. Du hast gesagt, es ist kein Problem. ›Er wird unterschreiben.‹ Deine Worte! Und ich habe dir geglaubt.«

»Ja, so ist es ja auch, ich meine … Er wird unterschreiben. Er muss ja.«

»Herrgott!« Lohmann blieb vor dem Schreibtisch stehen und schlug mit der Faust auf die Mahagoniplatte. »Hör auf, Lucia. Wir sitzen in einem Boot, wir beide. Kapier es endlich. Die ganze Firma weiß Bescheid. Ihr habt euch laut genug gestritten. Jeder hat es gehört. Vielleicht hat es noch nicht jeder verstanden, aber es ist eine Frage der Zeit. Hältst du die Leute tatsächlich für so blöd? Er hat gesagt, er unterschreibt nicht. Auf keinen Fall!«

Lucia unterdrückte den Drang, sich auf das Ledersofa zu werfen und laut zu heulen. »Er war wütend. Er war verletzt. Aber ich kenne ihn. Er hätte sich wieder beruhigt. Er ist mein Vater. Es ist auch seine Firma. Er würde nie … Nein, das könnte er gar nicht.« Am liebsten hätte sie beide Hände über ihre Ohren gelegt, um Stefans Stimme nicht länger zu hören. Die Stimme in ihrem Kopf war schlimm genug. Die Stimme ihres

Vaters. Schämen solle sie sich, hatte er gesagt, nur über seine Leiche. Und als sie ihm eröffnet hatte, dass ihm keine Wahl blieb, hatte er komplett die Beherrschung verloren. Und hatte mit ihrer Mutter angefangen. Wie enttäuscht die wäre, wenn sie wüsste, was Lucia getan hatte. Lucia hatte rot gesehen. Es war ein grauenhafter Streit gewesen. Sie konnte und wollte jetzt nicht daran denken. Er war gegangen und sie hatte ihn seit jenem Abend nicht wiedergesehen.

Lucia starrte auf die Tür, die damals hinter ihrem Vater ins Schloss gefallen war, und ihr war eiskalt. Nein, dachte sie, nein, es gab nur eine Erklärung. Alles andere war undenkbar.

Lohmann trat auf sie zu. Mit beiden Händen packte er fast grob ihre Oberarme. »Wir haben eine Woche. Unser Kopf hängt in der Schlinge. Noch ist nichts verloren! Aber die Zeit läuft uns davon! Wenn er binnen einer Woche auftaucht, wenn er seine verdammte Unterschrift unter diese Verträge setzt, dann ist alles gut. Wenn er aber auftaucht und sich weigert ...« Lohmann hielt inne und blickte in Lucias Augen. »Das darf nicht geschehen, verstehst du?«

Lucia schloss die Augen. Klarheit, mahnte sie sich. Das hier war das Leben. Sie hatte hoch gepokert. Zu hoch, um sich jetzt mit Gefühlen aufzuhalten.

»Wann kann man ihn für tot erklären lassen?«, fragte sie. Ihre Stimme klang brüchig.

»Ohne den geringsten Anhaltspunkt für ein Verbrechen oder einen Unfall? Da werden wir zehn Jahre warten müssen, soweit ich weiß.«

»Verdammt!« Lucia befreite sich aus seinem Griff. »Ich muss nachdenken. Ich muss einfach nachdenken.«

»Lass mich wissen, wenn du zu einem Schluss kommst«, sagte er. »Und wenn du mich brauchst, du weißt, wo du mich finden kannst.«

12

Ingrid saß auf dem Sofa und schenkte sich eine weitere Tasse Tee ein, bevor sie erneut versuchte, sich auf ihre Lektüre zu konzentrieren. Ihre Gedanken weigerten sich beharrlich, den Buchstaben zu folgen. Seufzend ließ sie das Buch sinken. Sie erhob sich, ging zum Fenster und schaute hinab in den Garten.

Der Besuch vom Vormittag beunruhigte sie weit mehr, als sie sich eingestehen wollte. Diese Britta war nicht dumm. Sicher, sie hatte keine Ahnung, was sie da eigentlich tat. Aber dass sie überhaupt etwas tat, reichte aus, um Ingrid nervös zu machen.

Es war noch immer warm, viel zu warm. Vielleicht sollte sie trotzdem eine Runde laufen gehen. Sie musste irgendetwas tun, irgendetwas, das ihr half, den Kopf frei zu bekommen.

Das Telefon riss sie aus ihren Gedanken. Sie griff nach dem schnurlosen Apparat.

»Du bist es«, seufzte sie dann. »Ich wollte dich gerade anrufen.«

»Warum? Was ist passiert?«

Ingrid nahm die Panik in der Stimme am anderen Ende der Leitung wahr und fragte sich, ob sie nicht besser den Mund gehalten hätte. »Nichts«, beschwichtigte sie. »Reg dich nicht auf! Es ist gar nichts passiert. Ich hatte nur Besuch.«

»Besuch von wem?«

»Eine Abordnung aus dem Hause Hutschendorf«, versuchte Ingrid zu scherzen. »Diese Britta und die Haushälterin. Die Herrschaft schickt das Gesinde aus, den Herren zu suchen – ganz nach Gutsherrenart.«

»Mein Gott!«

»Kein Grund zur Aufregung.«

»Wie kommen die auf dich? Woher haben sie deine Adresse?«

»Von Chantal. Die kleine Pute glaubt offenbar, dass ich ein Verhältnis mit Walter habe. Wenn es nicht so traurig wäre, ich würde mich totlachen. Aber du kannst dich entspannen. Sie haben keine Ahnung, sie fischen im Trüben. Und wenn ich mich nicht sehr irre, wird sich daran auch in Zukunft nichts ändern.«

»Was hast du ihnen gesagt?«

»Was glaubst du wohl? Ich habe gesagt, dass ich davon ausgehe, dass er sich eine kleine Auszeit genommen hat.«

»Und das haben sie geschluckt?«

Ingrid zögerte. »Ja. Ja, ich denke, das haben sie.«

»Das gefällt mir nicht.«

Ein winziger Wutfunke glomm in Ingrid auf. »Stell dir vor, mir auch nicht! Ich habe, weiß Gott, nicht darum gebeten, in die Sache reingezogen zu werden. Aber die Dinge sind nun einmal, wie sie sind. Und da müssen wir jetzt durch. Und zwar alle!«

»Du hast leicht reden!«

Ingrids Wut verflog so schnell, wie sie gekommen war. »Ich weiß, dass es nicht leicht ist für dich. Aber wir waren uns einig. Verlier jetzt nicht die Nerven. Du bist nah dran, du bist ganz nah! Es ist an der Zeit, die Sache endlich zu Ende zu bringen. Tu mir den Gefallen und mach jetzt nicht wieder alles kaputt. Glaub an dich. Glaub endlich daran, dass du das Richtige tust! Wie läuft es denn so?«

»Gut. Ich glaube, es läuft gut. Ich weiß es nicht. Es ist … es ist sonderbar. Anders, als ich dachte. Aber es fühlt sich richtig an.«

»Darauf kommt es an. Mach dir keine Sorgen. Konzentrier dich auf das Wesentliche!«

»Ich habe Angst.«

»Das musst du nicht. Ich behalte die Sache im Auge. Ich kümmere mich darum.«

Ingrid bedauerte diese Worte, noch bevor sie aufgelegt hatte.

In gefährlichem Tempo hackte das Messer auf die wehrlose Zwiebel ein. »Ich weiß wirklich nicht, warum du dich so aufregst!«, erklärte Margot, der Tonfall ihrer Tätigkeit angepasst.

Britta wanderte wie ein nervöser Tiger um den großen, alten Tisch, der in der Mitte der geräumigen Herrenhausküche stand. »Das kann ich dir gerne erklären. Zum einen ist da der Umstand, dass ich in nur zwölf Stunden zwei Mal in einer äußerst peinlichen und unschönen Lage gewesen bin. Und zwar wegen dir! Ich darf dich daran erinnern, dass ich mit der ganzen Sache von Anfang an nichts zu tun haben wollte. Und jetzt tappe ich von einer peinlichen Situation in die nächste, während du irgendwo mit Uschi plauderst.«

»Meinst du, ich mache das zum Spaß?« Margot trug das Brett mit den Zwiebeln hinüber zum Herd und kippte sie ins heiße Öl. Dann griff sie nach den Tomaten, die frisch gewaschen ihrer Zerkleinerung harrten. »Sie ist meine Freundin. Und sie braucht mich, im Moment. Aber ich denke, die Lage wird sich jetzt beruhigen, jetzt, wo sie ein bisschen mehr Zeit und Luft hat.«

»Ja! Ja, genau. Das wäre dann der zweite Grund für meine Aufregung«, fauchte Britta. »Die Uschi hat jetzt ein bisschen mehr Zeit und Luft. Und wir? Wir haben diesen Louis am Hals! Es ist auch mein Haus. Und für den Fall, dass es dich interessiert – ich kann Hunde nicht leiden! Hunde bellen. Hunde beißen. Hunde scheißen. Und man muss sich um Hunde kümmern. Dazu braucht man Zeit. Du hast aber keine Zeit. Und wenn du dir einbildest, dass ich mich mit diesem Köter befasse, dann bist du schiefgewickelt!«

»Er ist ein netter Hund. Auch sehr selbstständig. Und außerdem ist es doch nur vorübergehend«, beschwichtigte Margot. »Sei ein Schatz und wasch mir schon mal die Paprika, ja?«

Britta griff nach den Schoten und trug sie zum Waschbecken. »Vorübergehend hin oder her: So geht das nicht!«

Margot drehte sich zu ihr um und nahm die sauberen Paprika in Empfang. »Es war ein Notfall. Es kommt nie wieder vor, ich schwör's. Und es ist nur für ein paar Tage.

Können wir das nicht später diskutieren? Ich habe wirklich zu tun hier, ich bin viel zu spät dran.«

»Soll ich irgendwas machen?«, fragte Britta widerwillig.

»Die Zucchini, wenn du die schon mal raspelst, die Reibe liegt da drüben in der Schublade.« Margot schenkte ihr ein dankbares Lächeln. Ein paar Minuten arbeiteten sie in schweigender Eintracht.

»Bist du zu sauer, um mir zu erzählen, was diese Ingrid nun eigentlich gesagt hat?«, erkundigte sich Margot dann. »Du darfst auch die perversen Sexgeschichten für dich behalten. Das ist dann meine Buße.«

Britta musste grinsen. »Keine Sexgeschichten, leider«, erklärte sie. »Sie kennt Walter seit 30 Jahren. Sie war eine Freundin von Lucias Mutter und jetzt ist sie mit Walter befreundet, eng befreundet, aber da läuft sonst nichts.«

»Scheiße!« Margots Messer schwebte eine Sekunde reglos in der Luft. »Das wird Lucia gar nicht gefallen.«

»Dass ihr Vater mit Ingrid befreundet ist? Warum nicht?«

»Ingrid insgesamt. Lucia ist bei dem Thema Mutter etwas … Ich meine, sie tut, als wäre ihr das alles egal, aber es regt sie immer wieder auf. Und Aufregung hat sie im Moment gerade mal genug.«

»Was Lucia vermutlich noch viel weniger gefallen wird ist, dass ich das Gefühl nicht loswerde, dass Ingrid genau weiß, was hier gespielt wird. Sie hat es so natürlich nicht gesagt, aber für sie scheint klar zu sein, dass er abgetaucht ist. Freiwillig. Auszeit, einfach so.«

»Glaubst du das?«

»Ich weiß nicht. Ich werde nicht schlau aus ihr. Sie kennt ihn besser als wir, besser als alle hier, fürchte ich.

Sie macht sich keine Sorgen, und das könnte bedeuten, dass er wirklich abgehauen ist. Dass sie genau weiß, wo er ist. Aber sie wird es nicht sagen. Nie und nimmer!«

Margot sah von ihrem Schneidebrett hoch und seufzte. »Dabei würde das alle Probleme lösen. Kein Verbrechen, nur ein Kerl, der die Schnauze voll hat. Der irgendwann wohlbehalten wieder auftaucht. Kein Grund zur Panik für niemand.«

»Es ist nur …« Britta schüttelte den Kopf.

»Es ist nur was?« Margot wanderte mit dem Schneidebrett zum Herd. Sie reduzierte die Hitze und begann grimmig, in der Pfanne zu stochern.

»Ich kann den Finger nicht darauf legen. Ich habe das Gefühl, dass sie mich an eine Leine genommen und mich dahin geführt hat, wo sie mich haben wollte. Ich glaube nicht mal, dass sie lügt. Aber sie war zu interessiert daran, dass wir aufhören, ihn zu suchen.«

Ein wunderbarer Duft nach Tomate und Basilikum breitete sich in der Küche aus.

»Oh, das duftet ja köstlich!« Lucia schwebte in den Raum, gehüllt in eine Wolke demonstrativer Heiterkeit. »Wann gibt es denn Essen?«

Es gab im Hause Hutschendorf um sechs Essen. Jeden Tag. Seit Jahren. Dass es nun Viertel nach war, war ein Lapsus, unerhört und gravierend genug, Margot die Röte ins Gesicht zu treiben. Sie warf einen eiligen Blick auf die Uhr. »Entschuldige, ich bin ein bisschen spät dran heute.«

Lucia lächelte so zuckersüß, dass Britta ganz kalt wurde. Sie musterte ihre Arbeitgeberin. Offenbar hatte sie versucht, die dunklen Ringe unter ihren Augen mit Make-up zu verdecken. Das Ergebnis ließ zu wünschen übrig. Sie sah bleich aus und krank.

»Kommt Agathe heute nicht zum Essen?«, erkundigte sie sich nun.

Britta erstarrte. Sie ließ die Zucchini fallen und stürzte zur Spüle, um sich die Gemüseschnipsel von den Händen zu waschen. Es gehörte zu ihren Pflichten, Agathe am Abend von ihrer Wohnung zum gemeinsamen Mahl zu geleiten. Da Agathe Pünktlichkeit sehr schätzte, war davon auszugehen, dass sie seit einer Viertelstunde gestiefelt und gespornt hinter ihrer Tür auf den Begleitservice wartete. Sicherlich hatte sie die unfreiwillige Wartezeit dazu genutzt, eine Schimpfkanonade von erlesener Bosheit vorzubereiten.

13

Chantal betrat die verqualmte Kneipe und sah sich missmutig um. Sie hasste es, hierher zu kommen. Und das wusste Guido genau. Ihre Füße taten weh. Sie war den ganzen Weg vom Anwesen zu Fuß gelaufen, um zu verhindern, dass ihr Weggang bemerkt wurde. Die Hölle in diesen Schuhen, aber wenn sie es genau bedachte, dann hatte sie wohl kaum ein Paar, das für einen Fußmarsch besser geeignet gewesen wäre. Umzukehren und doch noch den kleinen Sportwagen, Walters Geschenk zu ihrem letzten Geburtstag, zu holen, kam auch nicht infrage. Nicht nur, weil das möglicherweise aufgefallen wäre. Sondern weil der Wagen, dem unten im Villenviertel kaum jemand einen zweiten Blick schenkte, hier in der Innenstadt sicherlich aufgefallen wäre. Man wusste ja nie, heutzutage. Und das Letzte, was Chantal gebrauchen konnte, war ein aufgebrochenes Auto. Oder ein Strafzettel.

Sie spähte durch den Zigarettennebel und sah Guido an einem Tisch in der Ecke sitzen. Er sah müde aus.

»Du bist spät«, begrüßte er sie mürrisch und ließ sich mit Duldermiene von ihr küssen.

Chantal setzte sich. »Wie geht es dir?«

»Geht so. Du weißt ja ...« Er warf ihr einen erwartungsvollen Blick zu.

Chantal kramte nach ihrer Geldbörse. Sie nahm drei Fünfziger aus dem Fach und schob sie diskret in Guidos Richtung. In Windeseile ließ er das Geld in der Tasche seiner speckigen Jeans verschwinden. Dann seufzte er.

»Was ist los?«

»Ich habe da eine Sache laufen, eine echt große Sache. Todsicher.« Er kratzte sich am Hinterkopf.

Chantal unterdrückte ein Seufzen. Sie war nicht besonders klug und das wusste sie auch. Aber was es mit den ganz großen Sachen, mit Guidos todsicheren Dingern auf sich hatte, das hatte auch sie mittlerweile begriffen. »Mehr habe ich nicht.«

Guidos gesenkter Kopf hob sich. »Was?«

»Das ist alles, was ich habe.«

»Du traust mir nicht!« Guido legte die Stirn in Falten. »Verdammt, du glaubst einfach nicht an mich. Chantal, ich brauche das Geld, wirklich!«

Sie schüttelte den Kopf.

»Ich habe immer gewusst, dass es mal so weit kommt. Immer. Du spielst jetzt in einer anderen Liga, nicht wahr? Du schwimmst jetzt mit den großen Fischen. Langsam wird er dir lästig, dein Guido, was?«

»Das ist doch Unsinn! Guido, hör mir doch mal zu …«

»Meine kleine Chantal«, murmelte er. »Mein kleines Mädchen. Ich habe dir versprochen, dass ich dich richtig groß rausbringe. Und das habe ich, weiß Gott, das habe ich. Einen Fernsehstar hab ich aus dir gemacht. Und jetzt bist du reich. Du hast es geschafft. Klar, irgendwann ist da kein Platz mehr für einen wie mich.«

»Guido, hör auf damit! Ich habe echt Probleme. Er ist weg, er ist noch immer verschwunden, verstehst du?«

»Und?«

»Herrgott! Kannst du zur Abwechslung mal an etwas anderes denken als an dich?«

Guido warf ihr einen misstrauischen Blick zu. Diesen Ton war er von Chantal nicht gewöhnt. »Chantal, ich brauche die Kohle. Dringend!«

»Ich kann dir nichts geben. Ich habe nichts.«

»Das ist nicht witzig! Ehrlich, Chantal, das ist es nicht.«

»Solange er weg ist, komme ich nicht an Geld!« Chantal schluckte.

»Was?«

»Ich habe keine Vollmacht. Über das Konto, meine ich. Er hat das damals so geregelt. Wegen Lucia. Damit sie endlich Ruhe gibt. Damit sie nicht mehr behaupten kann, dass ich nur sein Geld verschleudern will. Er hat gesagt, das ist eine reine Formsache. Sein Geld ist mein Geld, hat er gesagt. Und so war es ja auch.« Chantal fühlte Tränen aufsteigen. Sie dachte an ihr ›Taschengeld‹, an den Scheck, der in regelmäßigen Abständen neben ihrem Teller auf dem Frühstückstisch lag. Ein großzügiger Scheck. Sie dachte daran, wie oft es nicht gereicht hatte. Guidos Lebensstil war teuer. Sie war sich sicher, dass er wieder spielte. Es war demütigend gewesen, Walter zu bitten. Aber er hatte gelächelt und sie mit diesem traurigen Blick angesehen. Hatte versucht, zu scherzen, darüber, wie teuer das Leben einer schönen Frau sei. Er hatte immer versucht, ihr das Gefühl zu geben, dass sie nicht erbärmlich war. Manchmal hatte Chantal gedacht, dass er einen Verdacht hatte. Aber vielleicht war es ihm einfach egal gewesen.

»Scheiße!« Guidos Faust knallte auf den Tisch. Chantal zuckte zusammen. »Warum hast du mir das nicht gesagt? Wenn ich das geahnt hätte!«

»Was? Was meinst du?«

»Nichts! Nichts meine ich. Verdammt, verdammt, verdammt! Ich fasse es nicht. Wie dämlich kann man sein? Wie dämlich?«

Chantal schluchzte auf.

»Nicht doch, komm, Mäuschen. Es tut mir leid, ich hab das doch nicht so gemeint. Es ist nur … Ich stehe wirklich unter Druck. Ich brauche das Geld.«

»Du hast wieder gespielt!« Chantal musterte ihn durch ihren Tränenschleier.

»Ist das jetzt ein Verhör, oder was?« Guido zog eine Zigarette aus der Schachtel, die vor ihm auf dem Tisch lag.

»Hast du eine Idee, was ich gerade durchmache?« Abermals schlich sich der gereizte Ton in Chantals Stimme. »Sie verdächtigen mich. Ernsthaft. Lucia hat die Polizei gerufen. Sie hat denen gesagt, ich hätte ihn umgebracht.«

»Scheiße, wie kommt sie denn darauf? Sie weiß doch nichts von mir, oder?«

»Natürlich nicht! Aber du kennst sie nicht. Sie ist so ... Meine Güte. Sie hat die Haushälterin auf mich angesetzt. Damit sie bei mir rumschnüffelt. Weiß der Geier, was sie sich davon verspricht. Aber es ist ihr ernst, kapierst du? Ich stecke bis zum Hals in Schwierigkeiten!«

»Bleib ruhig, Baby. Du musst die Nerven behalten. Wir kriegen das schon hin. Was ist mit dem Testament? Wie stehst du da, wenn er ...«

»Guido, hör auf! So darfst du nicht reden.«

»Ach nein? Und warum nicht? Ich wusste es. Es ist genau, wie ich dachte. Er fehlt dir, nicht wahr? Dein Sugar-Daddy. Der liebe, alte Walter. Du vermisst ihn!«

»Das ist nicht fair. Verdammt, Guido, ich wollte nicht, dass es so kommt. Ich verlasse ihn. Es geht sowieso nicht. Nicht so! Ich will mit dir zusammen sein. Dieses Versteckspiel, das halte ich nicht mehr aus. Mich interessiert das blöde Geld nicht. Ich will mit dir leben, wir kommen schon klar. Ich finde Arbeit und du auch und ...«

»Baby, das ist doch Quatsch! Vergiss es. Es ist nur eben ... Manchmal macht mich das alles ein bisschen krank, verstehst du? Trotzdem kannst du nicht einfach wegschmeißen, was du erreicht hast. Du bist endlich da, wo du hingehörst.«

»Das ist auch alles nicht so wichtig. Nicht jetzt. Wenn er nur endlich zurückkommen würde. Ich verstehe das alles nicht. Er würde mich nie einfach so hängen lassen. Ich kann mir das nicht erklären. Vielleicht ist ihm etwas Schreckliches passiert und ich … ich verstehe das nicht, ich verstehe das einfach nicht!«

Guido schwieg einen Moment. »Du kannst wirklich nicht mehr lockermachen? Versteh mich nicht falsch, ich weiß, dass es nicht leicht ist für dich, aber es ist so, dass ich die Kohle wirklich brauche. Ich muss mir irgendwas einfallen lassen.«

»Guido, mach keinen Quatsch!«

»Nein. Natürlich nicht. Meinst du, ich hab Bock, in den Knast zu gehen?«

»Ich sehe zu, was ich tun kann. Ich kümmere mich darum. Aber du machst keinen Quatsch, okay?«

Guido nickte unüberzeugt. »Wir müssen vorsichtig sein. Wenn die Bullen Wind von mir kriegen, dann haben wir ein Problem. Dann dreht dir die Hexe den Hals um.« Er runzelte die Stirn. »Wir sollten uns vielleicht eine Weile nicht sehen.«

»Aber … aber ich kann das nicht. Ich brauche dich doch!«

»Ich brauch dich doch auch, Baby! Aber wir müssen vorsichtig sein. Mir fällt das genauso schwer wie dir.«

»Okay!« Chantal schnäuzte sich. »Okay, ich verstehe. Ich schaff das schon.«

»Sicher schaffst du das, Baby! Vielleicht solltest du jetzt besser nach Hause. So, wie die Dinge liegen.«

»Aber ich dachte … Wir wollten doch zu dir?«

Guido schüttelte den Kopf. »Besser nicht! Es geht mir ohnehin nicht so gut, weißt du. Ich bin müde, echt müde. Und es wäre zu riskant. Ich ruf dich an, Baby, ich melde mich.«

Chantal erhob sich. Sie stolperte aus der Kneipe.

»Gottverdammte blöde Kuh!« Guido winkte nach dem Kellner. »Wie dusselig kann man sein?«

14

Britta kam sich vor wie in einem schlechten Film. Schon als sie die Verfolgung aufgenommen hatten, war sie sicher gewesen, dass Chantal sie bemerken musste. Sie hatte sich geirrt. Nun, nach einer halben Stunde in der kleinen Gasse vor dem Fenster der Kneipe, vor der ein Schild damit warb, dass zwischen 12 und 15 Uhr die Happy Hour stattfand, in der ein Kölsches Gedeck für zwei Euro zu erwerben war, kam sie sich hochgradig albern, aber irgendwie auch ein bisschen unsichtbar vor. Als die Tür aufging, drückte sie sich gegen die Hauswand. Chantal stürmte so dicht an ihr vorbei, dass sie sie hätte berühren können. Aber sie hatte keinen Blick für ihre Umgebung. Begleitet von unterdrückten Schluchzern verschwand sie in der Dunkelheit. Britta wollte die Verfolgung aufnehmen, aber Margot hielt sie zurück. »Die geht nach Hause«, erklärte sie. »Ich glaube, die feine Frau Hutschendorf-Baumeister hat für heute genug.«

»Ich auch!«, seufzte Britta.

»Aber du hast noch zu tun!«, sprach Margot. Sie packte Britta am Arm und ehe sie sich wehren konnte, fand sie sich mitten im Gastraum wieder. Margot zerrte eine Digitalkamera aus ihrer überdimensionalen Handtasche und begann, wild um sich zu blitzen.

»Was soll das denn?« Ein Hüne hinter der Theke verließ in Windeseile seine Position und packte Margot am Arm. Mit seinen tätowierten Armen und dem wilden Vollbart entsprach er in etwa dem, was Britta sich unter einem gefährlichen Rocker vorstellte.

Margot schenkte ihm ein strahlendes Lächeln. »Meier mein Name«, flötete sie, »von der neuen Zeitschrift ›Living in the City‹.« Sie sprach es ›liefing in se sietie‹ aus. »Wir machen eine Reportage für unser erstes Heft. Ein Gastro-Special. Die angesagtesten Kneipen, Geheimtipps aus der Szene, wenn Sie verstehen.«

Der Wirt verstand offenbar nicht, denn er starrte sie fassungslos an. Britta ließ heimlich ihren Blick wandern. Es war so düster, dass man kaum etwas erkennen konnte. Dichte Rauchwolken in der Luft zeigten, dass die Gäste das Konzept der Raucherkneipe sehr ernst nahmen. Trotz des Schummerlichts wirkten die Gesichter der Damen und Herren, die im stinkenden Nebel über ihren Bier- und Schnapsgläsern meditierten, leicht grünlich. Alles in allem drängte sich der Gedanke an einen Lifestyle-Geheimtipp nicht unbedingt auf.

»Willst du mich verarschen?« Der Wirt teilte offenbar Brittas Einschätzung.

»Nein, aber nein! Wieso denn?« Margot versuchte sich an einem Augenaufschlag. Der Hüne schien verunsichert und gestikulierte vage in die Runde.

»Jetzt stellen Sie Ihr Licht mal nicht unter den Scheffel!« Margot senkte die Stimme. »Das hier, das ist genau, was die Szene will. Das ist echt. Das ist authentisch. Die Leute sind völlig überfüttert mit diesem gestylten Quatsch. Die Kneipe an der Ecke, das wollen die Leute. Den Kiez!«

»Meinen Sie?« Die tätowierte Träne unter dem Auge des Wirtes zuckte zweifelnd.

»Ich meine nicht: Ich weiß das! Gott, ich mache den Job ja nicht erst seit gestern. Nehmen Sie nur ihn …« Margot deutete auf Guido, dessen Augen wie die der anderen Gäste auf der Szene ruhten. »Ein echter Kerl beim Feierabendbier. Kein blöder Yuppie-Heini, der sich in Pose schmeißt. Der Mann, der sitzt hier und trinkt sein Bier, wie sich das gehört. Das hat Wärme, verstehen Sie, das hat Herz!«

»Was wollen die?« Guido war nicht entgangen, dass er zum Thema des Gesprächs geworden war. Er kniff die Augen zusammen. »Wer ist denn das?«

Margot trat auf seinen Tisch zu. »Meier mein Name, von der neuen Zeitschrift ›Living in the City‹!«

»Sehr witzig!« Guido starrte sie böse an. »Was soll das? Haben Sie ein Foto von mir gemacht?«

»Nein, nein! Wir haben nur ein paar Gesamteindrücke … Aber wenn Sie nichts dagegen haben? Ein hübsches Porträt, das wäre ein schönes Motiv, wie Sie hier sitzen. Und dann ein paar Worte von Ihnen, ein paar Worte zu Ihrer Kneipe, warum Sie hierher kommen. So in etwa hatte ich mir das vorgestellt. Menschen und ihre

Kneipen. Location und People – kombiniertes Porträt.« Margot hob die Kamera.

Guido hielt die Hand vors Gesicht. »Verpiss dich!«

»Guido, hör mal! Kein Grund, unhöflich zu werden!« Der Wirt schien sich mittlerweile damit angefreundet zu haben, seine Kneipe im Gastro-Special erwähnt zu wissen. »Die Damen machen nur ihre Arbeit. Und ich könnte ein bisschen Werbung gebrauchen.«

»Nein, nein, der Mann hat ja völlig recht! Guido, nicht wahr? Also, Guido hat nun wirklich jedes Recht der Welt, hier in Ruhe zu sitzen und sein Bier zu trinken. Wir respektieren das, ich meine, wo kommen wir denn da hin, wenn …«

»Kommen Sie doch mal hier rüber, schöne Frau!« Die Stimme klang schon ein wenig verschwommen. »Von mir dürfen Sie gern ein paar Fotos machen. Und einen Kommentar geb' ich Ihnen auch. Ich kann Ihnen nämlich genau sagen, warum es hier besser ist als irgendwo anders.« Der Herr erhob sich und trat leicht schwankend auf sie zu. »Das liegt nämlich am Heiner hier!«, erklärte er und fiel dem Hünen kurzerhand um den Hals.

»Werner, du kannst dich auch verpissen!« So begrenzt Guidos Wortschatz auch war, sein Tonfall ließ keinen Zweifel daran, dass er sich langsam ernsthaft aufregte.

»Blas du dich mal nicht so auf«, lallte Werner. »Ich rede mit den Damen hier! Und ich rede mit Heiner …«

Heiner befreite sich aus der Umarmung. »Werner, ist gut jetzt.«

»Der Heiner, das ist ein Guter. Der ist da, wenn man ihn braucht«, fuhr Werner unbeirrt mit seinem Loblied fort. »Da kann man auch mal einen Deckel machen, beim Heiner. Und seine Preise sind fair. Echt faire Preise sind das. Und wenn es trotzdem mal eng ist, dann setzt einen der Heiner nicht vor die Tür! Der hat ein Herz, der Heiner. Und das weiß auch der feine Herr Günzelmann hier. Ganz genau weiß der feine Herr Günzelmann das. Aber Dankbarkeit, das ist nicht so seine Sache. Statt dass er mal hilft, den Heiner richtig groß rauszubringen, sitzt er nur da und redet unflätig zu den Damen.«

Guido machte Anstalten, sich zu erheben. Heiner legte ihm eine Pranke auf die Schulter. »Bleib sitzen, mein Freund«, grollte er bedrohlich. »Ich hab keinen Bock auf Stress hier! Schon gar nicht jetzt.«

»Gott, wie authentisch«, hauchte Margot entzückt und warf Britta ein triumphierendes Lächeln zu. »Aber wir wollen keinen Ärger. Wir wollen wirklich niemanden belästigen!«

»Sie!«, rief Werner freudestrahlend, »Sie belästigen gar keinen Menschen. Sie kommen jetzt einfach mal rüber und ich spendiere Ihnen ein schönes Bier. Und dann machen Sie Ihr Foto und ich erzähle Ihnen alles, was Sie wissen wollen.«

15

Es war heiß im Raum und das allgegenwärtige Tuckern eines Schiffsdiesels wummerte sich konstant und schmerzhaft in Brittas erwachenden Kopf. Vorsichtig öffnete sie ein Auge und versuchte, sich daran zu erinnern, auf wie vielen Beinen Werner, Margot und sie am vergangenen Abend dann endlich zu stehen gekommen waren. Etliche Biere und Schnäpse waren über den Tresen gewandert, bevor es ihnen gelungen war, sich aus der Kneipe zu verabschieden. Entschieden mehr, als gut für sie war. Sie schwor sich, bei künftigen Ermittlungen weniger Körpereinsatz zu zeigen. Eigentlich hatte sie ihren freien Vormittag nutzen wollen, um einen kleinen Lauf am Rhein zu absolvieren. Nun ließ allein der Gedanke an derartige Anstrengungen ihren geschundenen Körper erschauern.

Vorsichtig setzte sie sich im Bett auf.

Ein dumpfes Kläffen ertönte. Britta stöhnte und ließ sich wieder zurückfallen. Vor lauter Ermittlungen hatte sie das kleine Problem fast vergessen. Das Problem, das während ihrer Abwesenheit das Wohnzimmer in einen giftigen und bösen Ort verwandelt hatte. Es kläffte erneut. Wütend warf Britta die Decke von sich und taumelte ins Bad.

Eine Viertelstunde später wankte sie mit angehaltenem Atem zum Küchenfenster und riss es weit auf. Der Gestank war überwältigend.

»Er muss verschwinden«, keuchte sie, während sie verzweifelt frische Luft in ihre Lungen sog.

»Er ist doch gerade erst gekommen! Und es ist so ein netter Hund«, erklärte Margot. »Gell, Louis, du bist ein netter Hund.«

Louis furzte. Eine weitere Welle Pestilenz breitete sich aus.

»Ich hab noch nie ein Tier getroffen, das derartige Gerüche ausstoßen kann.«

»Das ist manchmal so, wenn englische Bulldoggen noch jung sind. Sie haben zuweilen ein kleines Verdauungsproblem. Das liegt am Futter. Das kann man leicht in den Griff kriegen.«

»Und warum hat die Uschi das dann nicht in den Griff gekriegt? Wenn es doch so leicht ist? Und warum muss der Hund, der der Uschi gehört, bei uns wohnen? Margot, bei aller Liebe, aber das geht einfach nicht!«

»Jetzt sei halt nicht so. Wir haben doch schon darüber geredet. Es ist nur für ein paar Tage. Die Uschi steht total unter Stress.«

»Das wundert mich nicht«, keuchte Britta. »Ich stehe auch unter Stress. Ich stehe unter schlimmem Gestanksstress!«

»Nein, nein, deshalb steht die Uschi nicht unter Stress. Es ist ihr Freund: Er will kein Kind von ihr.«

»Die Uschi will ein Kind? Meine Güte, aus dem Alter ist sie doch wohl raus!«

»Sie ist höchstens Anfang 40. Hör mal! Aber sie will ja auch kein Kind. Sie nimmt es bloß als mangelnde Zuneigung seinerseits wahr, dass er kein Kind mit ihr will. Als Ablehnung ihrer Persönlichkeit und ihrer Weiblichkeit, und da ist die Uschi halt ein bisschen sensibel.«

Britta brauchte eine Weile, bis sie dem verschlungenen Pfad der Uschi-Gedanken gefolgt war. »Du meinst, sie will kein Kind. Aber sie will, dass er ein Kind will. Damit sie das dann nicht wollen würde?«

»Hach, wenn du es sagst, dann klingt es, als wäre die Uschi völlig bescheuert!«

Britta fühlte sich für eine Sekunde sehr, sehr müde.

Dankenswerterweise betrat nun Lucia die Küche und unterbrach das Gespräch. »Gute Güte«, keuchte sie und hielt sich eine Hand vor Mund und Nase. »Was ist denn hier los?«

»Nichts«, versicherte Margot fröhlich. »Gar nichts!«

Britta nickte Lucia kurz zu und eilte zur Terrassentür. Sie öffnete sie weit. »Komm, Louis, komm mein Kleiner!«, rief sie so aufmunternd, wie sie es vermochte. »Geh raus, spielen!«

Das ließ Louis sich nicht zweimal sagen. Flatulenzbetrieben sauste er aus der Küche in den Garten, wo er umgehend begann, Brittas Minzebeet umzugraben.

»Louis, du böser Hund. Pfui, Louis, lass das sein!« Britta fuchtelte mit den Armen, um seinem Treiben Einhalt zu gebieten. Louis kläffte freudig und wackelte begeistert mit dem Hinterteil, bevor er fortfuhr, die marokkanische Minze von ihrem Wurzelwerk zu trennen.

»Nun lass ihn doch!« Margot sog gierig den Sauerstoff ein, der die Küche langsam zurückeroberte. »Wenn er die Minze frisst, dann ist das vielleicht gut für seinen Magen.«

»Margot, du wolltest mich sprechen?« Lucia sah ungefähr so erschöpft aus, wie Britta sich fühlte.

»Natürlich, natürlich … Ich habe einiges herausgefunden.«

»Ein Hund!« Ein Jubelschrei drang aus dem Garten. »Ein Hund, oh, der ist aber süß.«

Die Damen traten zur Tür und beobachteten Klein Walter, der sich strahlend auf Louis gestürzt hatte. Er kraulte das Tier, das begeistert japste. Dann verzog er kurz die Nase. »Bäh, stinkt der«, konstatierte er. »Aber er ist der süßeste Hund, den ich je gesehen habe. Wem gehört der? Margot, darf ich mit dem spielen?«

»Sicher, mein Schatz, sicher darfst du das. Er heißt Louis. Er ist zu Besuch hier und er freut sich sicher, wenn jemand mit ihm spielt. Er ist ein sehr netter Hund.«

Walters Augen strahlten.

»Margot, ich denke, es ist vielleicht besser, wenn wir rüber zu mir gehen«, unterbrach Lucia die Betrachtung des Kinderglücks. »Ich würde wirklich zu gern erfahren, was du mir zu sagen hast. Und ich habe nicht viel Zeit.«

Auf der Veranda des Herrenhauses war es noch angenehm kühl. »Setz dich, ich hole uns eine Tasse Tee«, sagte Lucia. Margot wollte widersprechen, aber Lucia wehrte ab. »Es ist noch genug vom Frühstück da. Ich bin gleich wieder da.«

Margot ließ sie gewähren und lehnte sich zurück. Sie beobachtete Klein Walter, der mit Louis auf dem Rasen herumtollte. Sie lächelte. »Er ist ein tapferer kleiner Kerl«, sagte sie, als Lucia mit einem Tablett zurückkehrte.

»Er weigert sich, darüber zu reden. Alles, was er sagt ist, dass dem Opa nichts passiert ist und dass er bald wiederkommt. Manchmal habe ich das Gefühl, *er* will *mich* trösten. Der arme, kleine Kerl!«

»Lucia, wir wissen nicht, was wirklich passiert ist. Vielleicht hat er recht.«

»Das glaubst du doch wohl selber nicht!« Lucia goss Tee in die zarten Porzellantassen.

»Wir müssen alle Möglichkeiten in Betracht ziehen.«

Lucia runzelte die Stirn. »Ich sollte schon längst in der Firma sein. Können wir uns vielleicht auf das Wesentliche konzentrieren? Warum wolltest du mich sprechen?«

Margot war klar, dass das, was sie zu sagen hatte, Wasser auf Lucias Mühlen war. Auf Mühlen, die eher gebremst als angetrieben gehörten. Aber sie hatte keine Wahl. Sie zog ein Blatt Papier aus der Tasche und reichte es über den Tisch. Lucia betrachtete den Ausdruck des Fotos und den Namen. »Wer ist das?«

»Das ist Chantals kleines Geheimnis«, sagte Margot. »Sie hat ihn getroffen, gestern. Sie hat ihm Geld gegeben.«

»Oh Gott!« Lucia starrte auf das Papier. »Er ist ... er hat meinen Vater umgebracht.«

»Langsam, langsam!« Am liebsten hätte Margot sie gepackt und geschüttelt. »Ich kenne mich mit den aktuellen Preisen nicht aus. Aber es sah schwerlich aus wie der Lohn für einen Auftragsmord. Das Einzige, was ich ziemlich sicher festhalten kann: Die beiden stehen sich recht nahe. Wenn du verstehst, was ich meine.«

»Das Miststück!« Lucias Gesicht rötete sich ein wenig. »Jetzt haben wir sie.«

Nicht zum ersten Mal fragte sich Margot, warum Lucia so viel mehr daran interessiert schien, Chantal zu belasten, als herauszufinden, wo ihr Vater war. Es war irritierend. Aber irritierend war die Beziehung zwischen Lucia und ihrem Vater immer schon gewesen.

»Wir haben jetzt nur den begründeten Verdacht, dass sie ihm nicht treu ist«, beschwichtigte sie.

»Warum nimmst du sie immer in Schutz? Auf welcher Seite stehst du eigentlich?«

Margot atmete tief durch. »Ich versuche herauszufinden, was passiert ist. Offensichtlich betrügt sie ihn. Das spricht nicht für sie. Aber es überrascht weder dich noch mich. Und es heißt noch lange nicht, dass sie …«

»Es ist ein Motiv«, widersprach Lucia.

»Warum? Immerhin behauptet sie, dass er dasselbe getan hat.«

»Das ist infam«, zischte Lucia. »Das ist ungeheuerlich!«

»Nein, ist es nicht. Wir leben nicht im Mittelalter. Selbst wenn du recht behältst. Wenn er sich trennen wollte von ihr. Das ist kein Mordmotiv. Oder gibt es einen Ehevertrag? So einen, der sie nackt und verarmt auf die Straße schickt?«

»Exakt den gibt es«, sagte Lucia. Sie klang heiser. »Es hat mich einige Mühe gekostet, damals. Aber ich habe dafür gesorgt.«

»Was?« Margot war für einen Moment sprachlos.

»Sie kriegt im Falle einer Scheidung nichts, gar nichts!«

»Bist du dir da ganz sicher? Lucia, ganz im Ernst, das passt nicht zu Walter. Ich würde jederzeit wetten, dass sich Chantal keine Sorgen machen muss.«

»Genau darum habe ich ja dafür gesorgt! Er war schon immer ein blauäugiger Trottel. Und natürlich wollte er keinen Vertrag. Hätte ich nicht darauf bestanden …« Lucia schlug eine Hand vor den Mund. »Es ist alles meine Schuld. Das war sein Todesurteil.«

»Jetzt mal langsam, ganz langsam. Lucia, wir reden von Mord. Von kaltblütigem Mord. Chantal ist eine dumme Pute, ich bin die Letzte, die das abstreiten würde. Und es sieht so aus, als wäre sie ihm nicht treu. Aber dass sie ihn kaltblütig um die Ecke bringt, das traue ich ihr einfach nicht zu.«

»Bin ich denn wirklich die Einzige, die dieses Miststück durchschaut?« Lucia stellte klirrend den Tee auf der fragilen Untertasse ab.

»Nun, diese Ingrid scheint sich jedenfalls keine Sorgen zu machen. Und so dubios sie ist, ich denke, er hat ihr vertraut. Kennst du sie eigentlich?«

»Nein«, antwortete Lucia etwas zu schnell. »Warum sollte ich?« Sie warf Margot einen Blick zu. »Hör zu, ich weiß, dass du es gut meinst. Aber das ist eine Sackgasse. Erstens würde mein Vater nie … Das ist einfach nicht seine Art. Wenn er diese Ingrid seit Jahrzehnten kennt, warum sollte er dann heiraten und danach ein Verhältnis mit ihr anfangen? Das macht doch keinen Sinn. Außerdem … Ich meine, wenn sie eine Freundin meiner Mutter war, dann …« Sie schluckte.

»Es tut mir leid, Lucia. Ich weiß, das Thema ist schmerzlich für dich.«

»Nein! Das ist es nicht. Ich bin eine erwachsene Frau. Ich bin selber Mutter. Das ist lange her. Es spielt keine Rolle.«

»Da bin ich eben nicht so sicher. Vielleicht ist es wichtiger, als wir denken.«

»Margot, ich war drei Jahre alt! Ich kann mich kaum an meine Mutter erinnern. Ich weiß nur, was mein Vater erzählt hat … und Agathe. Zwei Geschichten, die beim besten Willen nicht zusammenpassen. Es war schmerzlich für mich, aber es spielt keine Rolle mehr. Mir ist egal, ob sie der reine, hehre Engel war, von dem mein Vater redet oder die drogensüchtige, verantwortungslose Schlampe, die Agathe in ihr sieht. Ich weiß nur, dass sie abgehauen ist. Und dass die Vergangenheit vergangen ist.« Demonstrativ sah sie auf ihre Armbanduhr. »Bleib an ihr dran. Lass Chantal nicht aus den Augen. Auch wenn ihr es alle nicht sehen wollt – ich weiß, dass sie dahintersteckt. Ich muss jetzt wirklich los! Es gibt, weiß Gott, Wichtigeres, um das ich mich kümmern muss.«

Margot sah ihr nach, wie sie in Richtung Einfahrt schritt. »Da, meine Liebe, da bin ich mir gar nicht so sicher«, murmelte sie und trank den letzten Schluck Tee aus ihrer Tasse.

16

Guido zündete sich eine Zigarette an und blies den Rauch hinauf zur gelblichen Decke seines Wohnzimmers. Eine Feder des abgeschabten Sofas, auf dem er lag, drückte unangenehm in seinen Rücken. Guido war nicht ganz klar, auf wen er wütender war – auf sich selbst oder auf Chantal. Obwohl die eigentlich nicht wirklich etwas für die Situation konnte. Sie war einfach dämlich. Immer schon gewesen. Deshalb brauchte sie ja jemanden, der sich um sie kümmerte. Jemanden wie Guido, einen, der auf sie aufpasste. Das war Guidos Job. Und es war gut gelaufen. Bis jetzt. Jetzt hing er mitten drin in einer Scheiße, die ihm von Minute zu Minute weniger gefiel.

Er dachte daran, wie es angefangen hatte mit ihnen. Damals, als sie mit den anderen angemalten kleinen Schnepfen im Minirock durch Tannenbusch spaziert war. Obwohl sie sich genauso albern aufführte wie die anderen Tussen, hatte Guido sofort gesehen, dass sie anders war. Sie hatte Potenzial. Sie hatte wirklich das Zeug, rauszukommen aus diesem Mikrokosmos. Deshalb hatte er beschlossen, sich um sie zu kümmern. Zu verhindern, dass sie sich und ihre Möglichkeiten wegwarf.

Er war selbst nicht der Coolste gewesen, damals, schmächtiger Typ eher. Aber im Unterschied zu den anderen Jungs hatte er Pläne gehabt, die weiter reichten als bis zum nächsten Bier. Er hatte gewusst, was er wollte, und das hatte Chantal kapiert. Er hatte ihr versprochen, sie mitzunehmen in dieses aufregende, neue Leben. Und er hatte sein Versprechen gehalten, weiß Gott, das hatte er.

Er stand auf und trat zum Fenster. Vorsichtig lupfte er die graue Gardine. Sah hinaus auf die Cityterrasse. Cityterrasse, dachte er und schnaubte. Eine nette Bezeichnung für diese Trostlosigkeit aus rotem Klinker. Dieses abscheuliche Areal spiegelte Guidos Existenz wider. Was vor 35 Jahren als chic und modern galt, verströmte heute den Charme eines verlassenen Einkaufszentrums.

Als er die Wohnung gekauft hatte, hatte er noch geglaubt, am Ziel zu sein. Genau genommen hatte Chantal die Wohnung gekauft, hatte sie bezahlt, damals, als es noch gut lief. Von Tannenbusch nach Godesberg, eine gewaltige Sprosse auf der Leiter nach oben. Damals klang die Adresse süß, klang nach einem, der es geschafft hatte. Und jetzt hockte er hier, war gezwungen gewesen, die schicken Möbel, die Chantal einst für teures Geld angeschafft hatte, zu lächerlichen Preisen zu verschleudern. Jetzt hockte er hier mit altem Kram, den er irgendwo aufgetrieben hatte, und konnte den Anblick der roten Klinker, die von Tag zu Tag schäbiger auf ihn wirkten, kaum noch ertragen. Trostlos war es, alles war trostlos. Jeden Tag schrie es ihm vom Fenster entgegen, dass es in die falsche Richtung ging. Auch ohne die Typen, die da unten neben dieser sonderbaren Bücherbude herumlungerten.

Sie versteckten sich nicht. Die Auffälligkeit, mit der sie am helllichten Tag da standen und hin und wieder einen gelangweilten Blick auf das Haus warfen, gehörte zum Programm. Guido kannte sie. Jeder, der in Bonn und Umgebung gerne Karten spielte, kannte die beiden. Kalles Kumpel, so nannte man sie. Und jeder wusste, wie die beiden Kalle ihre Freundschaft bewiesen.

Guido ließ die Gardine fallen und fluchte unterdrückt. Es gab keinen Grund zur Panik. Sie würden nicht hochkommen. Nicht heute. Kalles Geschäftspolitik war bekannt. Heute standen sie nur da, damit Guido nicht vergaß, dass es sie gab. Heute würden sie sich keinen Schritt näher bewegen.

Er hatte versucht, mit Kalle zu reden. Eigentlich verstand er sich darauf, mit Leuten zu reden. Aber Kalle war schwierig. Ab einer gewissen Summe diskutierte er nicht mehr. Da war er wirklich stur.

Guidos Hals war trocken. Er brauchte dringend ein Bier. Er ging in die Küche und nahm die letzte Dose aus dem Kühlschrank.

Verdammt, Chantal schuldete ihm einiges. Und das wusste sie auch! Ohne Guido wäre sie spätestens mit 16 schwanger gewesen. Ohne ihn säße sie heute mit einem Bündel Bälger am Bein in einer Wohnung im guten, alten Block. Mit einem Kerl, der die Sozialhilfe schneller versoff, als man sie ihm kürzen konnte. Ohne Guido hätte sie nie Karriere gemacht. Es waren seine Beziehungen gewesen. Er, Guido, kannte die richtigen Leute, Medienbranche in Köln und so. Ohne Guido hätte sie nie diese Rolle bekommen. Er hatte sein Versprechen gehalten. Er hatte sie groß rausgebracht – ganz groß.

Es war nicht so, dass sie undankbar war. Für eine Weile war es genau so gelaufen, wie Guido sich das vorgestellt hatte. Es war unfassbar, wie viel Geld sie bekam für diese kleine Rolle in der schäbigen Seifenoper. Sie hatten auf großem Fuß gelebt. Hatten die Wohnung gekauft, hatten ordentlich Partys geschmissen. Sie hatten eine Menge Spaß gehabt. Es war nicht Guidos Schuld gewesen, dass der Traum dann platzte. Es war auch nicht Chantals Schuld – jedenfalls behaupteten das die Typen von der Produktion. Sie faselten von der Storyline, die sich eben entwickelte. Scheißdreck. Chantal hatte geheult, während Guido versucht hatte, die Sache wieder hinzubiegen. Sie hatte irgendwie komplett die Bodenhaftung verloren, hatte von ihrer künstlerischen Zukunft gefaselt, von falschen Entscheidungen, die möglicherweise dazu führten, dass sie sich zukünftige Rollenangebote und Möglichkeiten verbaute. Als wäre sie eine beschissene Julia Roberts oder so. Sie hatten ständig gestritten. Und irgendwann war seine Geduld am Ende gewesen. Irgendwann hatte er ihr klipp und klar gesagt, wie es aussah mit ihrem Talent und ihren Möglichkeiten. Er hatte ihr klargemacht, dass es ein Luxus war, wählerisch zu sein. Ein Luxus, den man sich nur erlauben konnte, wenn die laufenden Kosten gedeckt waren.

Das war das erste und einzige Mal in ihrem Leben gewesen, dass sie ihn wirklich überrascht hatte. Sie war nicht nur ausgerastet. Sie hatte tatsächlich ihren Koffer gepackt und hatte ihn verlassen. Einfach so. Immerhin hatte sie nicht verlangt, dass er auszog aus der Wohnung. Dazu hatte sie wohl keine Zeit gehabt, denn das nächste, was Guido hörte, war, dass sie diesen alten Geldsack heiratete, von dem er bis dahin noch nie gehört hatte. Guido war nicht sentimental. Aber es hatte wehgetan. So viel Undankbarkeit hatte er nicht erwartet – nicht nach all den Jahren.

Andererseits hatte er nie daran gezweifelt, dass sie zu ihm zurückkommen würde. Er kannte Chantal. Sie hielt es nicht aus ohne ihn, nicht auf Dauer.

Er hatte es geschafft, das große Ganze zu sehen. Guido war kein Mann, der gerne teilte. Aber er war auch nicht kleinlich. Die Lage war weniger schlimm, als sie auf den ersten Blick schien. Sie hatte das große Los gezogen. Sie war versorgt und zwar so gut, dass genug für Guido abfiel. Es gab Kompromisse, mit denen er leben konnte. Alle kamen auf ihre Kosten. Wenn man es genau betrachtete, gab es keinen Grund, sich groß aufzuregen.

Warum nur konnte es nicht einfach weitergehen? Warum ging immer irgendwann alles schief, wenn Chantal im Spiel war?

In letzter Zeit hatte sie immer wieder davon angefangen. Sie wollte bei ihm sein, sie wollte den alten Sack verlassen. Geld sei nicht so wichtig, hatte sie gesagt. Nichts hatte sie kapiert! Aber so war Chantal. Den hübschen Kopf voller Puffreis. Dämlich eben.

Hätte Guido geahnt, wie dämlich sie tatsächlich war – er hätte die Dinge anders gehandhabt. Nie im Leben wäre er auf die Idee gekommen, dass sie sich derart ausbooten ließ von den Geldsäcken. Keine Kontovollmacht! Allein der Gedanke trieb ihm die Zornesröte ins Gesicht. Damit hätte er nie und nimmer gerechnet.

Aber es half nichts. Alles Grübeln und aller Ärger brachten ihn nicht einen Zentimeter weiter. Die Lage hatte sich geändert. Er musste umdisponieren.

Der Zeitpunkt war nicht eben günstig, das war ihm klar. Aber so war es eben im Leben. Dinge gingen schief, Dinge liefen anders als geplant. Man musste flexibel bleiben. Es gab einen Ausweg, es gab immer einen Ausweg. Immerhin ging es um Guido und um seinen Arsch. Und Guido mochte seinen Arsch.

Er warf die leere Bierdose in den Abfall und setzte sich an den wackeligen Küchentisch. Er hatte alles vorbereitet. Er nahm die Zeitung und begann, ordentlich Buchstaben und Zahlen auszuschneiden.

17

Britta saß im Schatten am Tisch auf der Terrasse. In der Hand hielt sie das Foto, das sie aus Walters Arbeitszimmer entliehen hatte.

Irgendetwas kam ihr sonderbar vor. Aber so lange und intensiv sie auch starrte, sie kam nicht dahinter. Sie sah Vater, Mutter und drei Kinder, zwei Jungen, um die zehn Jahre alt, und ein Mädchen, klein noch. Die Aufnahme stammt aus den 50ern. Sie drehte das Foto herum, um sich zu vergewissern, dass die Rückseite noch immer leer war.

Sie ärgerte sich, dass sie den Brief, in dem das Foto steckte, nicht mitgenommen hatte. Dabei hatte er vermutlich nichts zu bedeuten. Ein alter Brief, ein altes Foto.

Die Hutschendorfs hatten nicht viele Freunde. Soweit Britta es mitbekam, gehörten sie zu den Menschen, die eher in Kreisen verkehrten als Freundschaften pflegten. Dass es Menschen gab, die Agathe tatsächlich nahestanden, Leute, die ihr Briefe schrieben und Fotos schickten, kam Britta merkwürdig vor. Natürlich war es lange her. Vielleicht war es früher einmal anders gewesen.

Sie schob das Bild ein Stück von sich. Vermutlich hatte es nichts zu bedeuten. Vermutlich lag es nur daran, dass es ihr im Moment an innerer Ordnung mangelte. Etwas ging vor und sie verstand nicht, was das war. So etwas konnte einen schon ein bisschen paranoid machen. Konnte einem sogar die Ruhe rauben, etwas Sinnvolles anzufangen mit seiner Freizeit.

Sie überlegte, ob sie sich mit Chantal möglicherweise so weit versöhnen konnte, um noch einmal ins Arbeitszimmer zu gelangen. Sie hatte immerhin allen Grund, sich kooperativ zu zeigen. Allerdings war es vorerst wohl besser, ihr nicht auf die Nase zu binden, was sie wussten.

Seufzend verstaute Britta das Foto zwischen den Seiten des Kalenders, der ebenfalls auf dem Tisch lag. Noch so eine Sackgasse. Sie hatte das Büchlein mindestens zehn Mal durchgeblättert. Hatte Einträge und Adressen studiert. Aber da war nichts. Nichts außer Arztterminen – die übliche Vorsorge beim Zahnarzt und dergleichen. Verabredungen zum Golf. Sehr sporadische Geschäftstermine. Die Geburtstage von Lucia, Klein Walter, zu ihrer Überraschung auch der ihre. Das hatte sie gerührt. Und ein bisschen gewundert. War es doch so, dass sie mit Walter nicht viel zu tun hatte. Aber er war eben ein sehr netter Chef.

Erneut seufzte Britta. Das Chaos in ihrem Kopf breitete sich munter aus, Walter, Ingrid, Lucia, Chantal und ihr sonderbarer Freund tanzten lustige Reigen. Dazwischen sprang ein stinkender Hund herum. Britta schüttelte den Kopf, um das alberne Bild zu vertreiben. Sie warf einen Blick auf die Uhr – höchste Zeit, aufzubrechen. Nach der gestrigen Verspätung wäre es äußerst unklug, Agathe erneut warten zu lassen. Sie nahm Bild und Kalender, trug die Sachen ins Haus und verstaute sie sorgfältig in einer Schublade.

Auf der Wiese stolperte sie fast über Walter und Louis. Die beiden waren völlig atemlos und verschwitzt. »Britta, Britta!« Klein Walter strahlte sie glücklich und aufgeregt an. »Guck mal, was er kann!« Er griff nach einem Stock und hielt ihn in die Höhe. Louis stellte sich unbeholfen auf die Hinterbeine, wobei ihm die zu erwartende Flatulenz entfuhr.

»Das ist super!«, lobte Britta Walters Dressurkünste. »Aber wie hältst du das nur aus?« Sie wedelte mit der Hand vor ihrer Nase.

»Er muss eben pupsen«, erklärte Klein Walter. »Er kann ja nichts dafür. Aber es macht trotzdem so viel Spaß. Ich will auch einen Hund. Einen eigenen. Ich hoffe, der bleibt ganz lange zu Besuch. Wie lange bleibt er denn?«

Britta zuckte die Achseln. »Ich muss jetzt rüber zu Agathe«, sagte sie. »Ich weiß nicht, wo Margot steckt. Ich glaube, sie wollte auf den Markt gehen, einkaufen. Sie ist bestimmt bald wieder hier. Meinst du, du kannst auf ihn aufpassen, bis sie wieder da ist?«

»Ja, natürlich! Mach ich.«

»Am besten, ihr geht mal kurz rein. Gib ihm eine Schüssel Wasser. Und du solltest auch was trinken. Danach könnt ihr weiterspielen, okay?« Sie lächelte Walter zu und setzte ihren Weg zum Nebenflügel fort.

Agathe erwartete sie bereits. »Wir haben es nicht mehr so mit der Pünktlichkeit, was?«, ätzte sie.

»Es ist genau zehn Uhr«, verteidigte sich Britta, obwohl sie wusste, dass das verlorene Liebesmüh war. Wenn Agathe übellaunig war, ließ sich ihre Streitlust nicht mit so läppischen Dingen wie Fakten brechen.

»Hol mir einen Schnaps!«, forderte sie.

Britta verkniff sich den rituellen Einwand und gehorchte einfach.

»Also, was hast du für mich?«

»Chantal hat einen Liebhaber«, sagte Britta.

»Was für eine Überraschung!« Agathe stürzte den Inhalt des Glases hinunter.

»Lucia scheint das sehr aufzuregen.«

»Gottverflucht! Ich weiß nicht, was in das Mädchen gefahren ist. Sie ist ja geradezu besessen von der Idee, dass die kleine Schlampe etwas mit der Sache zu tun hat. Aber das ist lächerlich. Das ist einfach lächerlich.«

Britta schwieg. Agathe schenkte sich eigenhändig nach. »Ich habe nachgedacht«, erklärte sie dann. »Über das, was du gestern Abend erzählt hast.« Britta hatte sie auf dem Weg zum Abendessen kurz über ihren Besuch bei Ingrid unterrichtet.

»Ich muss sie sprechen! Diese Person«, sagte Agathe nun.

»Ingrid?« Britta schluckte. »Ich glaube nicht ... ich meine, ich kann mir nicht vorstellen, dass sie bereit ist ...« Der Schweiß brach ihr aus.

»Papperlapapp!« Agathe füllte zum dritten Mal ihr Glas auf. »Es geht um meinen einzigen Sohn!«

»Ehrlich gesagt ...« Britta räusperte sich. »Sie hat sich nicht unbedingt freundlich über Sie geäußert. Eher im Gegenteil.«

»Das kann ich mir lebhaft vorstellen.« Agathe funkelte böse. »Hippiepack! Was hat sie denn gesagt über mich?«

Britta schluckte. »Ach, eigentlich gar nichts. Sie hat nur gesagt, ich soll mal nach der Sache mit Walters erster Frau fragen.«

Agathe grunzte. »Unverschämt! Unverschämtheit! Aber bitte, bitte, frag ruhig. Ich habe mir nichts vorzuwerfen.« Sie atmete ein paarmal durch. »Dass dich das einen feuchten Dreck angeht, ist dir klar, oder?«

Britta nickte. »Klar! Aber Sie haben mich beauftragt herumzuschnüffeln. Ich kann mir ja nicht aussuchen, was ich erfahre. Es ist nicht fair, mir vorzuwerfen ...«

»Och, nicht fair, was? Mir kommen die Tränen. Du armes Dingelchen. Jetzt krieg dich wieder ein! Ich will ja nur klarstellen, dass es sich um Familienangelegenheiten handelt. Ich wünsche nicht, dass irgendetwas davon nach außen dringt.«

Britta erwog, Agathe davon in Kenntnis zu setzen, dass es vermutlich nicht sehr viele Menschen gab, die sich brennend dafür interessierten, was vor 30 Jahren in Walters Ehe vorgefallen war. »Von mir erfährt kein Mensch etwas«, versicherte sie stattdessen.

»Walter war immer ein Waschlappen«, hob Agathe an. »Das war nicht leicht, vor allem für seinen Vater nicht, aber man muss der Realität ins Auge blicken. Er war nicht dumm, immerhin, er hat gut gelernt, hat studiert, er hat sich Mühe gegeben. Ihm fehlte nur einfach der Biss. Sein Vater hat versucht, die Dinge positiv zu sehen, aber der Gedanke, dass er ihm sein Lebenswerk übergeben sollte, der hat ihm nicht gefallen. Und dann … dann kam auch noch sie!« Agathe legte eine dramatische Kunstpause ein. »Anfangs dachte ich noch, es ist gut für ihn. Ausgehen, unter junge Leute kommen. Ich dachte, wenn er seine Nase mal in etwas anderes steckt als in Bücher, dann bringt ihn das vielleicht weiter. Natürlich habe ich im Traum nicht damit gerechnet, dass er in solche Kreise gerät. Hippies, mein Gott, mir war gar nicht klar, dass es so was überhaupt gab, hier! Und als er dann mit dieser Frau kam, da war es zu spät. Sunflower! So hat sie sich vorgestellt. Im Ernst! Ich habe gedacht, meinem Mann platzt eine Ader im Kopf! Versteh mich nicht falsch, junge Männer müssen sich die Hörner abstoßen. Und diese Hippiemädchen hatten damit ja, weiß Gott, kein Problem, schamlose Dinger die. Aber auf die Idee, eine solche Frau seinen Eltern vorzustellen, konnte nur ein Kind wie Walter kommen.« Agathe griff nach dem Glas und stärkte sich erneut. »Am Anfang haben wir natürlich gedacht, sie will sein Geld. Aber es war viel schlimmer. Geld hat sie nicht einmal interessiert. Sie war komplett geistesgestört. Und so eine wollte er heiraten! Wir haben es natürlich verboten. Lächerlich, es war einfach nur lächerlich!« Erneut führte Agathe ihr Glas zum Mund, ehe sie fortfuhr: »Er hat uns die Stirn geboten. Das erste Mal. Unter anderen Bedingungen wäre ich vielleicht sogar stolz auf ihn gewesen. Er hat es einfach getan. Und uns blieb nur, das Beste aus der Situation zu machen. Ich war sicher, dass sie über kurz oder lang von allein verschwindet. Stattdessen ist sie schwanger geworden.« Abermals seufzte Agathe. »Versteh mich nicht falsch – ich liebe Lucia. Aber damals war es eine Katastrophe!« Agathe schloss die Augen. Die Erinnerung schien sie wirklich aufzuregen. »Mein Mann hatte längst resigniert. Er hat einfach so getan, als existiere das Problem nicht. Es blieb also an mir hängen. Und, weiß Gott, ich hab mich bemüht. Alles habe ich getan, um aus dieser Person eine Frau zu machen, die den Ansprüchen genügt, die an Walters Ehefrau gestellt wurden. Ich habe auf Granit gebissen. Sie hat sich für Drogen interessiert und fürs Herumvögeln. Entschuldige meine Wortwahl, aber da gibt es nichts schönzureden. Die Hälfte der Zeit war sie so bedröhnt, dass sie gar nicht gemerkt hat, wenn man etwas von ihr wollte.«

»Aber sie war doch schwanger«, unterbrach Britta zum ersten Mal.

Agathe winkte ab. »Gott, ja, da hat sie sich zurückgehalten. Aber der andere Firlefanz – freie Liebe, keine

Macht für niemand, die ganze Soße! Es war nicht zu ertragen! Und Walter hat sie einfach machen lassen. Erbärmlich. Es war klar, dass sie ihm das Herz brechen würde.« Abermals legte Agathe eine Pause ein. Sie lehnte sich im Sessel zurück und starrte aus dem Fenster. »Es endete genau so, wie ich es vorhergesehen hatte«, sagte sie dann. »Lucia kam auf die Welt und die Blumenschlampe hat begriffen, dass es noch andere Dinge im Leben gibt als Spaß. Tja, das hat ihr natürlich nicht geschmeckt. Und deshalb hat sie sich vom Acker gemacht. Ohne ein Wort. Nicht mal einen Brief, einfach Tschüss und auf Nimmerwiedersehen! Sie hat Walter im Stich gelassen und ihr eigenes Kind. So war sie. Ja, so war Sunflower. Was immer diese Ingrid gesagt hat – ich denke, du kannst dir selbst ein Bild machen. Noch Fragen?«

Britta schüttelte den Kopf.

»Es ist ungeheuerlich, dass Walter noch Kontakt hatte mit ihnen«, murmelte Agathe. »Nie hätte ich angenommen, dass er … all die Jahre …«

»Nun, Ingrid ist nicht gerade … also, einen Hippie stelle ich mir anders vor.« Britta fasste sich ein Herz. »Sie kam mir recht vernünftig vor. Und auch bürgerlich. Sie ist Lehrerin, sie hat eine schöne Wohnung, sie … nun, das ist ja egal. Jedenfalls mag sie Walter, da gibt es keinen Zweifel, ich glaube, sie steht ihm wirklich nahe.«

»Ich muss mir ihr reden!«

»Wie ich schon sagte, ich fürchte, sie wird nicht wollen. Ich kann Ihnen die Telefonnummer geben, aber …«

»Papperlapapp!«, versetzte Agathe. »Du weißt genau, was sie tun wird, wenn ich sie anrufe. Sie wird sich nicht mal meinen Namen anhören. Ich muss unter vier Augen mit ihr sprechen!«

»Und wie stellen Sie sich das denn vor?«, begehrte Britta auf. »Ich kann sie ja kaum mit Gewalt herbringen.«

»Britta!«, fauchte Agathe. »Manchmal denke ich, du willst mich mit Absicht ärgern. Diese Frau weiß vielleicht, wo mein Sohn ist. Es ist mir scheißegal, wie du sie herschaffst. Aber du tust es, verstanden? Und zwar schnell!«

18

Auf dem Weg zurück ins Gärtnerhaus fragte Britta sich, was zum Henker sie bloß verbrochen hatte, um so hart bestraft zu werden. Noch vor wenigen Tagen war ihr Leben in schönster Ordnung gewesen. So, wie sie es mochte.

Sie war am Morgen aufgestanden, sie hatte ihren Job erledigt. Sie hatte Zeit und Ruhe gehabt, um ein Buch zu lesen, einen Spaziergang zu machen oder sich zuweilen einen Film anzuschauen. Und wenn sie am Abend ins Bett ging, war alles wie am Morgen – vollkommen in Ordnung.

Und nun konnte sie praktisch keinen Schritt gehen, ohne tiefer in den Schlamassel zu geraten. So unerfreulich waren ihre Überlegungen, dass sie sich fast über den Anblick von Louis freute, der sichtlich ermattet rücklings auf der Wiese lag und seinen weißen Bauch der Sonne darbot. Neben ihm lag Klein Walter und beide atmeten in einer ähnlich hektischen Frequenz. Britta lächelte. Bei all ihrer Abneigung gegen den Köter – als Sportanimateur schien er deutlich erfolgreicher als sie selbst, das musste der Neid ihm lassen.

»Müde?«, erkundigte sie sich.

Klein Walter öffnete die Augen und richtete sich auf. »Heiß«, keuchte er. »Aber ich komme gleich ...«

Britta musste kurz überlegen. »Ach ja, oh, richtig, deine Schwimmstunde. Hätte ich fast vergessen, entschuldige.«

»Macht ja nichts«, sagte Walter und senkte die Mundwinkel gen Boden. »Es ist dir ja dann doch noch eingefallen.«

Vielleicht, dachte Britta, vielleicht wäre es hilfreich für ihr Karma, andere Menschen glücklich zu machen. Ein Geben und Nehmen, das war das Leben und sie war nicht in der Position, Möglichkeiten ungenutzt zu lassen. »Ich habe eine Idee. Warum machen wir beide nicht einfach mal was anderes: einen Spaziergang zum Beispiel, einen Spaziergang mit Louis! Wir gehen am Rhein entlang und dann trinken wir eine Limo in der Bastei.«

»Glaubst du, dass Mama damit einverstanden ist?«

Britta zögerte. »Ach«, sagte sie dann und zwinkerte verschwörerisch. »Ich glaub, sie hat viel um die Ohren. Wenn wir nicht dumm fragen, dann kriegen wir auch keine dumme Antwort.« Na bravo, dachte sie, ein weiterer Schritt in Richtung Abgrund. »Was ist nun?«, fragte sie schnell, bevor die Zweifel ihrer Herr werden konnten. »Hast du Lust, oder nicht?«

»Darf ich ihn an die Leine nehmen? Louis, meine ich. So richtig, dass alle denken, er ist mein Hund?«

»Klar. Sicher darfst du das.«

Ingrid parkte den Wagen an der kleinen Kreuzung vor der Anliegerstraße, die seitlich von der Mauer des Anwesens begrenzt wurde. Platz genug gab es. Das hier war kein Viertel, in dem man sein Auto auf der Straße parkte.

Sie blickte auf die Treppe, die seitlich des Grundstücks hinunter zum Rhein führte. Rechts ragten die hohen Bäume des Hutschendorf'schen Parks auf.

Was tat sie hier bloß? Sie griff nach dem Zündschlüssel. Eine Drehung, ein bisschen Gas und sie konnte so tun, als sei sie nie hier gewesen. »Unsinn«, sagte sie zu sich selbst. »Ein kleiner Lauf wird mir guttun.«

Lächerlich war das. Schon das Sitzen im Auto führte dazu, dass ihr der Schweiß den Rücken hinunterlief. Sie hatte keine Lust, auszusteigen. Sie fluchte leise. Ein Auge auf die Dinge haben – was hatte sie sich bloß dabei gedacht? Die ganze Sache ging sie nichts an. Und ein Lauf auf der Rheinpromenade, die nicht nur in der vollen Sonne lag, sondern nicht mal einen Blick aufs Anwesen erlaubte, war weiß Gott kaum geeignet, sich ein Bild der Lage zu machen. Zumal allein die Idee, dass sie irgendeinem Familienmitglied über den Weg lief, womöglich Agathe …

Abermals schüttelte sie den Kopf über sich selber. Sie musste sich klar darüber werden, was sie überhaupt vorhatte. Leider lag die Antwort auf der Hand. Und sie gefiel ihr nicht. Sie hatte nichts vor, gar nichts. Es ging ihr allein darum, sagen zu können, dass sie etwas unternommen hatte. Wie sinnlos es auch sein mochte. Es war erbärmlich und lächerlich. Und vermutlich war Bewegung in der Hitze genau die Strafe, die sie für ihre Dummheit und ihren Selbstbetrug verdient hatte.

Agathe saß im Sessel, den Blick durchs Fenster auf den Petersberg gerichtet. Sie fragte sich, wer da oben wohl gerade herumhockte und auf Kosten der Steuerzahler irgendwelche müßigen Fragen diskutierte. Ein Gedanke, der sie normalerweise zornig machte und daher belebte. Aber heute schaffte sie es nicht, ihren Zorn auf das Gästehaus dort oben zu richten. Auch die reizvolle Landschaft nahm sie kaum wahr. Dabei war es eben jener Blick, der sie trotz aller Unannehmlichkeiten, die das Wohnen im Obergeschoss mit sich brachte, bisher daran gehindert hatte, ihr Domizil zu verlegen. Heute war ihr die Aussicht egal. Heute war sie vollkommen damit beschäftigt, hier zu hocken, den einen oder anderen Fluch auszustoßen und regelmäßig nach der Flasche zu greifen.

Eigentlich waren drei Gläser ihr Limit. Früher war das anders gewesen. Sie und Walter waren oft eingekehrt, abends, nach getaner Arbeit. Beim Ännchen oder im Schaumburger Hof hatte Agathe mehr als einen Mann unter den Tisch getrunken. Saufen wie ein Kerl kannst du, hatte Walter oft gesagt und dabei stolz geklungen.

Agathe seufzte. Heute war sie ein Wrack. Nicht nur alt, nein, sie war auch weich geworden, in mehr als einer Hinsicht.

Sie schenkte sich ein. Besondere Situationen erforderten besondere Maßnahmen. Es war ihr ein tiefes

Bedürfnis, die unerfreulichen Gedanken, die sich sinnlos drehten und zu immer neuen, noch unerfreulicheren Gedanken führten, mithilfe des Götterfunkens zum Schweigen zu bringen.

Ingrids Auftauchen war ein Schlag ins Kontor. Einer, mit dem sie nicht gerechnet hatte. »Nichts, womit ich nicht fertig werde«, sprach sie sich selbst Mut zu. Sie leerte das Glas und füllte nach. Sie lehnte sich zurück und ließ das wattige Gefühl in ihrem Kopf wirken.

Ingrid! Das Mädchen, das mit Sunflower barfuß im Park unter den Bäumen gelungert und Dinge geraucht hatte, von denen Agathe nicht einmal den Namen kannte. Nie hätte sie gedacht, dass ihr diese Frau noch einmal unterkommen würde. Dass sie noch eine Rolle spielte in Walters Leben. Sie hatte den Gedanken verdrängt, dass sie noch irgendwo da draußen war. Ganz in der Nähe.

Am Anfang, ganz am Anfang der unseligen Geschichte, war Angst ihr ständiger Begleiter gewesen. Täglich hatte sie damit gerechnet, dass jemand auftauchte, jemand wie diese Ingrid. Jemand, der selbstgerecht war und bereit, alles zu zerstören. Mit den Jahren war die Angst gewichen. Agathe war weich geworden. Weich und nachlässig. Es war erschreckend.

»Kein Grund zur Sorge«, murmelte sie und bemerkte, dass ihre Zunge ihr nicht mehr recht gehorchen wollte. Gespenster waren es, einfach nur Geister einer Vergangenheit, die so weit entfernt war, dass es sie nicht mehr wirklich gab. Diese Ingrid hatte keine Ahnung. Sonst wäre sie längst aufgetaucht. Dennoch war ihre reine Existenz ein Zeichen dafür, dass die Dinge außer Kontrolle gerieten. Aber sie war Agathe Hutschendorf und mit ein bisschen Angst kam sie schon zurecht. Sie war Agathe Hutschendorf und es war an der Zeit, sich auch so zu benehmen. Sie stieß leise auf, seufzte und war fast im selben Moment eingeschlummert.

Klein Walter umklammerte die Leine und schritt erhobenen Hauptes hinter Louis her. Dieser vollführte allerhand lustige Sprünge und Verrenkungen. Wenn ihm das zu langweilig wurde, stürmte er nach vorn und zerrte heftig. »Darf ich ihn laufen lassen?«, fragte Walter. »Er will rennen, das merkt man, er will unbedingt rennen!«

»Besser nicht. Wir wissen ja nicht, wie gut er hört, und am Ende läuft er uns weg und wir kriegen Ärger mit Margot.«

Walter nickte brav. Seine Einsicht erwies sich jedoch schon im nächsten Moment als sinnlos, denn Louis machte einen Satz nach vorn und mit einem Ruck flog die Leine aus Walters Hand. Im Schweinsgalopp sprang er laut bellend davon und steuerte zielstrebig ein Auto an, das unten am Weg parkte und neben dem eine Läuferin offenbar entschlossen war, den tropischen Temperaturen zu trotzen.

»Louis!«, schrie Britta. »Komm sofort zurück! Bei Fuß, Louis!«

Ingrid stöhnte auf. Schlimmer, so dachte sie, schlimmer konnte es kaum kommen. Hastig fingerte sie nach dem Autoschlüssel, den sie in der Tasche ihrer Laufhose verstaut hatte. Sie war nicht schnell genug. Kläffend sprang die kleine Töle an ihr hoch. Sie unterdrückte den Impuls, nach dem Köter zu treten und ihn anzuschreien. Das würde die Situation kaum besser machen.

»Aus!«, brüllte Britta. »Louis, du ungezogener Hund!« Ihre Worte machten auf das Tier wenig Eindruck. Zum Glück griff Klein Walter beherzt nach dem Halsband und zerrte den Hund weg von Ingrids Beinen.

»Ingrid?« Britta starrte ihr Gegenüber an.

»Ach, Britta!« Ingrid rang sich ein Lächeln ab. »Was für ein Zufall!«

»Zufall?«, echote Britta.

»Hallo, Ingrid«, ließ sich nun Klein Walter vernehmen. »Es tut mir leid, dass Louis dich geärgert hat. Er wollte dich nicht beißen, er ist ein sehr, sehr lieber Hund und er wollte sicher nur spielen.«

»Bestimmt wollte er das«, erwiderte Ingrid und schenkte dem Kind ein Lächeln. »Es ist ja auch gar nichts passiert.«

»Ihr kennt euch?« Brittas Blick wanderte zwischen Ingrid und Walter hin und her.

»Ich bin mit seinem Opa befreundet«, versetzte Ingrid spitz. »Wir sprachen darüber, erinnern Sie sich? Aber ich denke, es gibt anderes, worüber Sie sich Gedanken machen sollten. Zum Beispiel, ob man ein Kind mit einem Hund auf die Straße lässt, mit dem es nicht klarkommt.«

»Er wollte nicht beißen«, unterbrach Walter. »Und ich komme sehr gut mit ihm klar. Bitte, erzähl das keinem, weil … wenn Mama das hört, dann darf ich nicht mehr mit ihm spazieren gehen und es macht großen Spaß, mit ihm spazieren zu gehen. Wir wollen doch an den Rhein und dann trinken wir Limo an der Bastei oder essen ein Eis an der Bude an der Fähre. Ich passe jetzt auf, ganz bestimmt, ich passe ganz gut auf!« Er schien den Tränen nahe.

»Mach dir keine Sorgen, Walter.« Britta legte dem Jungen die Hand auf die Schulter. »Du konntest gar nichts dafür und ich glaube kaum, dass Ingrid deiner Mutter etwas erzählen wird. Oder täusche ich mich da etwa?« Sie warf Ingrid einen bösen Blick zu.

»Natürlich werde ich nicht … Ich meine, es ist ja wirklich gar nichts passiert, Walter«, sagte Ingrid. »Geht ihr nur schön weiter spazieren. Ich will euch gar nicht länger aufhalten.« Mit zitternden Händen steckte sie den Schlüssel ins Schloss.

Brittas Hand kam auf ihrer Schulter zu liegen. »Walter«, sagte sie, »Walter, geh doch schon mal vor. Bis unten zur Promenade, da musst du warten, okay? Und nicht zu dicht ans Wasser gehen! Ich komme sofort nach. Ich muss nur ganz schnell ein paar Worte mit Ingrid reden.«

»Aber ich habe … Ich muss wirklich los, ich habe es sehr eilig …«, murmelte Ingrid, während Walter tat, wie ihm geheißen.

»Was machen Sie hier?«, fragte Britta barsch, sobald das Kind außer Hörweite war.

»Wonach sieht es denn aus?« Ingrid deutete unwillig auf ihr Outfit.

»Es sieht nach Laufklamotten aus, um so zu tun, als wollten Sie Sport treiben, ein bisschen joggen bei etwa 35 Grad im Schatten«, zischte Britta. »Zufällig wollten Sie heute hier laufen gehen, am Mittag, hier, wo zufällig Hutschendorfs wohnen, nachdem wir uns zufällig gestern unterhalten haben über Walter. Wollen Sie mich für dumm verkaufen?«

»Sie sind ja paranoid!«

»Ich wünschte, ich wär's«, versetzte Britta. »Glauben

Sie mir, das würde mein Leben im Moment eher leichter machen.«

»Wie dem auch sei«, sagte Ingrid und öffnete die Wagentür, »ich würde dann auch gerne wieder fahren. Ich bin ein freier Mensch und darf mich, wenn ich das richtig sehe, frei auf öffentlichem Gelände bewegen. Zumal ich Ihnen versichern kann, dass mir der Sinn nicht nach ungesetzlichen Tätigkeiten steht.«

»Wenn Sie nichts zu verbergen haben, warum sind Sie dann so feindselig?«, verlangte Britta zu wissen.

»Ich bin nicht feindselig«, schnappte Ingrid. Dann entspannte sie sich. »Na gut, ich bin feindselig. Gut, es ist total albern. Sie haben ja recht. Ich bin natürlich nicht zufällig hier. Aber leider kann ich Ihnen auch nicht sagen, warum ich hier bin. Ich habe nämlich keine Ahnung. Unser Gespräch gestern, es hat mich ... es hat mich doch nervöser gemacht, als ich mir selber eingestehen möchte. Und irgendwie dachte ich, ich muss etwas tun. Ich hab es nicht ausgehalten zu Hause und da bin ich halt hierher gefahren. Auch, um zu laufen, ganz ehrlich ...«

Britta zögerte. Da war es wieder, dieses sonderbare Gefühl. »Sie wissen also tatsächlich nicht, wo er ist?«

Ingrid zuckte mit den Schultern. »Das habe ich doch gesagt.«

Britta fluchte innerlich, erkannte jedoch gleichzeitig, dass sie eine solche Chance womöglich nie wieder bekommen würde. »Wo Sie gerade hier sind«, setzte sie also an. »Warum kommen Sie nicht mit rein und trinken einen Schluck?« Sie deutete aufs Tor.

Ingrids Mund verzog sich. »Hören Sie, das ist nett gemeint, aber ... es war mein Ernst. Das, was ich gestern sagte. Ich werde garantiert keinen Fuß auf dieses Grundstück setzen.«

»Aber Sie müssen.«

»Wie bitte?« Ingrid musterte Britta verständnislos.

»Agathe«, murmelte die. »Ich habe ihr von unserem Gespräch erzählt. Ich musste ja, verstehen Sie, sie ist ja quasi meine Auftraggeberin und … Nun, sie will Sie sehen.«

Ingrid lachte auf. »Das ist ja – das ist ja wohl die Höhe. Hoheit verlangt nach mir und Sie meinen im Ernst … Britta, haben Sie mir nicht zugehört gestern?«

»Doch, sicher, aber … Es geht ihr nicht gut. Glauben Sie mir, es geht ihr wirklich nicht gut. Ich kenne Agathe. Sie ist ein garstiges, altes Weib, kein Zweifel. Aber sie ist fast 100! Und die Sache … also, Ihre Differenzen mit ihr … Das ist 30 Jahre her. Sie leidet wirklich, sie macht sich Sorgen. Ich glaube, sie klammert sich an jeden Strohhalm. Es kostet Sie doch nicht viel. Wo Sie gerade hier sind. Sie können doch einfach schnell mit mir reinkommen und …«

»Sie haben es nicht begriffen! Sie haben es wirklich nicht begriffen!« Ingrid atmete tief durch. »Es ehrt Sie, dass Sie versuchen, die schrullige, alte Dame in ihr zu sehen. Aber glauben Sie mir, sie ist gewissenlos. Agathe ist gefährlich! Sie kennt keinerlei Skrupel. Wenn ich Sie wäre, ich würde da reingehen und meine Sachen packen. Zusehen, dass ich verschwinde aus diesem Sumpf!«

Britta schluckte. »Ich finde, Sie übertreiben etwas.«

»Ich kann nicht mehr tun, als Sie warnen. Sie geraten da in etwas, das sie nicht kontrollieren können. Sie unterschätzen diese Leute.«

»Wie meinen Sie das?« Britta wurde die Sache langsam ein bisschen unheimlich.

»Genau so, wie ich es sage«, erklärte Ingrid. »Und nun entschuldigen Sie mich bitte!« Ohne eine Antwort abzuwarten schwang sie sich hinters Lenkrad und knallte die Tür zu.

Britta sah dem Auto, das mit quietschenden Reifen anfuhr, noch eine Weile nach und versuchte, ihre Gedanken zu ordnen. Sie verstand nicht, was das gerade gewesen war. Aber sie verstand, dass Agathe auf Ingrids Kaffeebesuch wohl noch eine Weile würde warten müssen.

19

»Er bleibt auf gar keinen Fall in meinem Auto!« Brittas Ton duldete keinen Widerspruch.

»Was willst du machen? Ihn mit rein nehmen? Wir müssen uns unauffällig umsehen. Dabei können wir auf keinen Fall eine furzende Bulldogge gebrauchen.«

»Wir können nie eine furzende Bulldogge gebrauchen«, stellte Britta richtig. »Kein Mensch kann eine furzende Bulldogge gebrauchen! Warum hast du ihn nicht bei Klein Walter gelassen?«

»Der Junge hat Klarinettenunterricht. Ich möchte keinen Ärger mit Lucia.«

»Ha!«, rief Britta aus. »Da sprichst du ein ganz interessantes Thema an, weißt du? Dir ist klar, was passiert, wenn sie uns erwischt? Lucia? In der Firma, aus der wir uns raushalten sollen?«

Sie parkten im Industriegebiet in Bornheim. Offenbar vertrug Louis Autofahrten nicht sonderlich gut, denn unterwegs hatte sich seine aufgeregte Verdauung zu neuen Exzessen hinreißen lassen. Das war allerdings nicht der einzige Grund, dass Britta in äußerst übler Stimmung war.

»Du bist so ein Feigling!«, warf Margot ihr nun vor.

»Das mag ja sein, aber vielleicht rufst du dir mal in Erinnerung, dass ich in diesem ganzen Mist nur hänge, weil ich meinen Job behalten wollte? Leider kann ich nicht behaupten, dass ich diesem Ziel näher komme. Eher im Gegenteil!«

Margot öffnete die Autotür. »Ich habe jetzt keine Zeit für deine Nickeligkeiten«, erklärte sie und wuchtete ihren Hintern aus dem Wagen. »Wenn du willst, dann kannst du ja hier warten.« Sie knallte demonstrativ die Autotür zu.

Louis bellte fröhlich vom Rücksitz. Britta fluchte leise. Sie kannte sich nicht gut aus, aber angesichts der Temperaturen schien es ihr nicht besonders klug, das Tier im Auto zu lassen. Tot roch Louis sicherlich nicht besser als lebendig. Sie stieg aus dem Wagen und griff nach der Leine. Ein mickriges Bäumchen stand neben dem Bürgersteig und spendete immerhin ein bisschen Schatten.

Kurz entschlossen band sie daran die Leine fest. Ohne auf Louis vorwurfsvolles Winseln zu achten, folgte sie eilig Margot, die zielstrebig auf das Haupttor der Hutschendorf'schen Schnapswerke zuschritt.

Klein Walter vermisste Louis. Er hätte ihn prima und wunderbar mitnehmen können zum Klarinettenunterricht, das hatte er Margot auch gesagt. Aber sie hatte nicht auf ihn gehört. Andererseits, so dachte er jetzt, andererseits war es ganz gut gewesen, dass er Zeit hatte. Er hatte sich sehr konzentrieren müssen, mehr, als er gedacht hatte. Aber jetzt war er endlich fertig. Er betrachtete prüfend sein Werk. Es schien, soweit er das beurteilen konnte, in Ordnung zu sein. Es sah aus wie im Fernsehen, wie in den Krimis. Er war stolz auf seine Idee mit den Buchstaben und der Zeitung. Natürlich sahen die Zeilen nicht ganz so gerade aus, wie er es sich vorgestellt hatte. Aber das lag daran, dass es tausendmal schwerer war als man dachte. Diese fisseligen, kleinen Buchstaben ordentlich auszuschneiden, das war schon kompliziert genug. Sie dann aber mit dem Klebestift zu bestreichen und in der richtigen Reihenfolge aufs Papier zu kleben, das hatte ihn fast wahnsinnig gemacht. Ständig hafteten sie an den Fingern und am Schreibtisch und überhaupt überall, nur nicht da, wo sie sollten. Walter hatte ewig gebraucht. Endlose Zeit, in der er sein Werk rasch in die Schreibtischschublade verschwinden lassen musste, sobald er ein Geräusch auf dem Flur hörte. Aber es war niemand gekommen. Es war ja auch keiner da. Und davon abgesehen kam sowieso nie jemand einfach in seinem Zimmer vorbei, nicht, seit Opa weg war. Aber Vorsicht war wichtig, das wusste Walter, und deshalb hatte die Sache gleich noch mal so lange gedauert. Eigentlich hatte er viel mehr schreiben wollen. Aber je länger die Sache dauerte, desto sicherer war er gewesen, dass es klug war, sich kurz zu fassen.

Vielleicht war es zu kurz. Vielleicht war es sowieso alles nicht so, wie es sein sollte. Aber Walter hatte wirklich keine Lust mehr. Und außerdem musste er langsam los, wegen der blöden Klarinettenstunde. Er warf einen letzten Blick auf den weißen Zettel.

›Aufhören nach Walter Hutschendorf zu suchen sonst pasiert was schlimes!‹ Er nickte zufrieden, faltete das Blatt, schob es in einen weißen Umschlag und versteckte es in der Schublade seines Schreibtischs.

20

Das Pförtnerhäuschen am Tor des Geländes war das erste, nicht wirklich überraschende Hindernis, das Brittas Ermittlermoral weiter untergrub. Sie wollte sich gerade umdrehen und unauffällig zurück zum Auto gehen, als Margot schon energischen Schritts die Glaskabine ansteuerte.

»Guten Tag«, sprach sie forsch. »Wir sind …«

Der Pförtner winkte ab. »Sie werden schon erwartet!« Er warf einen Blick auf seine Armbanduhr. »Das schaffen Sie grade noch. Geradeaus, dann rechts, der Neubau, es ist nicht zu verfehlen.« Er tippte an den Schirm seiner albernen Mütze und grinste.

»Vielen Dank!« Margot wirkte nicht im Mindesten irritiert. Gefolgt von einer verwirrten Britta strebte sie munter in die angewiesene Richtung.

»Was soll das? Wer erwartet uns? Was erwartet uns?«

»Ich habe nicht die geringste Ahnung.« Margot lächelte. »Aber gleich werden wir das ja erfahren.«

Erneut erwog Britta, ihr Heil in der Flucht zu suchen. Ehe sie den Gedankengang jedoch zu Ende geführt hatte, fand sie sich in einer Empfangshalle wieder, in dem ein bezauberndes Fräulein hinter einem modern gestylten Empfangstresen saß. »Das war auf den letzten Drücker«, säuselte sie fröhlich. »Aber Sie haben noch nicht allzu viel verpasst. Treppe hoch, erste Tür rechts!«

»Du siehst, man darf das Glück nicht mit unnützen Fragen belästigen«, raunte Margot Britta zu, während sie die Treppe hinaufeilten. Sie betraten eine Art Tagungsraum. Die Fenster waren verdunkelt und auf einer Leinwand lief ein Film. »Schon immer«, erklärte gerade eine sonore Männerstimme, »war es dem Hause Hutschendorf ein zentrales Anliegen, den hohen Qualitätsansprüchen der Kunden zu genügen.« Um dies zu unterstreichen, rauschten sogleich Bilder malerischer Obstplantagen und Kornfelder über die Leinwand. »Für unsere Produkte verwenden wir einzig die besten Zutaten. Der Produktionsprozess folgt, trotz einiger Neuerungen, nach wie vor der traditionellen Methode, die schon der erste Firmeninhaber entwickelt hat. Und darum steht der Name Hutschendorf bis heute für höchstes geschmackliches Niveau und erstklassige Qualität!« An der Wand erschien ein eisgekühltes Glas Schnaps neben der Britta so vertrauten Flasche Götterfunke, dazu erklang die passende Hymne, und dann ging das Licht an. Die Zuschauer applaudierten höflich.

Eine junge Frau in streng-grauem Kostüm trat aus einer Ecke. »Ich darf Sie dann bitten, mir zu folgen. Wir beginnen die Führung in der Produktionshalle eins.«

Stühle wurden gerückt und der allgemeine Geräuschpegel war glücklicherweise hoch genug, um den Protest eines Herren, der auf Britta und Margot zugetreten war, zu übertönen.

»Wer zum Teufel sind Sie?«, verlangte er zu wissen.

»Wer zum Teufel sind SIE?«, fragte Margot frech zurück.

Der Herr ruckelte an seiner Krawatte herum. »Schürmeister, Willi Schürmeister mein Name! Vorsitzender des Kegelclubs ›Alle Neune‹ aus Walberberg.«

»Oh, ein Kegelclub, das ist aber schön!«, flötete Margot. »Ich liebe Kegeln.«

»Wir haben diese Führung vor Monaten gebucht. Die Warteliste ist endlos. Wie kommen Sie dazu, sich hier einfach reinzumogeln? Ohne Absprache! Ich weiß nicht, ob ich das in Ordnung finde.«

Margot schenkte ihm einen Augenaufschlag. »Ach, Herr Schürmeister, jetzt seien Sie doch nicht so streng! Man muss im Leben doch auch mal fünf gerade sein lassen. Einfach dem Impuls folgen! Jetzt sind wir schon mal da. Wir werden nicht stören, Sie werden uns gar nicht bemerken!« Sie legte den Kopf schief und strahlte Willi mit einem perfiden Frauchen-Lächeln an.

Schürmeister brummte unwillig, schien aber fürs Erste nachgiebig. Die Dame in Grau führte sie aus dem Gebäude und direkt ins Herz der Produktionsanlagen. Britta achtete darauf, sich möglichst mittig in der Gruppe zu bewegen. Hinter jedem Fenster wähnte sie Lucia.

Margot hingegen wirkte völlig sorgenfrei. Sie hatte sich bei Schürmeister untergehakt und die beiden waren in ein angeregtes Gespräch vertieft. Immer wieder lachte Willi laut und herzlich.

In der großen Halle angekommen scharte sich die Gruppe brav um die graue Dame. »Das Prinzip, nach dem Schnaps gebrannt wird, ist seit Jahrhunderten unverändert«, hob sie an und es klang ein wenig, als lüfte sie ein heiliges Geheimnis. »Ein mehr oder weniger flüssiges Ausgangsmaterial, die so genannte Maische, wird so lange erhitzt, bis die flüchtigen Bestandteile in die Gasphase übertreten, also zu Dampf werden. Kühlt man die Dämpfe wieder ab, so erhält man die kondensierten Bestandteile in flüssiger Form.« Sie warf einen Beifall heischenden Blick in die Runde. »Somit wird aus einem Gemisch, bestehend aus mehreren Komponenten, eine bestimmte Komponentengruppe – bei Schnaps der Alkohol und die Aromastoffe – abgetrennt!«, triumphierte sie dann. Willi lachte laut.

»Was finden Sie daran lustig?« Die graue Dame fixierte ihn streng.

»Nichts, gar nichts«, winkte Willi mit strahlendem Lächeln ab. »Das ist äußerst faszinierend. Bitte, fahren Sie doch fort!«

Das tat die Dame. Margot und Willi begannen erneut zu tuscheln, während Britta gegen eine sonderbare Schwere ankämpfte, die ihre Augenlider befiel.

»Die Gerätschaften, die zur Destillation von Schnaps verwendet werden, haben sich durch den technischen und wissenschaftlichen Fortschritt verändert …«

Der Herr neben Britta gähnte herzhaft. Britta duckte sich unter dem strafenden Blick der grauen Dame, der das natürlich nicht entgangen war. »Kommen wir nun zur Destille«, sprach sie streng und Margot kicherte.

Britta wandte sich um. »Margot, zum Teufel, jetzt reiß dich zusammen!«, zischte sie. »Willst du, dass wir rausfliegen?«

»Ich unterhalte mich ein bisschen, das ist alles«, raunte Margot zurück. »Der Willi, das ist ein ganz interessanter Mann, weißt du.«

»Wir sind nicht zum Spaß hier! Er wäre reizend, wenn du dein Liebesleben für den Moment mal hintanstellen würdest. Sonst können wir nämlich gleich zu Lucia ins Büro gehen und mal Hallo sagen.«

»Gott, warum bist du nur immer so verkrampft?«

»Entschuldigen Sie, aber es ist wirklich irritierend, wenn Sie sich ständig unterhalten«, schnitt die graue Dame in die Unterhaltung. Alle Köpfe wandten sich den Sünderinnen zu.

»Wir werden jetzt brav sein«, dröhnte Willi.

Die Dame lächelte säuerlich. »Wie ich schon sagte … moderner als Holz und natürlich leichter zu regulieren ist eine elektrische oder eine Öl- oder Gasbefeuerung, wie unser Haus sie verwendet.«

»Margot, das bringt doch nichts! Das ist doch saublöd, was wir hier machen«, hauchte Britta über ihre

Schulter nach hinten. Sie bekam keine Antwort. Als sie sich umdrehte, musste sie feststellen, dass sie ins Leere gehaucht hatte. Margot war samt Willi verschwunden.

21

Erfolglos hatte Ingrid versucht, ihre Wut kalt abzuduschen. Drei Jahrzehnte war sie ihrem Vorsatz treu geblieben, sich nie wieder in eine solche Lage zu bringen. Eine, die ihr Verantwortung aufbürdete für Dinge, die sie nicht wirklich verstand und mit denen sie im Grunde auch nichts zu tun hatte. Diffuse und dubiose Verantwortung. Nie wieder hatte sie mit den Hutschendorfs zu tun haben wollen. Sah man von Walter ab. Und da stand sie nun. 30 Jahre für die Katz!

Es ging nicht um Britta. Nicht darum, dass Ingrid sie mochte. Es ging vielmehr darum, was passierte, wenn Ingrid jemanden mochte. Denn obwohl ihr bewusst war, dass erwachsene Menschen für sich selbst verantwortlich waren, war doch ein Teil von ihr bereit und gierig, diese Verantwortung mit ihnen zu teilen.

Sie zog sich ihren dünnen Baumwollbademantel an, schenkte sich Eistee ein und suchte Zuflucht auf ihrem Sofa. Es ging nicht um Britta. Es ging auch nicht um Walter. Es ging um sie und vor allem darum, wie sie aus dieser Geschichte herauskam. Dass Agathe sie treffen wollte, war ein Alarmzeichen. Es war ebenso ungeheuerlich wie unbegreiflich. Und es gab dafür nur eine einzige Erklärung – Agathe hatte Angst.

Das war kein Gedanke, der Ingrid beruhigte. Agathe war gefährlich. Und Angst machte gefährliche Menschen in der Regel noch gefährlicher. Das wiederum führte Ingrid zu einem Gedanken, den sie nicht denken wollte. Einen, der fast peinlich war. Auch sie hatte Angst. Sie hatte tatsächlich Angst davor, einer Frau zu begegnen, die sie seit über 30 Jahren nicht gesehen hatte. Einer Greisin, die zwar versuchen mochte, sie zu einer Figur in ihrem Spiel zu machen, die aber schon längst die Macht verloren hatte, die Züge zu bestimmen. Es war lächerlich.

Ingrid trank einen Schluck Tee. Sie genoss den Geschmack nach Zitrone auf ihrer Zunge. Ja, sie fürchtete sich. Aber das war nicht verwerflich. Nur Idioten hatten keine Angst. Sie würde sich ihrer Angst stellen und auch Agathe. Und diesmal, das schwor sich Ingrid, diesmal würde Agathe bereuen, sie herausgefordert zu haben. Diesmal war sie diejenige, die die Trümpfe in der Hand hielt.

Lucia stutzte. Sie stand an ihrem Bürofenster und für eine Sekunde hätte sie schwören können, Margot in Begleitung eines ihr fremden Mannes auf dem Hof gesehen zu haben. Sie war wirklich mit den Nerven am Ende. Sie sah schon Gespenster.

»Bist du sicher, dass das stimmt?« Lohmann riss sie aus ihren Gedanken.

Lucia drehte sich um. »Natürlich bin ich sicher. Ich kann mich auf Margot verlassen. Jetzt schau nicht so. Begreifst du nicht? Ich habe einen Namen. Mein Gott, ich habe ein Foto. Ich kriege sie, ich kriege die kleine Schlampe. Jetzt ist sie dran!«

Lohmann schüttelte den Kopf. »Du hast gar nichts.«

»Sie betrügt ihn! Mit diesem, diesem ... halbseidenen Kerl. Sie gibt ihm Geld. Was brauchst du noch?«

»Sie hat ein Verhältnis. Ich verstehe, dass dich das aufbringt. Aber das ist weder ein Verbrechen noch gar der Beweis, dass sie ...«

Lucia unterbrach ihn mit einer ungeduldigen Handbewegung. »Versteh doch, ich weiß es. Ich weiß, dass dieses Dreckstück hinter der Sache steckt! Und wenn ich mit diesem Wissen zur Polizei gehe, dann wird das doch wohl hoffentlich Bewegung in die Ermittlungen bringen.«

Lohmann hob die Hände und begann, sich die Schläfen zu massieren. Er schwieg.

»Verdammt, Stefan! Du hast selbst gesagt, dass es am besten wäre ... Es muss etwas geschehen. Was ist los? Warum bist du so ... so ...«

Er seufzte. »Es tut mir leid, aber du verrennst dich da in etwas. Merkst du das nicht? Du hast den Überblick verloren. Und die Kontrolle. Du bringst uns in Teufels Küche!«

»Was willst du damit sagen?«

»Hältst du die Polizei für bescheuert? Glaubst du im Ernst, dass sie sich schön brav mit den Dingen befasst, die du wichtig findest und den Rest ignoriert? Wenn die loslegt, richtig loslegt – wie lange, denkst du, wird es dauern, bis sie von unserer kleinen Geschäftsmisere Wind kriegen? Und von den Dingen, die wir getan haben?«

»Aber verstehst du nicht? Ich tue doch, was ich kann! Sie werden sich auf Chantal konzentrieren und den widerlichen Kerl, mit dem sie schläft, dem sie Geld gibt, mein Geld.«

Lohmann biss sich auf die Unterlippe.

»Was ist denn los mit dir? Stefan, ich verstehe dich nicht!«

»Dann hör mir jetzt zu«, sagte er leise. »Hör mir jetzt gut zu. Du musst damit aufhören. Du machst alles nur noch schlimmer, siehst du das nicht?«

»Ich verstehe überhaupt nicht, wovon du da redest.«

»Ich verstehe dich auch nicht«, brauste Stefan auf. »Du bist doch sonst nicht so irrational!«

Lucia schluchzte auf.

»Entschuldige, ich ... Lucia, bitte! Du denkst die Dinge nicht mehr zu Ende. Ich kann verstehen, dass dir das alles nahegeht. Er ist dein Vater. Aber du weißt so gut wie ich, dass wir uns keine Sentimentalitäten erlauben können.«

Lucia schluchzte heftiger und nickte. Stefan ging zu ihr und legte ihr sanft eine Hand auf die Schulter. »Lass mich einfach machen«, sagte er. »Vertrau mir. Aber lass die Polizei raus aus der Sache.«

»Und wenn alles so bleibt? Wenn es keine Indizien für ein Verbrechen gibt, und er einfach nicht wieder auftaucht?«

Lohmann drückte ihre Schulter. »Wir haben doch alles, was wir brauchen«, sagte er. »Wenn du recht hast, wenn tatsächlich Chantal hinter der Sache steckt, wird sie uns direkt zu ihm führen. Sie oder dieser Guido. Dann haben wir alle Trümpfe in der Hand.«

Lucia senkte den Kopf. Sie starrte auf den Kugelschreiber, der auf ihrer Schreibtischunterlage lag.

»Verlass dich auf mich! Ich kümmere mich um die Sache. Aber du musst mir vertrauen!«

Lucia fingerte nervös nach einem Taschentuch. Sie wollte ihm vertrauen. Nie hatte sie ein größeres Bedürfnis gehabt, einem Menschen zu vertrauen. Aber zu ihrem eigenen Entsetzen stellte sie fest, dass das immer schwieriger wurde. Da war etwas in Stefans Verhalten, das ihr nicht gefiel. Etwas, das sie nicht verstand. Trotzdem nickte sie.

Sie sah nicht auf, als er den Raum verließ. Sie wollte ihn nicht ansehen.

Er hatte ja recht. Aber er war nicht dabei gewesen. Er hatte nicht diesen letzten Blick ihres Vaters gesehen, bevor der aus ihrem Büro gestürmt war. Ein Blick voller Schmerz und Verzweiflung und endgültiger Resignation. Es war dieser Blick, der das Undenkbare, das sich immer wieder in ihren Kopf schlich, nährte. Sie hatten beide Dinge gesagt, die besser ungesagt geblieben wären. Hatten sich gegenseitig verletzt. Sie kannte ihren Vater, er war schwach. Aber nie zuvor hatte sie befürchtet, dass er womöglich das tun könnte, was in diesem Blick gelegen hatte. Etwas Dummes, etwas Endgültiges, etwas ganz und gar Undenkbares.

Sie hob eine Hand und kniff sich selbst in den Oberschenkel. Fest, fest, immer fester. So fest, bis der körperliche Schmerz den Gedanken vertrieb.

Nein, sie wollte nicht zu Ende denken, was undenkbar war. Nicht jetzt und auch nicht in Zukunft. Lucia wollte überhaupt nicht mehr denken. Weder an ihren Vater noch an Stefan.

22

»Das kann doch nicht wahr sein!« Willi sah sich um. Er wurde mit jeder Sekunde und jedem Nichtraucherschild nervöser. »Es muss doch irgendwo ein Eckchen geben …«

»Kann ich Ihnen helfen?« Ein Mann in blauer Arbeitermontur näherte sich.

»Ja, guter Mann, ja, das hoffe ich sehr.« Ein Funken Hoffnung blitzte in Willis Augen. »Wir sind mit der Betriebsführung da und wir wollten rasch … Also, kurz, zwischendurch …« Er hob die Zigarettenschachtel, die er seit einiger Zeit in seinen zittrigen Händen trug.

»Oh, die Führung.« Sein ironischer Unterton war nicht zu überhören. »Mit Frollein ›Ich-habe-den-Schnaps-erfunden‹, wie? Spannende Sache, hab ich gehört. Aber damit«, er deutete auf die Zigarettenschachtel, »damit wird's nicht so leicht. Die Chefin nimmt ihre Verantwortung für unsere Gesundheit sehr ernst, wissen Sie? Auf diesem ganzen verfluchten Gelände gibt es kein Eckchen mehr, wo das Rauchen erlaubt ist.«

»Das ist Gesundheitsfaschismus!«, befand Willi gereizt. »Ich bin ein erwachsener Mann! Und hier wird immerhin Schnaps gemacht. Das ist ja nun auch kein Vitaminpräparat!«

»Ich habe ja nur gesagt, es gibt keine Ecke, in der es erlaubt ist. Es gibt allerdings eine Ecke, in der man nicht erwischt wird. Das hoffe ich jedenfalls, denn wenn ich mich täusche, bin ich schneller weg als Sie Ihre Kippe austreten können. Dann haben wir uns nie getroffen, ist das klar?«

»Ganz oben befindet sich ein Dephlegmator!«

Das gefiel Britta. Das gefiel ihr sogar sehr. Sie konnte dringend etwas gegen ihr Phlegma gebrauchen. Leider erklärte die graue Dame nicht, wie das geheimnisvolle Maschinenteil funktionieren sollte, sondern fuhr einfach fort: »Dieser mit Wasserkühlung ausgestattete Aufsatz verhindert, dass alkoholarme Dämpfe passieren können. Diese unerwünschten Dämpfe werden über die darunter liegenden Verstärkungsböden in die Maische zurückgeführt!«

Brittas Kräfte schwanden. Ein Rudel unterdrückter Gähner marodierte durch ihren Kopf. In der letzten halben Stunde hatte die graue Dame mit akribischer Gnadenlosigkeit jedes Schräubchen und jedes Häkchen der erschreckend großen Anlage mit leidenschaftlicher Hingabe erklärt, während die Blicke ihres Publikums zunehmend glasiger, die allgemeine Haltung schlaffer wurde. »Auf der linken Seite sehen Sie Sammelhut und

Rohr zum Kühler. Die Alkoholdämpfe sammeln sich im sogenannten Hut und werden über dieses Rohr zum darunter liegenden Kühler weitergeleitet.« Die graue Dame ließ ihren strengen Blick wandern. Ihr entging die nachlassende Aufmerksamkeit ganz offensichtlich nicht, und aus ihren Augen sprach tiefe Abscheu angesichts der Ignoranz. »Wenn Sie mir dann bitte folgen wollen! Wir wollen unsere Aufmerksamkeit nun einem Produkt zuwenden, das wesentlich zum weltweiten Ruf der Firma Hutschendorf beigetragen hat.« Träge setzte sich die Menge in Bewegung. »Die Destillation bei Obstbränden muss so durchgeführt werden, dass das Destillat das Aroma und den Geschmack der verwendeten Frucht behält, weniger als 86% Alkohol und mindestens 200 Gramm pro Hektoliter an flüchtigen Nebenbestandteilen aufweist …«

Sie wandelten durch einen Gang in eine andere Halle. »Hier sehen Sie die Obstzerkleinerer, Maschinen beachtlicher Größe. Wir werden gleich einmal hinauf auf die Galerie steigen, damit Sie einen Blick hinein werfen können.«

»Ist das hier, wo es den alten Hutschendorf zerkleinert hat?«, erkundigte sich eine Stimme laut aus dem hinteren Teil der Gruppe.

Die graue Dame wurde blässlich und dann rötlich. »Ich bitte Sie, was ist denn das für eine Frage?«

»Eine ganz normale Frage«, drang es aus einer anderen Ecke der Gruppe. Offenbar war die allgemeine Aufmerksamkeit neu belebt. Auch Britta fühlte neue Energie. Sie hatte davon gehört, dass Agathes verblichener Gatte einem Unfall zum Opfer gefallen war. Dass es sich um einen geradezu malerisch widerwärtigen Unfall gehandelt hatte, war ihr allerdings neu. Sie warf einen Blick auf die riesige Maschine und schauderte.

Die graue Dame räusperte sich. »Wenn Sie auf den tragischen Unfalltod unseres ehemaligen Firmenchefs anspielen, dann muss ich Ihnen sagen, dass ich die Frage hochgradig geschmacklos finde!«, erklärte sie pikiert.

»Es hat aber keiner gefragt, wie Sie das finden. Wir wollen nur wissen, ob es hier passiert ist.«

»Ja, das ist es. Das Gerät existiert selbstverständlich nicht mehr. Unsere Sicherheitsstandards sind außergewöhnlich hoch!«, zischte die Dame. »Und wenn ich damit ihre kranke Fantasie ausreichend beflügelt habe, dann würde ich nun gerne nach oben gehen und Ihnen die Funktion dieses Geräts erläutern.«

Willi sog gierig an der Zigarette. Margot hatte sich ebenfalls aus der Schachtel bedient, und so standen sie in trauter Eintracht in einer finsteren Ecke, deren Boden mit Zigarettenkippen übersät war.

»Sie ist streng, Ihre Chefin, was?« Margot blies den Rauch gen Himmel.

»Die Chefin?« Ihr neuer Freund, der sich als Bernd Meier vorgestellt hatte, sah sie fragend an. »Ach, die Junior meinen Sie.«

»Na ja, Junior … so junior ist sie ja nicht mehr!«

Meier grinste. »Sie sind im Bilde, was? Ja, Sie haben schon recht. Seit sie da ist, hat ihr Herr Vater nicht mehr viel zu melden. Wissen Sie, ich arbeite seit 40 Jahren hier. Ein Leben lang. Ich hab noch unter dem Alten gelernt. Der war nicht ohne, weiß Gott nicht. Aber von seiner Enkelin, da hätte selbst der sich noch eine Scheibe abschneiden können. Ich will ja nichts gesagt haben!« Er warf einen Blick über die Schulter, bevor er sich selbst Lügen strafte, indem er fortfuhr: »Der Alte war ein Despot. Er konnte richtig ausrasten. Aber der gehörte immerhin dazu. Der war den ganzen Tag unterwegs in der Produktion, der kannte hier jeden mit Namen. Wenn einer seinen Job nicht gemacht hat, dann hat der seinen Arsch schneller auf der Straße gehabt, als er gucken konnte. Als das Söhnchen kam – so haben wir ihn immer genannt, damals, den Chef, da hat der Alte ihn kaum allein aufs Klo gehen lassen.« Er warf seine Zigarette zu ihren ausgebrannten Freunden auf den Boden und trat sie gründlich aus. Zögernd sah er in Richtung Werkhalle. »Na, ich muss dann auch mal wieder.«

»Nicht doch«, flötete Margot. »Eine können Sie doch noch. Der Mensch braucht Pausen, sonst kann er die Plackerei nicht durchhalten.« Sie stieß Willi den Ellbogen in die Seite. Dieser kramte brav seine Schachtel heraus und bot Meier eine weitere Zigarette an.

»Na, also gut ... Auf einem Bein kann man ja auch nicht stehen.« Meier grinste. »Wir haben ja damals alle gedacht, die Sache geht den Bach runter. Als der Alte dann tot war. Ich meine, er war nett, der Juniorchef, das war nicht das Problem. Eine Wohltat in mancher Hinsicht, verglichen mit dem Alten. Aber vom Geschäft hat er nicht viel verstanden. Hat ihn auch nicht besonders interessiert, wie es aussah. Wir haben alle gedacht, hier gehen bald die Lichter aus. Dann ist seine Frau noch weg, da musste man kein Psychologe sein, um zu sehen, dass er vor die Hunde ging. Aber wir haben ihn unterschätzt. Er hat sich einfach die richtigen Leute geholt. Die, die den Laden hier am Laufen halten. Der Alte hätte sich im Grab umgedreht bei der Vorstellung, dass hier wildfremde

Leute rumpfuschen, das hätte ihn wahnsinnig gemacht. Aber fürs Geschäft war es richtig. Es gab einen Chef, offiziell, aber seinen Job haben andere gemacht.« Meier hob eine Hand. »Nicht, dass das schlimm wäre. Wenn man sich das erlauben kann … Ich meine, der Laden lief. Alle waren zufrieden. Und dann, dann kam sie.«

»Lucia?« Margot sah ihn mit großen Augen an.

»Sie kennen sie?« Meier wirkte auf einmal misstrauisch.

Margot schüttelte den Kopf. »Nein. Also, flüchtig. Eine Freundin von mir hat mal für sie gearbeitet.«

»Na, dann sind Sie ja im Bilde. Dann können Sie sich vielleicht vorstellen, wie die durchgefegt hat da oben. Sie hat sich nicht unbedingt Freunde gemacht, das können Sie mir glauben. Mit Unternehmensberatern und Umstrukturierung noch und nöcher. Da sind die Köpfe schneller gerollt, als man gucken konnte. Ich will ja nichts gesagt haben, bis jetzt ist es gut gegangen, aber es ist schon komisch. Also, ich … ich kapier das nicht mehr. Es kommt keine Ruhe mehr rein. Die ganze Produktion wird im Moment wieder umgestellt, und keiner weiß, warum. Der Chef, der lässt sie machen. Der hat immer alles abgenickt. Sie hat immer ihren Willen gekriegt. Bis jetzt jedenfalls …«

»Ich glaube, wir müssen auch mal wieder.« Willi sah auf seine Uhr. »Die Führung, die sind sicher schon fast fertig.«

»Sekunde noch«, bat Margot. »Ich finde, wir erfahren hier viel mehr interessante Sachen über die Firma als von Frau Schlaftablette da drin. Wie meinen Sie das denn – bis jetzt?«

Willi seufzte und fügte sich in sein Schicksal.

»Also, von mir haben Sie das nicht«, erklärte Meier in gedämpftem Ton. »Aber meine Frau, die Elke, die ist ja ganz dicke mit der Bersenbrock. Das ist die Sekretärin von Frau Hutschendorf. Die kegeln zusammen, meine Elke und die Bersenbrock, und da kriegt die natürlich Sachen mit, die Elke, und ich auch. Jedenfalls hat die gesagt, es hat so richtig gekracht zwischen Papa und Töchterlein. Die feine Frau Junior, die will wohl expandieren, so richtig mit Alcopops und so Zeug. Da war sie Feuer und Flamme. Daher auch die Umstellung in der Produktion. Und normalerweise läuft es wohl so, dass Frau Junior die Sache fertig macht und es dann rüber reicht zum Papa, und er unterschreibt und das war's. Aber diesmal, diesmal war es anders. Er hat seinen Moralischen gekriegt, sagt die Bersenbrock. Von wegen Kinder zum Saufen verführen und so. Sie müssen sich jedenfalls entsetzlich angebrüllt haben, die beiden, sodass die Bersenbrock weit mehr mitgekriegt hat, als sie sollte.«

»Und dann?« Margot trat einen winzigen Schritt näher.

Meier zuckte mit den Achseln. »Dann ist er aus ihrem Büro gestürmt und seither hat er sich nicht mehr hier blicken lassen! Das sollte sich unsereins mal erlauben, einfach nicht mehr bei der Arbeit auftauchen, weil man sich geärgert hat.« Er schnaubte vor Entrüstung. »Keine Ahnung, was da abgeht. So richtig Sinn macht so ein Streit auch nicht. Wie gesagt, die Produktion wird schon umgestellt, die Sache läuft, das kriegen wir ja allein nicht hin, da braucht man Partner. Die Sache ist unter Dach und Fach. Sonst würde man nicht in sauteure, neue Produktionsanlagen investieren und so. Also ist es, wie es immer ist. Sie gewinnt am Ende. Er kann sich nicht wehren gegen sein Töchterlein. Selbst, wenn er will.« Er nahm einen letzten Zug, trat die Kippe aus und sah auf die Uhr. »Verdammt, jetzt muss ich aber flitzen. Sonst krieg ich's mit den Kollegen zu tun. War nett, euch kennenzulernen.«

Margot nickte. »Gleichfalls. Eine Frage hätte ich noch. Wo kegeln denn die Bersenbrock und Elke zusammen? Und wann?«

Meier warf ihr einen irritierten Blick zu. »Warum wollen Sie das denn wissen?«

Margot lächelte. »Wir sind ja ganz große Kegler. Also, Willi hier, der ist doch Vorsitzender eines Kegelclubs. Und ich würde so gerne auch wieder, aktiv, meine ich, und da könnte ich ja vielleicht mal, äh … reinschauen?«

»Tja, ich kann dazu nichts sagen, das machen die Damen ja untereinander aus, aber sie treffen sich immer freitags, drüben im Godesberger Treff. Da haben sie die Kegelbahn fest gebucht.«

»Na, dann schau ich da vielleicht mal vorbei«, strahlte Margot.

»Ja dann …« Meier schien etwas unschlüssig. »Ihr findet allein zurück?«

Margot nickte.

»Verdammt!« Willi blickte mit leichter Verzweiflung auf seine Uhr. »Jetzt müssen wir uns ranhalten. Sonst verpassen wir die Verkostung.«

»Ach, und wenn schon!« Margot schenkte ihm ein strahlendes Lächeln. »Wenn wir nichts mehr abkriegen, dann lade ich dich einfach zu mir nach Hause ein. Und dann verkosten wir Schnaps, bis du das Wort nicht mehr aussprechen kannst.«

»Und so danke ich Ihnen für Ihr Interesse …«, presste die graue Dame zwischen schmalen Lippen hervor. »Ich hoffe, Sie konnten einen Eindruck gewinnen, der Ihnen vermittelt, dass auch in einem mittlerweile durchaus als Global Player zu bezeichnenden Unternehmen trotz allem Tradition und Qualität an erster Stelle stehen und dass jeder einzelne unserer hervorragend qualifizierten Mitarbeiter dafür persönlich mitverantwortlich zeichnet.« Sie hüstelte. »Und nun darf ich Sie einladen, als Abschluss unseres kleinen Ausflugs noch ein wenig in der Lounge zu verweilen und sich selbst von den geschmacklichen Qualitäten unserer Produkte zu überzeugen.« Sie wies auf eine Tür. »Ich muss mich dann aber leider schon verabschieden. Ich wünsche Ihnen noch einen schönen Tag!« Sie drehte sich um und war zu schnell verschwunden, um den spärlichen Höflichkeitsapplaus wahrzunehmen. Britta vermutete, dass sie direkt zum Personalbüro eilte, um ihre Kündigung einzureichen oder wenigstens ihre Versetzung in eine andere Abteilung zu fordern.

Unglücklicherweise hatte sie im Zuge des Rundgangs, der durch diverse Tunnel und Gänge geführt hatte, nicht nur Margot, sondern auch die Orientierung verloren. So sah sie sich gezwungen, ihrer neuen Bezugsgruppe in die Lounge zu folgen.

23

Der Mann betrachtete die Schmuckstücke, die vor ihm auf dem Tresen lagen, mit demonstrativer Verachtung. »500 …«, schnaufte er und zerrte mit seinen nikotinfleckigen Fingern eine goldene Kette aus dem Häuflein.

»Für diese Kette? Das kann nicht sein!« Chantal schüttelte den Kopf. »Die ist mindestens drei Mal so viel wert.«

»Für alles!«, erklärte der Mann.

»Das ist nicht ihr Ernst!« Chantal griff nach dem Schmuck. »Sie wollen mich wohl verarschen!«

»Hör mal, mein Kind: Das hier ist eine Pfandleihe. Nicht Sotheby's. Wenn das Zeug wo unfassbar viel wert ist, dann musst du dir eben jemanden suchen, der es dir für unfassbar viel Geld abkauft.«

»Ich will es aber nicht verkaufen!« Chantal schluckte. »Das ist es doch eben, es ist … Ich brauche es ja wieder, bald. Verstehen Sie doch, mein Mann hat mir die Sachen geschenkt. Und er ist reich, mein Mann, er ist wirklich reich. Das ist alles echter Schmuck. Das müssen Sie doch sehen, Sie sind doch ein Fachmann.«

»Klar. Sehe ich. Und ich sehe eine Frau mit einem wirklich reichen Mann, so einem reichen Mann, der sie mit Schmuck überhäuft. Und ich frage mich, warum knallt die all diesen schönen Schmuck auf meinen Tresen? Warum braucht die so dringend Kohle, frage ich mich, wo ihr Mann doch so märchenhaft reich ist. Aber weißt du was, Kindchen, es gehört zu meinem Job, all diese interessanten Fragen zu ignorieren.«

»Verdammt!« Chantal begann, die Sachen zurück in ihre Handtasche zu schaufeln. »Dann eben nicht.«

»Hey, nicht so eilig!« Der Mann griff nach ihrer Hand. Chantal ekelte sich vor der Berührung.

»Pass auf, Kleines! Ich bin ein Trottel, das weiß ich wohl, und ich sollte das nicht tun. Aber irgendwie mag ich dich, weißt du? Bist ein hübsches Ding. Kommst mir irgendwie bekannt vor. Kennen wir uns?«

Chantal schüttelte heftig den Kopf.

»Ist ja egal, jedenfalls ... weißt du, ich mach so was sonst nicht. Aber weil du's bist: 1.000. Einen runden, sauberen 1.000er. Für alles!«

Chantal starrte auf den glitzernden Haufen. Sie hätte nicht sagen können, was die Sachen genau wert waren. Aber sie erinnerte sich an die Preisschilder, die sie beim Juwelier gesehen hatte. Walter hatte nie in ihrer Anwesenheit gezahlt. Aber 1.000, 1.000 war lächerlich, das stand fest.

»Was ist?«, fragte der Mann. »Du solltest dich jetzt mal entscheiden. Ich habe nicht den ganzen Tag Zeit, mit dir zu plaudern.«

Chantal schluckte. Sie hatte vor wenigen Minuten ihr letztes Geld in die Parkuhr geworfen. Ihr wirklich letztes Geld. Sie hatte nichts mehr. Keinen müden Cent. Sie konnte froh sein, wenn sie die Rückfahrt von Köln nach Godesberg mit dem Restbenzin im Tank noch schaffte.

Sie dachte an Guido. Er war in Schwierigkeiten. Er brauchte das Geld. Nein, sie wollte nicht wissen, wozu. Aber sie konnte ihn nicht hängen lassen. Wenn ihm etwas passierte, dann würde sie sich das nie verzeihen. Sie hob den Kopf. »Einverstanden«, murmelte sie. »In kleinen Scheinen, bitte.«

Das widerliche Grinsen verfolgte sie noch, bis sie zurück an ihrem Auto war.

Louis lag leise schnarchend auf einer Decke in der Ecke der Küche. Britta betrachtete ihn und war fast in Versuchung, ihn doch ganz süß zu finden. Entweder sie gewöhnte sich langsam an den Geruch, oder die Verdauung des Tieres hatte sich tatsächlich ein wenig eingependelt.

Britta schenkte sich noch eine Tasse Tee ein und starrte auf den Bildschirm ihres Laptops. Langsam besserte sich ihre Laune. Es war nicht leicht gewesen, Margot bei der Schnapsverkostung vor sich selbst zu schützen. Im Auto hatte sie wortreich von ihren neuen Informationen berichtet, die Britta zur Kenntnis genommen hatte, ohne weiter darauf einzugehen. Sie war gedanklich zu sehr damit beschäftigt, wie ihre Freundin den Abend zu verbringen gedachte. Sie mochte in einem tendenziell desolaten Zustand sein. Aber das machte die Sache nicht besser. Wenn Margot betrunken war, dann war ihr alles zuzutrauen. Und ein feiner, sensibler Mann wie Wörner war einer betrunkenen Margot ganz sicher nicht gewachsen.

Daher hatte Britta die größtmögliche Menge Kaffee in ihre Freundin gefüllt und sie dazu bewogen, wenigstens für ein liebloses Abendessen im Herrenhaus Sorge zu tragen, bevor sie sich für eine längere Zeit unter die Dusche zurückzog. Sie hatte unter den gegebenen Umständen keine Lust, Wörner zu begegnen und dem jungen Glück womöglich noch einen schönen Abend wünschen zu müssen.

Nun saß sie in einem luftigen Schlafanzug vor ihrem Laptop am Küchentisch und kritzelte Dinge auf einen

Block, die leider auch aufgeschrieben keinen rechten Sinn ergeben wollten. Dass Walter und Lucia stritten, erschien ihr nicht weiter bemerkenswert. Allein die Vorstellung, so eng mit ihrer Mutter zusammenzuarbeiten, führte in Brittas Gedanken zwangsläufig zu einem Blutbad. Andererseits war Walter eben doch Walter. Walter brüllte niemanden an, schon gar nicht seine Tochter.

Sie kaute kurz auf dem Stift herum, ergänzte dann ›Kegelabend Margot‹. Der Plan war gut, das musste sie zugeben, wenngleich sie nicht einmal daran denken wollte, was passieren würde, wenn Lucia Wind davon bekam, dass jemand versuchte, ihre Sekretärin auszuquetschen.

Sie trank einen Schluck Tee und schob den Gedanken beiseite. Leider füllte sich der so entstandene Raum umgehend mit der Frage, was Margot und Herr Wörner wohl gerade taten. In den Green Hill Irish Pub hatten sie gehen wollen, ein Ort, an dem Margot sich selten zurückhielt. Egal mit was. Es war egal. Ja, es war ihr, Britta, vollkommen und über alle Maßen egal. Lächerlich. Der feine Herr Wörner war ja ein erwachsener Mann und konnte seine Abende verbringen, wie er wollte.

Louis seufzte im Schlaf. Britta wandte sich der Suchmaschine zu. ›Hutschendorf‹, tippte sie ein, ›Unfall, Tod, Nachruf‹. Das Ergebnis war gar nicht so übel. Der Tod des Alten war ausreichend blutig und dramatisch gewesen, um für die Presse attraktiv zu sein.

Leider wiederholten sich die Angaben. In der Boulevardpresse erging man sich begeistert in Details. Die Lokalpresse war etwas feinfühliger vorgegangen, hier lag der Schwerpunkt in der Berichterstattung eher darauf, was für eine großartige Unternehmerpersönlichkeit die Welt mit dem Tod des alten Hutschendorf verloren hatte. Ein Selfmademillionär, ein begabter Geschäftsmann, der genug Arbeitsplätze in der Region geschaffen hatte, um ihn zu preisen und zu rühmen. Wie es zu dem grauenhaften Vorfall hatte kommen können, war nie ganz geklärt worden. Die Polizei ging davon aus, dass er – gewohnt, sich persönlich um die Dinge zu kümmern – an jenem Abend eigenmächtig versucht hatte, einen Defekt zu beheben, ohne sich um die notwendigen Sicherheitsvorkehrungen zu kümmern, dabei das Gleichgewicht verloren hatte und kopfüber in sein Unglück gestürzt war. Im Grunde war die Sache schlüssig, wenngleich Britta sich nach der Firmenbesichtigung nicht vorstellen konnte, auch nur die Nase in die Nähe dieser Maschinen zu halten, wenn nicht der Stecker gezogen war. Aber das half ihr nicht weiter.

Sie griff nach dem Block, machte ein paar Notizen. Als sie das Todesdatum aufschrieb, stutzte sie. Der Alte war nur zwei Wochen vor dem Verschwinden von Sunflower gestorben. Britta schüttelte den Kopf. Vermutlich hatte es nichts zu sagen. Aber es war sonderbar, dass sich Walters junge Frau so kurz nach seinem Tod verabschiedet hatte. Kein besonders sensibler Zeitpunkt, zumal Ingrid ja darauf beharrte, dass Sunflower ihren Mann tatsächlich geliebt hatte.

Das Telefon klingelte. Louis zuckte zusammen, öffnete ein Auge und kläffte kurz auf. »Schon gut, mein Lieber«, sagte Britta. »Ich gehe schon.«

Zu ihrer Überraschung war Ingrid am Apparat.

»Ich wollte mich entschuldigen«, erklärte sie ohne lange Vorrede. »Ich glaube, ich habe mich heute Vormittag ein bisschen im Ton vergriffen.«

»Das ist schon in Ordnung«, sagte Britta. »Ich weiß nicht, was sie Ihnen getan hat, aber ich kann Ihnen ja nicht vorschreiben, was Sie über Agathe denken. Und eigentlich will ich sie nicht in Schutz nehmen. Sie kann sich immerhin ganz gut selbst zur Wehr setzen.« Sie zögerte. »Wo ich Sie aber gerade am Telefon habe ... Es gibt es etwas, das ich mich frage. Ich habe gerade mal ein bisschen recherchiert in der fiesen Sache mit dem Obstzerkleinerer ...«

»Davon weiß ich nichts«, fiel ihr Ingrid ins Wort.

»Davon wissen Sie nichts? Entschuldigen Sie, aber das stand in allen Zeitungen. Und Sie, Sie waren die Freundin der Schwiegertochter, also ...«

»Natürlich habe ich das mitbekommen. Aber ich weiß darüber nicht mehr als Sie.«

Du weißt gar nicht, was ich darüber weiß, dachte Britta. »Es geht gar nicht um den Unfall«, erklärte sie trotzdem schnell. »Sondern darum, dass Sunflower so kurz danach abgehauen ist. Es war sicher nicht leicht für Walter. Seinen Vater auf diese Weise zu verlieren. Egal, wie nahe sie sich standen, auf einmal musste er die Firma übernehmen, hatte die ganze Verantwortung zu tragen. Er muss doch unter enormem Druck gestanden haben. Dass sie ausgerechnet zu diesem Zeitpunkt ihre Koffer gepackt hat ...«

»Hören Sie, ich habe Ihnen schon mal gesagt, dass das lange her ist. Ich glaube, Sie machen sich ein falsches Bild von meiner Rolle damals. Ich habe mit der ganzen Situation gar nichts zu tun gehabt. Und – offen gesprochen – Sie verrennen sich da in komische Gedanken. Ich rufe aus einem ganz anderen Grund an. Ich habe nachgedacht. Wegen Agathe.«

»Na, das ist aber schön!«, erwiderte Britta spitz. Ingrids Art, unliebsame Themen einfach fallen zu lassen, ging ihr langsam ernstlich auf die Nerven.

»Ich möchte mit ihr reden.«

»Was?« Fast wäre Britta der Hörer aus der Hand gefallen.

»Unter einer Bedingung!«

»Die da wäre?«

»Ich spreche nur allein mit ihr. Und die Sache läuft diskret ab. Ich will nicht Lucia oder dem kleinen Walter oder gar Ihrer unmöglichen Freundin über den Weg laufen.«

»Ich kann Ihnen ja einen geheimen Tunnel graben«, versetzte Britta gereizt, »falls mein Tarnmantel Ihnen nicht passt.« Sie besann sich. »Wenn Sie am Vormittag kommen, nach neun am besten, dann ist Lucia in der Firma. Und die anderen ... das kriegen wir schon irgendwie hin«, ergänzte sie versöhnlich. »Aber woher kommt der plötzliche Sinneswandel?«

»Wie ich schon sagte: Ich habe nachgedacht. Vielleicht haben Sie ja recht. Agathe ist eine alte Frau. Möglicherweise ist es an der Zeit, den alten Zorn zu begraben.«

Und möglicherweise ist die Erde eine Scheibe, dachte Britta, aber sie riss sich zusammen. »Rufen Sie an, wenn Sie am Tor sind. Ich komme dann und hole Sie ab.«

Sie legte den Hörer auf. »Louis«, sprach sie dann bedächtig zu dem schlafenden Tier. »Louis, langsam wird die Sache wirklich interessant.«

Eine Eule rief. Klein Walter stand stocksteif hinter einem Busch am Rande des Rasens. Er hatte Angst. Es war nur die Eule, sagte er sich. Die wohnte in den hohen Bäumen am Rand des Grundstücks, und er hatte sie einmal gesehen, mit Opa. Opa hatte gesagt, dass es schön ist, wenn eine Eule in der Nähe wohnt. Und als Opa dabei war, hatte er auch keine Angst gehabt. Aber das half ihm nicht wirklich weiter. Er hatte ja keine Angst vor der Eule. Die Angst kam von ganz woanders. Und sie sagte ihm, dass es gar keine gute Idee war, hier ganz allein zu sein, im Dunkeln.

Walter war nicht sehr mutig. Das mochte seine Mutter nicht, das wusste er. Deshalb gab er sich oft Mühe, Sachen zu machen, die irgendwie mutig aussahen, wenn sie in der Nähe war. Meistens merkte das allerdings kein Mensch. Walter wäre gerne in echt mutig gewesen. Obwohl Opa immer sagte, dass das Quatsch war. Opa hatte gesagt, dass Walter genau richtig mutig war und dass Leute, die nie Angst hatten, einfach dumm waren. Es half ein bisschen, jetzt daran zu denken, obwohl Walter bei dem Gedanken an Opa am liebsten geweint hätte. Er vermisste ihn wirklich ganz schrecklich.

Der Mond schien vom Himmel. Es war also gar nicht wirklich richtig dunkel, nur ziemlich dunkel. Im Schlafzimmer seiner Mutter brannte noch Licht. Deshalb konnte er auf keinen Fall über die Wiese gehen. Wenn seine Mutter einen Blick aus dem Fenster warf, dann würde sie ihn sehen, da war sich Walter sicher, und was dann geschah, machte ihm noch viel mehr Angst, als allein hier draußen im Dunkeln zu sein. Ihm blieb also nur, am Rand der Wiese zwischen den Bäumen und Büschen entlangzuschleichen. Vorbei an den düsteren Schatten, in denen allerhand lauern konnte.

Er sah hinüber zum Gärtnerhaus. In der Küche brannte Licht. Margot war nicht da. Margot war weggefahren, vorhin, das hatte Walter gesehen. Ein Mann hatte sie abgeholt mit dem Auto, dieser Polizist war das gewesen. Es gefiel Walter nicht, dass Margot mit diesem Polizisten wegfuhr. Sie hatte sich schöne Kleider angezogen, Margot. Und sie würde mit dem Polizisten wieder über Opa reden, da war er sicher.

Britta saß wahrscheinlich in der Küche. Aber das war nicht schlimm. Er musste ja nur zum Gartentor schleichen. Er würde die Sache erledigen und wenn er fertig war, dann würde er so schnell wie möglich ins Haus zurücklaufen, sich in sein Bett verkriechen und alles käme in Ordnung.

Es war ja auch nicht besonders gefährlich. Immer am Rand der Büsche entlangschleichen, den Brief vor dem Gartentor ablegen, das war alles, das war doch leicht, das war total leicht. Er holte tief Luft und wollte sich gerade in Bewegung setzen, als eine Hand nach seinem Hals griff. Walter schrie auf, aber bevor der Schrei nach außen drang, hatte sich schon eine große, stinkende Hand auf seinen Mund gelegt. Er strampelte und schlug um sich, aber er hatte keine Chance. Die Hand zerrte ihn ins dichte Gebüsch.

24

Ein leises Schnarchen drang durch die Tür. Britta hätte sie am liebsten eingetreten und ihre rücksichtslose Mitbewohnerin aus dem Bett gezerrt. Sie hatte bis nach Mitternacht auf die Rückkehr von Margot gewartet. Erst als sie fast auf dem Stuhl eingeschlafen war, hatte sie aufgegeben und war ins Bett gegangen. Sie war eingeschlafen, sobald ihr Kopf das Kissen berührt hatte.

Der Plan, Margot gewaltsam aus dem Schlaf zu reißen, war bei näherer Betrachtung allerdings unklug. Sie würde vermutlich äußerst unkooperativ reagieren.

»Es ist gut, dass mich das alles überhaupt nicht interessiert«, erklärte Britta Louis, der zu ihren Füßen kauerte. Er warf ihr einen hündisch-freundlichen Blick zu, winselte zustimmend und wackelte mit dem Hinterteil.

Unten klingelte das Telefon. Britta eilte die Stufen hinunter. Es war Ingrid, die ihr Eintreffen am Tor bekannt gab. Da Louis durch ein verstärktes Interesse an der Terrassentür zu verstehen gab, dass es für ihn an der Zeit war, sein Wasser abzuschlagen, griff Britta nach der Leine.

Ingrid war nervös. Sie bemühte sich, das zu verbergen, aber ihr angestrengtes Lächeln und der feuchte Händedruck verrieten sie. Britta entschied, einen weiten Bogen um die von allen Seiten einsehbare Einfahrt zu schlagen und führte Ingrid am Rand der Büsche über den Rasen entlang.

»Es ist wirklich sehr schön hier«, sagte Ingrid, wohl um das unbehagliche Schweigen zu brechen.

Britta ließ ihren Blick über die große Wiese, über Gärtnerhaus, Pool und Wäldchen schweifen. »Vor allem im Sommer«, bestätigte sie lahm.

Auf diese Plattheit schien sogar Ingrid nichts mehr einzufallen. Sie schwiegen einen Moment und betrachteten beide Louis, der kläffend auf dem Rasen herumrannte.

»Sie weiß noch nichts«, sagte Britta dann. »Agathe. Sie weiß nicht, dass Sie kommen. Ich gehe erst mal allein rein und Sie warten im Flur.«

»Sie haben ihr noch nichts gesagt? Warum nicht?«

»Gestern Abend war es zu spät. Und heute …« Britta zögerte. »Also, ehrlich gesagt hatte ich Angst, dass Sie es sich doch noch mal überlegen. Ich dachte, wenn ich Sie ankündige und Sie tauchen nicht auf, dann wird sie fuchsteufelswild.«

Louis bellte zur Bekräftigung und Ingrid zuckte zusammen. Sie nickte. »Ja. Natürlich!«

Klein Walter hörte das Gebell von draußen. Er sprang auf und rannte zu seinem Zimmerfenster. Zu seiner Überraschung sah er Britta mit Ingrid über den Rasen gehen. Das war komisch.

Ingrid kam nie zu Besuch hierher. Aber Ingrid und Britta, so fiel ihm ein, hatten sich ja auch gerade erst kennengelernt. Trotzdem war es komisch, so wie alles komisch war, wenn auch nicht lustig komisch, kein bisschen lustig komisch.

Er beobachtete, wie Britta sich nach unten beugte und Louis von der Leine ließ. Er bellte und sprang aufgeregt über die Wiese. Walter lehnte die Stirn gegen die kühle Scheibe. Aus seinen Augen liefen schon wieder Tränen. Er konnte einfach nichts dagegen machen.

Er dachte daran, wie es wäre. Einfach rauszulaufen. Jetzt sofort. Raus zu Louis und zu Ingrid und Britta. Ins Gärtnerhaus zu gehen und ein Spiegelei zu essen. Aber das ging nicht. Er schluchzte. Ihm war schon ganz schlecht vom vielen Weinen. Er konnte unmöglich rausgehen, solange das Weinen nicht aufhörte. Denn sonst gab es sofort wieder tausend Fragen, Fragen, die er nicht beantworten konnte. Durfte. Aber das Weinen wollte nicht aufhören, es hörte einfach nicht auf, es war die ganze Nacht da gewesen bis jetzt. Walter hatte so schlimme Angst wie noch nie zuvor in seinem Leben. Ganz heimlich, ganz still und leise hoffte Walter, dass Brittas oder Ingrids Blick nach oben schweifen würde. Hoch zu seinem Fenster und dass sie ihn sehen würden, obwohl er sich blitzschnell ducken würde. Dass sie sich vielleicht wundern würden, warum er nicht runterkam. Dass es ihnen auffallen würde, dass er in seinem Zimmer blieb. Dass irgendwer, Margot oder Britta oder Ingrid oder sogar Mama, dass irgendwer kommen und ihn fragen würde, so fragen, dass er keine Chance hätte, nichts zu antworten. Dass er alles erzählen musste, was er nicht erzählen durfte.

Aber niemand hob den Blick. Stattdessen rief Britta Louis etwas zu, das Walter nicht verstand, und dann lachte sie und Ingrid lachte auch ein bisschen.

Kein Mensch merkte, dass Walter hier saß, hier oben, den ganzen Tag, wahrscheinlich auch morgen und alle nächsten Tage. Dass er hier saß und darüber nachdachte, was er angerichtet hatte. Dabei hatte er schon jetzt das Gefühl, keine Luft mehr zu bekommen. Sein Kopf tat weh vom Weinen und er war müde, er war schrecklich müde.

Walter ging zurück zu seinem Bett. Er legte sich hin und schloss die Augen. Am liebsten wäre er tot gewesen. Aber selbst das ging nicht. Denn im Unterschied zu früher würden sie nicht an seinem Grab stehen und furchtbar weinen und daran denken, dass sie gemein zu ihm gewesen waren. Jetzt würden sie dastehen und mit dem Finger auf seinen Sarg zeigen. »Das ist er«, würden sie sagen, »er ist schuld an dem Schrecklichen! Er konnte kein Geheimnis für sich behalten. Er war ein Feigling«, würden sie sagen, »ein schlimmer, kleiner Feigling!« Walters Augen fielen zu und er versank in unruhigen Schlaf.

Britta dankte im Stillen ihrem Schöpfer, das sie ohne Begegnungen irgendeiner Art zum Nebeneingang des Haupthauses gelangten. Trotz der kleinen Scherze und der demonstrativen Gelassenheit war die ganze Situation irgendwie unheimlich. Ingrid schien auf diesem Grundstück ein völlig anderer Mensch zu sein. Sie fürchtet sich, dachte Britta, sie fürchtet sich wirklich. Bevor sie die Tür zum seitlichen Hausflur öffnete, warf sie Louis, der wie ein Wilder über die Wiese rannte, noch einen Blick zu. »Ich glaube, ich kann ihn kurz allein lassen«, sagte sie, mehr zu sich selbst als zu Ingrid. »Bestimmt kommt Klein Walter raus, sobald er ihn hört.«

Guidos Finger trommelten auf das lederbezogene Lenkrad. Er verlor langsam die Geduld. Seit dem Morgengrauen hockte er hier, in seinem Auto, mitten in der Pampa. Hinter Adenau befand er sich, für seine Begriffe definitiv zu weit entfernt von jeder Zivilisation. Außer Wald und ein paar Wiesen schien es hier nichts zu geben. Gar nichts.

Was konnte einen Menschen bewegen, freiwillig in so einer Einöde zu leben? Er hockte hier seit dem frühen Morgen und es geschah nichts. Gar nichts.

Langsam begann er, sich Sorgen zu machen. Sein Blick schweifte umher. Bäume und ein paar glotzende Kühe. Geradezu unheimlich war das. Wie zum Teufel hielt man es hier bloß aus?

Der kleine Bauernhof, der da vor ihm in der Talsenke lag, war der richtige. Er musste es sein, war er doch weit und breit die einzige menschliche Behausung. Das Haupthaus hatte bessere Tage gesehen. Auf dem Hof vor dem Eingang parkte ein rostiger Golf. Ein Golf, unfassbar!

Von seinem Standplatz, dem holprigen Feldweg, neben dem ein paar Büsche wucherten, die sein Auto notdürftig verbargen, hatte Guido einen guten Blick. Jemand war zu Hause. Immerhin so viel hatte er feststellen können in den letzten Stunden. Hin und wieder huschte eine Gestalt an den Sprossenfenstern vorbei.

Guido wurde immer müder. Er hatte wenig geschlafen in der letzten Nacht. Zu viel Adrenalin war durch seine Adern geschossen, als er den Plan endlich fix und fertig durchdacht hatte. Er hatte gedacht, es sei ein guter Plan. Aber nun kamen ihm Zweifel. Er konnte nicht ewig hier sitzen. Möglicherweise musste er seine Vorgehensweise überdenken. Vielleicht war es an der Zeit, Bewegung in die Sache zu bringen.

Er öffnete das Handschuhfach und zog die Waffe heraus. Guido mochte keine Waffen. Er war nicht nur ein miserabler Schütze, er hatte auch mehr als einmal mitbekommen, wie einen allein der Besitz einer Knarre in Teufels Küche bringen konnte. Im Zweifelsfall interessierte es die Bullen keinen Fetzen, ob man je damit geschossen hatte.

Andererseits gab es Situationen, in denen ein solches Ding durchaus in der Lage war, Argumenten den nötigen Nachdruck zu verleihen. Und es ging immerhin um seine Existenz.

Jawohl, um seine Existenz! Und deshalb, so sagte sich Guido, war es jetzt genug. Er würde aussteigen, einfach aussteigen und mit seinem kleinen Freund hinüber zum Haus marschieren. Er würde sich holen, was er haben wollte.

Er schloss das Auto ab. Die Wiese vor dem Haus war von einem Elektrozaun umgeben. Drei Kühe standen herum und guckten blöd. Guido überlegte, ob er den direkten Weg nehmen sollte, entschied sich aber dagegen. Nicht, dass er Angst gehabt hätte vor ein paar blöden Rindern, aber er kannte sich nicht gut aus mit Tieren und er konnte keinen Ärger gebrauchen. Er bewegte sich also entlang der Büsche, die in dichter Folge neben der Weide wuchsen. Als er das Haus fast erreicht hatte, sprang die Eingangstür auf. Ein Mann stürmte hinaus, dicht gefolgt von einer Frau.

»Walter«, schrie sie. »Warte doch!«

Der Mann blieb stehen. Er drehte sich um. »Lass mich in Ruhe!«, brüllte er.

»Walter, bitte! Du musst dich beruhigen! Es tut mir leid, es tut mir entsetzlich leid, aber ich habe gedacht, du musst es wissen. Ich wollte doch nur …«

»Kapierst du es nicht?« Der Mann schüttelte den Kopf. »Ich kann das einfach nicht fassen. Du! Du von allen Menschen. Alle haben mich belogen, immer. Ich dachte, du bist anders. Ich dachte, du bist der Mensch, dem ich vertrauen kann. Und jetzt ... meine Güte! Ich hätte es wissen müssen.«

»Was hätte ich denn tun sollen? Walter! Dein Vater, hörst du, es war dein eigener Vater!«

»Sei still!«

Sie schluchzte auf.

»Gott!« Er trat mit dem Fuß gegen einen Stein, der vor ihm auf dem Hof lag. »Lass mich in Ruhe, hörst du!«

Er wandte sich in Richtung Wald und rannte davon. Die Frau streckte die Arme nach ihm aus, rührte sich aber nicht von der Stelle. Ein anderer Mann kam aus dem Haus. »Lass ihn«, sagte er zu ihr und fasste sie sanft an der Schulter. »Lass ihm etwas Zeit. Er wird sich schon beruhigen.«

Guido hielt noch immer die Luft an. Der Busch, hinter dem er Deckung gesucht hatte, war eher mickrig. Sie hätten ihn sehen müssen. Aber sie waren viel zu beschäftigt mit sich selbst und ihrem kleinen Drama. Guido sah zu, wie der Mann die Frau sanft am Arm nahm und zurück ins Haus führte. Er lächelte. Kein Zweifel, das Schicksal hatte sich entschlossen, eine Weile auf seiner Seite zu spielen. Er erhob sich, umklammerte die Waffe und folgte Walter in den Wald.

25

Lucia sah hektisch auf die Uhr, als sie die Stufen zum Parkplatz hinuntereilte. Sie war spät dran, schon wieder war sie viel zu spät dran. Es fiel ihr jeden Morgen schwerer, ihr Bett zu verlassen. In die Firma zu gehen und dort zu funktionieren. Es war unendlich anstrengend, freundlich zu ihrer Sekretärin zu sein, nett zu den Mitarbeitern. Denen, die sie zweifelnd und fragend anschauten und hinter ihrem Rücken tuschelten. Es war ermüdend, die Fassung zu wahren, so ermüdend, dass sie nicht wusste, wie lange sie die Sache noch durchhalten konnte.

Sie zuckte zusammen, als der Hund hinter einem Busch hervorsprang und auf sie zustürmte. Er sprang an ihrem Bein hoch. »Aus!«, rief sie zögernd. Sie kannte sich mit Tieren nicht aus, aber sie konnte keineswegs Flecken oder gar Laufmaschen gebrauchen. Zu ihrer Überraschung gehorchte das Tier. Louis entfernte sich ein paar Schritte von ihr, hielt dann inne, wandte ihr den Kopf zu und kläffte auffordernd. »Du willst spielen, was? Ja, also … Ich habe leider keine Zeit. Ich muss zur Arbeit, weißt du, ich …« Ihr fiel auf, dass sie mit einem Hund sprach, und zwar so, als wäre er ein Kind oder eine andere vernunftbegabte Lebensform. Unwillig schüttelte sie den Kopf. Sie sah sich um. Wo der Hund war, da konnte Klein Walter nicht weit sein. Sie konnte den Jungen nirgends entdecken. Wären die gemeinsamen Abendessen nicht gewesen, sie hätte ihren Sohn gar nicht mehr zu Gesicht bekommen. Diese freudlosen Abendessen, bei denen Agathe und sie sich schweigend ernährten, jede in ihre Gedanken vertieft. Sie konnte sich kaum erinnern, wann sie das letzte Mal mit ihrem Sohn gesprochen hatte. Mehr als drei Worte.

Lucia war nie eine gute Mutter gewesen. Da machte sie sich keine Illusionen.

Es lag nicht nur daran, dass sie eigentlich nie Zeit hatte. Ihr war schon immer rätselhaft gewesen, was man tat mit so einem Kind. Reden oder spielen vermutlich, Ausflüge machen. Sie war sich nicht sicher. Wegfahren, dachte sie nun. Wenn die Sache hier ausgestanden war, dann würde sie etwas buchen, nur für sich und Walter. Ans Meer könnten sie fahren, irgendwo hin, wo er baden konnte und sie am Strand sitzen. Wo sie Zeit hatten und Ruhe und sich erholen konnten. Sobald das hier vorbei war.

Louis kläffte. Lucia lächelte. Ja. Vielleicht würde sie ihm einen Hund kaufen. Er schien ja geradezu versessen auf das Tier. Und Platz hatten sie genug, das wirklich. Ein Hund, dachte Lucia, das würde ihn glücklich machen.

Schritte knirschten im Kies. Lucia fuhr herum.

Die Augen, dachte Ingrid, die Augen sind dieselben. Ansonsten war Agathe kaum wiederzuerkennen. Sie wirkte so viel kleiner, brüchig irgendwie. Der Eindruck verflüchtigte sich allerdings, als sie den Mund öffnete. »Was wollen Sie von mir?« Das klang noch genau so, wie Ingrid es in Erinnerung hatte. Scharf, herrisch, kalt.

Sie riss sich zusammen. »Sie haben um dieses Gespräch gebeten«, erwiderte sie.

Agathe lachte. »Verschwenden Sie nicht meine Zeit! Dazu bin ich zu alt.«

Ingrid presste die Lippen aufeinander. Sie durfte sich nicht einlassen auf diese Spielchen. Diesmal nicht.

»Ich will meinen Sohn zurück!«, sagte Agathe, als klar war, dass Ingrid sich nicht zu äußern gedachte. »Und da Sie nicht zufällig unter Ihrem Stein hervorgekrochen sind, habe ich keinerlei Zweifel, dass Sie genau wissen, wo er ist. Und weil Sie ja so gut und edel und rein sind, werden Sie einer alten Frau sicher gern behilflich sein.«

»Sagten Sie nicht, dass wir keine Zeit verschwenden sollten?«

Agathe wirkte kurz verunsichert, fing sich aber schnell wieder. »Wo ist er?«

»Gesetzt den Fall, ich wüsste es – glauben Sie wirklich, dass ich das ausgerechnet Ihnen sagen würde?«

Agathe runzelte die Stirn und musterte ihr Gegenüber. So, wie man einen absonderlichen Käfer mustert oder eine ekelhafte Spinne, bevor man seinen Absatz darauf stellt. »Wollen Sie Geld? Ist es das?«

Ingrid versuchte, die Wut, die in ihr aufstieg, unter Kontrolle zu bringen. »Oh, das würde Ihnen gefallen, nicht wahr? Geld, das kann man einrichten. Das schmerzt, aber es ist machbar. Aber ich muss Sie enttäuschen. Ich bin nicht an Geld interessiert!«

»Was wollen Sie dann?«

»Ich will überhaupt nichts von Ihnen! Obwohl – nun, da wir hier so nett beieinander sitzen …« Ingrid warf Agathe einen Blick zu. Die alte Frau mühte sich sichtlich um eine undurchdringliche Miene, aber die Nervosität war nicht zu übersehen. Ingrid nahm zur Kenntnis, dass sie Oberwasser hatte, zumindest für den Moment. Und sie bemerkte, dass sie das genoss – ein Gedanke, der sie irritierte. »Ich will, dass Sie es wissen!«, sagte sie. »Ich will, dass Sie keine Sekunde vergessen, dass ich Bescheid weiß. Ich weiß, was Sie Walter angetan haben. Und ich wusste es all die Jahre!«

»Wollen Sie mir drohen?«

Ingrid lächelte kalt. »Ich versichere Ihnen, dass ich nicht die Absicht habe, irgendjemandem etwas zu verraten. Aber das können Sie nicht glauben, nicht wahr? Dass jemand ein solches Wissen nicht verwendet, um irgendwie Vorteil daraus zu ziehen. So ein Verhalten kommt nicht vor in Ihrer Welt. Sie können mir nicht glauben und darum bin ich eine Bedrohung für Sie.«

Agathe schnappte nach Luft. Sie hatte sich das Gespräch ganz offensichtlich anders vorgestellt. »Hören Sie«, sagte sie, »ich muss einfach nur mit ihm reden. Es ist anders, als er denkt. Im Übrigen auch anders, als Sie denken. Ich habe Fehler gemacht, damals und auch heute, aber es ist kompliziert.«

»Sparen Sie sich die Mühe. Mir müssen Sie nichts erklären. Sie haben getan, was Sie getan haben. Damit hat es sich!«

»Helfen Sie mir!« Agathe schien an den Worten fast zu ersticken.

Sie ist gut, dachte Ingrid, sie ist verdammt gut darin, die Schwächen ihres Gegenübers zu erkennen. Aber diesmal nicht, nicht mit mir. Sie schüttelte den Kopf. »Es mag Sie überraschen, aber ich bin nicht dumm. Selbst wenn ich Mitleid mit Ihnen hätte, würde ich Ihnen nicht helfen. Schon, weil ich es nicht kann. Es ist sicher hart für Sie, aber die Kröte müssen Sie schlucken. Sie sind nicht Gott. Sie sind nur Agathe Hutschendorf. Nur eine alte Frau. Die Zeiten, in denen Sie die Kontrolle hatten, sind vorbei. Sie werden wohl oder übel akzeptieren müssen, dass Ihnen nichts bleibt, als hier zu sitzen und abzuwarten. Vielleicht ist das die Strafe, die Sie verdienen. Hier zu sitzen, zu grübeln und sich zu fürchten.«

»Sie haben doch keine Ahnung!«, zischte Agathe. »Das ist es, das habe ich immer am meisten gehasst an euch Hippie-Pack! Diese Selbstgerechtigkeit! Ihr wisst ja alles, nicht wahr, ihr würdet ja nie einen Fuß breit vom richtigen Weg abkommen. Aber es ist nicht so einfach. Sie wissen nicht mal die Hälfte!«

Ingrid erhob sich. »Was ich weiß, das reicht mir«, sagte sie. »Es ist mehr als genug. Denken Sie nach. Und lassen Sie Britta in Ruhe! Hören Sie auf, immer mehr Menschen in die Sache reinzuziehen! Und jetzt entschuldigen Sie mich bitte.«

»Das wagen Sie nicht!«, kreischte Agathe. »Sie bleiben!«

Ingrid hatte die Tür erreicht. Sie wandte sich um und warf Agathe einen letzten Blick zu. »Hören Sie auf, andere zu unterschätzen!«, sagte sie. »Sie können nicht gewinnen. Jetzt nicht mehr. Es ist Zeit, sich das einzugestehen.«

26

Wie ein vom Scheinwerferlicht gelähmtes Reh stand Chantal da. Obwohl ihr Fluchtinstinkt fast übermächtig war, konnte sie keinen Muskel rühren. Lucia hätte längst im Büro sein müssen. Anderenfalls hätte sich Chantal nicht aus ihrer Wohnung gewagt. Aber nun stand sie da, starrte sie an mit diesem gemeinen Blick. »Guten Morgen«, stammelte Chantal und hasste den weinerlichen Ton in ihrer Stimme.

»Gut? Oh, ja, es ist ein hervorragender Morgen!«, keifte Lucia. »Jedenfalls für dich! Nun, da du endlich einen Weg gefunden hast, dich aus deiner Misere zu befreien.«

Sie weiß es, dachte Chantal. Dabei war sie sicher gewesen, dass ihr niemand gefolgt war auf dem Weg zur Pfandleihe. »Es ist nicht so, wie du denkst«, stieß sie hervor. »Es ist nur … Verdammt, ich brauche doch Geld.«

Lucia starrte sie fassungslos an. »Du gibst es zu? Du hast wirklich die Stirn, es offen zuzugeben? Meine Güte! Mir war klar, dass du eiskalt bist, aber das hätte ich dir nicht zugetraut.«

Chantal stand da und versuchte, zu verstehen, was geschah. Sie konnte nicht gut denken. Da war viel Angst, so viel Angst vor dieser wütenden Frau. Aber da war noch etwas anderes. Da war auf einmal Wut. Lucia hatte kein Recht, sie so zu behandeln. Niemand hatte das!

»Was hätte ich denn tun können?«, kreischte sie. »Was erwartest du eigentlich von mir? Meine Güte, mein Kühlschrank ist leer, ich habe keinen Cent! Ich kann mir nicht mal ein Brötchen kaufen! Und dich, dich hätte ich kaum bitten können! Ich hatte keine Wahl. Und der Schmuck gehört mir. Walter hat ihn mir geschenkt. Ich kann damit machen, was ich will!«

»Der Schmuck?« Lucia starrte sie an. »Was ist mit dem Schmuck?«

»Es ist mein Schmuck«, kreischte Chantal. »Und Walter würde das verstehen!«

»Das ist nicht dein Ernst!« Lucia sah bleich aus. »Das ist doch die Höhe! Du versetzt den Schmuck? Und dann wagst du es noch, mir das ins Gesicht zu sagen?«

Chantal hätte am liebsten geweint. Es war immer so, jedes Mal. Sie war dieser Frau nicht gewachsen. Lucia war nicht nur klüger als sie, sie schaffte es auch immer, sie in eine Ecke zu drängen, in der sie nicht sein wollte. Immer ging etwas schief in diesen Gesprächen, aber Chantal hatte keine Lust, sich darüber Gedanken zu machen. Sie wollte einfach weg, weg von dieser Frau, die so voller Hass war.

Lucia trat einen Schritt auf sie zu. »Es wächst dir über den Kopf, nicht wahr?«, sagte sie ganz leise. »Du hast es dir nicht so anstrengend vorgestellt. Ich bin sicher, dass du die Drecksarbeit nicht selber gemacht hast. Das hat dein feiner Guido übernommen!«

Chantal erstarrte. »Was …? Wieso …? Woher weißt du …?«

Lucia brachte sie mit einer Handbewegung zum Schweigen. »Ich habe dir doch gesagt, dass ich dich drankriege. Ich weiß viel mehr, als du denkst. Ihr denkt, ihr seid schlau. Ihr denkt, wenn die Leiche nicht auftaucht, dann habt ihr genug Zeit, um die Spuren zu verwischen. Aber irgendwann wird sie auftauchen, das muss sie ja.

Denn ohne Leiche gibt es keine Erbschaft. Ohne Leiche hast auch du ein Problem.«

»Was für eine Leiche?«, kreischte Chantal. »Lucia, hör auf, so zu reden!«

»Du hast Angst, nicht wahr? Und das solltest du auch! Denn ich werde dafür sorgen, dass du nicht davonkommst.«

»Warum bist du so böse?« Chantal wich einen Schritt zurück. »Lucia, warum hasst du mich so?«

»Du hast mir den Vater genommen!« Lucia starrte Chantal ins Gesicht. »Dafür hasse ich dich. Und noch mehr dafür, dass du mich hineinziehst in deine Schuld. Ich hätte nie auf diesem verdammten Ehevertrag bestehen dürfen. Ich habe damit sein Todesurteil unterschrieben.«

Auf einmal war Chantals Zorn nur noch eine blasse Erinnerung. Sie wollte weg, nur weg von dieser Furie und den schrecklichen Dingen, die sie sagte. Sie drehte sich um und rannte einfach los.

»Ich kriege dich«, kreischte Lucia. »Ich mach dich fertig. Du wirst bezahlen, hörst du, du wirst für all das bezahlen!«

Margot rekelte sich im Liegestuhl. »Guten Morgen, Schätzchen!«, begrüßte sie Britta, die dicht gefolgt von Louis und einmal mehr in aufgelöstem Grundzustand die Terrasse betrat. »Was ist denn passiert?«

Britta ließ sich auf einen Stuhl fallen. »Wenn ich das nur wüsste«, murmelte sie und schüttelte den Kopf. »Ingrid war da. Ingrid war bei Agathe, was merkwürdig genug ist. Und dann ... dann haben sie geredet und dann ist sie abgehauen, sie konnte gar nicht schnell genug verschwinden.«

»Interessant!« Margot setzt sich auf.

Britta nickte. »Es wäre sicher noch interessanter, wenn ich eine Ahnung hätte, worüber die beiden gesprochen haben.«

»Nun, Ahnungslosigkeit ist ein Zustand, an den wir uns mittlerweile gewöhnt haben sollten. Aber auch mir missfällt er. Du konntest nichts hören, gar nichts?«

Für einen Moment war Britta in Versuchung, abzustreiten, dass sie sich das Ohr an der Wohnungstür platt gedrückt hatte. »Agathe hat mich ja nicht mal in den Flur gelassen«, erklärte sie stattdessen. »Und von der Wohnungstür aus hört man gar nichts.«

»Hast du sie gefragt? Agathe meine ich?«

»Ja. Und normalerweise hätte sie mir allein fürs Fragen den Kopf abgerissen. Aber sie hat einfach nur gesagt, dass mich das einen feuchten Dreck angeht. Keine weiteren Beschimpfungen! Was immer die beiden besprochen haben, es hat sie aus dem Tritt gebracht.« Sie seufzte. »Ich glaub, ich brauch erst mal was zu trinken. Du auch, mein Kleiner?«, wandte sie sich an Louis, der hechelnd neben ihrem Stuhl hockte.

»Oho – haben wir einen neuen Freund?«, erkundigte sich Margot zufrieden.

»Irgendwer muss sich ja um das arme Vieh kümmern«, versetzte Britta. »Das Vieh, das du in Pflege hast.«

»Ich dachte, Walter macht das?«, murmelte Margot.

Britta zuckte die Schultern. »Der hat sich seit gestern nicht mehr blicken lassen.«

»Vielleicht muss er was für die Schule tun. Ich geh nachher mal nach ihm gucken … Bringst du mir einen Saft mit, wenn du dir was zu trinken holst?«

Britta verschwand in der Küche und kehrte kurz darauf mit einem Tablett zurück, auf dem Saftgläser und eine Wasserschale für Louis standen. »Und?«, fragte sie, nachdem sie einen guten Schluck getrunken hatte.

»Was und?« Margot drehte sich vom Rücken auf den Bauch, um auch ihre Rückseite zu bräunen.

»Wie war dein Abend?« Britta gab sich alle Mühe, beiläufig zu klingen.

Margot grunzte. »Frag nicht«, murmelte sie.

Britta unterdrückte den Drang, zu schreien. »Habt ihr …? Ich meine …«

Margot gab ein sonderbares Geräusch von sich. Britta brauchte ein paar Sekunden, um es als Lachen zu identifizieren. »Gott bewahre«, erklärte Margot. »Er mag ja optisch ein Genuss sein, aber ich habe mich noch nie in meinem Leben so gelangweilt.«

»Gelangweilt? Aber warum denn?« Britta gab sich redlich Mühe, ihre Freude zu verbergen.

Margot hob den Kopf und warf ihr einen prüfenden Blick zu. Dann schüttelte sie den Kopf. »Nein«, sagte sie. »Nein, ich glaube nicht, dass du das wissen willst.«

Britta versuchte, sich mit einem Schluck Saft zu beruhigen.

»Andererseits«, fuhr Margot dankenswerterweise fort, »andererseits ist es meine Pflicht als Freundin, dich zu warnen. Dieser Mann kann nämlich nur über zwei Dinge reden. Eins davon ist Gartenbau im Allgemeinen und Minzebeete im Besonderen.«

»Minzebeete?«

»Ich dachte auch, ich höre nicht richtig. Aber aus irgendwelchen Gründen hält dieser Mann Minze für ein faszinierendes Gesprächsthema. Noch vor Rosen, ja, Rosen findet er auch sehr spannend. Und als ich ihm erklärt habe, dass ich Petersilie nicht von einer Tulpe unterscheiden kann, da hat er im Ernst angefangen, mir den Unterschied zu erklären. Kannst du das glauben?«

Britta schluckte. Das klang nicht so schlecht, fand sie, das klang gar nicht so schlecht. »Dafür hast du aber lange durchgehalten«, sagte sie.

Margot setzte sich auf. »Sein zweites Thema war nicht ganz so langweilig. Ich meine, das war eine Sache, zu der ich auch was zu sagen hatte.« Sie hob die Arme über den Kopf und streckte sich. »Ich glaube, ich muss aus der Sonne. Diese Hitze macht mich fertig. Langsam müsste es doch mal gewittern. Guck mal, der Garten sieht echt traurig aus. Da müsstest du dringend mal gießen.«

»Man gießt nicht am Tag in der Sonne«, murmelte Britta, »das macht man abends. Was war denn nun das andere. Das andere Thema, meine ich, ich …«

»Ich glaube, ich muss mal in den Pool springen«, unterbrach Margot. »Mir ist wirklich ganz schwummrig.« Sie erhob sich, ging zum Gartentor und schlenderte in ihrem Bikini über die Wiese. »Ach, Billard spielen kann er übrigens auch nicht.« Sie schüttelte ob der Anhäufung von so viel Inkompetenz sorgenvoll den Kopf.

Britta konzentrierte sich auf den Gedanken, dass es sie überhaupt kein bisschen interessierte, worüber Margot und Wörner sich unterhalten hatten. Die Informationen, die sie hatte, reichten aus, um ihren Seelenfrieden wiederherzustellen. Im Augenwinkel nahm sie Louis wahr, der offenbar das offene Gartentor gesehen und seine Chance erkannt hatte. Er sprang auf und raste in Windeseile hinter Margot her. »Halt!«, schrie Britta. »Louis, bei Fuß!« Das Tier nahm sie nicht zur Kenntnis. Mit einem unterdrückten Fluch sprang Britta vom Stuhl auf und rannte hinter ihm her.

27

Agathe stand oben an der schmale Stiege, die vom Flur vor ihrer Tür hinauf zum Dachboden führte. Der Staub kitzelte unangenehm in ihrer Nase und die kleine Plastiktüte in ihrer Hand verursachte ein widerliches Prickeln auf der Haut. Agathe starrte hinunter. Sie versuchte, das Schwindelgefühl in den Griff zu bekommen.

Nachdem Ingrid gegangen war, hatte sie eine lange Zeit einfach so da gesessen. Sie hatte gesessen und gegen die Angst angekämpft, die ihr langsam den Atem zu rauben drohte. Agathe ließ sich nicht so leicht ins Bockshorn jagen. Aber die Sache wuchs ihr tatsächlich über den Kopf. Sie hatte das Gefühl, dass aus jedem Winkel neue Gefahren krochen, Gefahren, die sie längst gebannt geglaubt hatte. Es gab kein Spiel ohne Risiko. Das wusste niemand besser als sie. Aber der Teufel sollte sie holen, wenn sie es nicht verstand, ihre Risiken zu minimieren. Es war an der Zeit, die Truppen aufzustellen. Diese Frau würde sich wundern. Sie bildete sich ein, am längeren Hebel zu sitzen, aber sie schätzte die Lage falsch ein. Was konnte Agathe schon noch groß passieren? Sie war uralt. Sie würde sterben. Vielleicht nicht heute oder morgen, aber lange konnte es nicht mehr dauern. Nein, Agathe gedachte nicht, sich auf der Zielgeraden noch Knüppel zwischen die Beine werfen zu lassen. Sie hatte keine Angst vor dieser Person.

Natürlich waren viele Dinge nicht mehr so einfach wie früher. Sie gab es ungern zu, aber sie hätte bei ihrer Mission Hilfe gebrauchen können. Sie hatte erwogen, sich Britta anzuvertrauen. Sie war ein gutes Mädchen. Etwas bockig vielleicht, zickig zuweilen. Aber sie war nicht dumm. Und das war in diesem Fall eher von Nachteil. Denn es gab Dinge, die Agathe weder erklären konnte noch wollte. Nein, Agathe war auf sich allein gestellt. Das war mühsam, aber sie war der Sache gewachsen.

Obwohl sie sich in diesem Moment überhaupt nicht so fühlte. Sie starrte in die Tiefe. Ihr war vollkommen rätselhaft, wie sie den Aufstieg geschafft hatte. Die Stufen der Stiege waren schmal und vor allem an der Stelle, an der sie sich zu einem Halbrund schwang, entsetzlich unübersichtlich. Wacklig, pispelig, lächerlich, das war keine Treppe, das war ein Vabanquespiel!

Agathe umklammerte den Griff ihre Gehstocks. »Reiß dich zusammen!«, ermahnte sie sich selber. »Was hoch geht, geht auch runter.«

Hundegebell und laute Stimmen drangen an ihr Ohr. Dankbar über die Ablenkung wandte sie sich von der Treppe ab und ging hinüber zu der kleinen, verstaubten

Dachluke. Es war alles voller Staub hier oben, mit Spinnweben übersät und schmutzig. Aber Agathe war nicht empfindlich. Sie war schon an schlimmeren Orten gewesen. Sie spähte durch die schmierige Luke und erblickte Margot in ihrem lächerlichen Bikini. Dicht gefolgt von Britta jagte sie den Hund über den Rasen, der sich prächtig zu amüsieren schien und sich wie wahnsinnig aufführte. Agathe konnte sich ein hämisches Grinsen nicht verkneifen. »Oh Gott, eine englische Bulldogge ...«, murmelte sie. »Wie kommen sie nur dazu, sich ein derart furzendes Vieh zuzulegen?« Auf einmal verspürte sie ein sonderbares Gefühl der Sehnsucht. Da lag sie vor ihr, diese alberne und sonderbare Welt da draußen. Nicht, dass sie sie besonders mochte, aber immerhin war sie vertraut und überschaubar. Sie war ganz nah dran und doch weit genug entfernt. »Reiß dich zusammen, alte Vettel!«, schalt sie sich selbst. Entschlossen kehrte sie zurück zur Stiege. Sie gestattete sich nicht, die Lage erneut zu sichten, sondern setzte den Gehstock resolut auf die oberste Stufe. Sie stellte den rechten Fuß auf das knarrende Holz, zog den linken nach und stabilisierte sich. Sie stand. Sie blickte nach unten, der Schwindel kehrte wieder. Für eine Sekunde schloss sie die Augen, atmete tief durch und nahm dann die nächste Stufe in Angriff. Ein Schritt. Noch ein Schritt. Langsam kehrte ihre Zuversicht zurück. Die Sache war gar nicht so schlimm, dachte sie, als sie das schabende Geräusch hörte. Sie begriff nicht, dass es von ihrem Stock herrührte, der seitlich wegrutschte. Sie ruderte mit den Armen, verlor die Bodenhaftung und fiel.

Lucia saß in dem bequemen Stuhl im ehrwürdigen Büro in der ersten Etage des Gründerzeithauses in der Bonner

Südstadt und nippte widerwillig an dem Kaffee, den man ihr kredenzt hatte. Sie hätte schreien mögen vor Ungeduld. Sie hatte keine Zeit für Kaffee. Sie hatte auch keine Zeit für Geplauder. Es hatte sie fast eine halbe Stunde gekostet, einen Parkplatz zu finden. Sie hatte keine Zeit, sie hatte überhaupt keine Zeit. Da ihr jedoch klar war, dass ihr Ansinnen mehr als ungewöhnlich war, zügelte sie ihre Ungeduld.

»Meine Liebe«, sagte Dr. Braunstätter nun. »Ich freue mich, dich einmal wiederzusehen. Du hast dich lange nicht blicken lassen.« Er lächelte ihr freundlich zu. Lucia betrachtete, wie sich sein grauer Schnurrbart verzog und zwang sich, das Lächeln zu erwidern.

»Wie geht es deinem Vater? Er hat sich lange nicht mehr gemeldet bei mir. Ist alles in Ordnung?«

»Ja, ja, natürlich«, erwiderte Lucia schnell. Sie fühlte sich unbehaglich. Braunstätter war niemand, den man gerne anlog. Aber sie hatte weder die Zeit noch die Nerven, ihm die Lage zu erklären. Sie mied seinen Blick. »Also, im Grunde ist alles in Ordnung. Es ist nur … es geht um den Ehevertrag.«

»Haben sie Probleme? Walter und Chantal?« Braunstätters Blick umwölkte sich.

Lucia winkte ab. »Ich weiß nicht. Es ist nichts Dramatisches. Ich müsste nur einfach einen Blick auf den Vertrag werfen. Wir waren uns nicht einig, wie bestimmte Dinge geregelt sind und ich habe ihm gesagt, ich schaue das einfach nach.«

Braunstätter runzelte die Stirn. »Meine Liebe«, sagte er sanft. »Das ist … Nun, sagen wir, das ist ein ungewöhnlicher Wunsch.«

»Ja, das weiß ich«, versicherte Lucia schnell.

Braunstätter schüttelte sein graues Haupt. »Mein liebes Kind, du weißt, dass ihr für mich mehr als nur Klienten seid. Dein Vater und auch du. Meine Güte, ich kannte dich schon, als du noch nicht einmal laufen konntest! Aber trotzdem gibt es Grenzen. Ich bin Notar. Und somit ist es mein Beruf, für bestimmte Prinzipien zu stehen. Ich kann also unmöglich tun, was du von mir verlangst.«

Lucia holte Luft und wollte zu einer Antwort ansetzen, aber er unterbrach sie mit einer Handbewegung. »Ich weiß, dass du deine Schwierigkeiten hast mit Chantal. Und bis zu einem gewissen Punkt kann ich das auch verstehen. Aber er ist dein Vater und er hat seine Entscheidung getroffen. Es ist nicht an dir, diese ständig infrage zu stellen.«

»Aber das tue ich nicht. Ich weiß ja auch, dass es im Grunde nicht geht, aber es ist wirklich wichtig. Nur einen Blick, bitte, ich muss ihn im Grunde einfach nur sehen.«

Braunstätter seufzte. »Lucia, bevor du noch mehr Dinge sagst, Dinge, die ich nicht gerne höre von dir, kürze ich die Sache vielleicht lieber ab. Selbst wenn ich bereit wäre, einen solchen Vertrauensbruch zu begehen, deinem Vater gegenüber – ich könnte gar nicht!«

»Was soll das heißen?«

»Du weißt, ich war nicht sehr glücklich mit der Sache damals. Natürlich hat ein Ehevertrag seine Berechtigung, aber das, was du aufgesetzt hast, meine Liebe, das war eine Gemeinheit. Ich verurteile das nicht, denn ich konnte dein Unbehagen ja in gewissem Maß verstehen. Und doch gibt es Dinge, die jeder Mensch für sich entscheiden muss. Ganz sicher ein Mensch wie dein Vater.«

Lucia drohte, die Geduld zu verlieren. »Ich habe mich damit abgefunden«, sagte sie. »Du hast recht, es ist mir nicht leichtgefallen und es fällt mir auch heute nicht leicht, zu sehen, wie er in sein Unglück rennt. Du selbst hast gesagt, dass ein Ehevertrag die beste Lösung ist, für alle Beteiligten.«

»Ehevertrag ist nicht gleich Ehevertrag.« Braunstätter erhob sich und wanderte ein paar Schritte durchs Zimmer. »Aber es ist müßig, das zu diskutieren. Was ich dir zu sagen versuche: Es existiert kein Vertrag, Lucia!«

»Was?« Lucia schnappte nach Luft. »Aber ich habe … Wir haben doch …«

Braunstätter nickte. »Ich weiß, ich weiß. Es war alles vorbereitet. Ich habe Walter den Vertrag vorgelegt. Wie ich erwartet habe, war er nicht begeistert. Ich war darauf eingestellt, den einen oder anderen Passus zu ändern. Aber das war nicht nötig.«

»Nicht nötig?«

Braunstätter schüttelte den Kopf. »Er hat ihn zerrissen. Er hat ihn einfach zerrissen und hat es abgelehnt, eine Alternative zu erarbeiten. Es tut mir leid, meine Liebe, aber es gibt keinen Ehevertrag.«

28

»Oh mein Gott!« Britta war schon fast an Agathes Wohnungstür angekommen, als sie die am Boden liegende Gestalt bemerkte. Sie stürzte zu ihr, fühlte den Puls und erkannte erleichtert, dass die Atemzüge ruhig und gleichmäßig waren.

»Frau Hutschendorf!« Sie klopfte ihr auf die Wangen und rüttelte sanft an ihrer Schulter. »Agathe!«

Agathes Wimpern flatterten. Britta zerrte ihr Handy aus der Tasche und rief einen Rettungswagen. Erst, als sie das Telefonat beendet hatte, fiel ihr Blick auf die kleine Plastiktüte, die einen halben Meter neben ihrem Körper lag. Sie hob sie auf, warf einen Blick hinein und erbleichte. Ihr war nicht klar, was das zu bedeuten hatte. Aber ihr war klar, dass es etwas zu bedeuten hatte. Und zwar nichts, was Agathe gerne öffentlich diskutieren wollte. Ohne lange nachzudenken ließ sie das Tütchen in der hinteren Tasche ihrer Jeans verschwinden, bevor sie sich wieder der Patientin zuwandte. Abermals versetzte sie ihr einen Schlag auf die Wange, diesmal etwas kräftiger.

»Bist du wahnsinnig? Willst du mich totschlagen?« Agathe öffnete ein Auge.

»Gott sie Dank! Sie sind bei Bewusstsein.«

»Nicht mehr lange, wenn ich dich weiter angucken muss.« Um Agathes Laune stand es offenbar noch schlechter als um ihren Körper. »Du siehst aus wie gegessen und zurückgekommen! Was zum Teufel ist los mit dir?«

»Ich dachte, ich hätte Sie soeben tot im Treppenhaus gefunden! Da bin ich vielleicht etwas sentimental geworden.« Britta schüttelte den Kopf. »Was, zum Henker, ist passiert? Sind Sie die Treppe runtergefallen? Was haben Sie da gemacht, da oben, zum Teufel? Wie kommen Sie dazu, alleine da oben herumzuturnen? Sind Sie von allen guten Geistern verlassen? Sie hätten sich den Hals brechen können!«

»Ich möchte ja nicht ungemütlich erscheinen«, zischte Agathe. »Aber vielleicht könnten wir das Verhör vertagen? Vielleicht hilfst du mir erst mal hoch? Ich würde es nämlich vorziehen, in meiner Wohnung weiterzuplaudern.«

»Das kommt nicht infrage!« Britta verschränkte die Arme und schüttelte den Kopf. »Der Notarzt muss jeden Moment hier sein. Nicht bewegen, hat er gesagt, auf keinen Fall bewegen!«

»Der Notarzt? Bist du übergeschnappt? Wozu ein Arzt? Es geht mir gut. Es geht mir prächtig. Ich brauche keinen bescheuerten Quacksalber.«

»Frau Hutschendorf, Sie waren bewusstlos. Ich weiß, dass Sie keine Ärzte mögen, aber unter den gegebenen Umständen schien es mir unerlässlich …«

»Gegebenen Umständen, mein Arsch! Hör auf, so geschwollen daherzuquatschen! Sonst halte ich es unter den gegebenen Umständen für unerlässlich, dich sofort zu entlassen. Ruf den Arzt an, sag ihm, es ist alles in Ordnung und er wird nicht gebraucht.«

Die Tür vom Treppenhaus öffnete sich. Britta eilte zur Treppe. »Hier oben«, rief sie. »Wir sind hier oben, Herr Doktor! Und es geht ihr leider schon verdammt viel besser.«

Agathe seufzte und schloss die Augen.

»Es ist fast ein Wunder!« Der Notarzt, ein minderjähriger Klugschwätzer mit randloser Streberbrille, den Agathe nur anschauen musste, um wütend zu werden, wandte sich mit einem charmanten Lächeln an Britta, die in der Ecke des Schlafzimmers stand und die Untersuchung aufmerksam beobachtet hatte. »Nur ein paar Prellungen. Die Hüfte ist möglicherweise angestaucht, das wird noch eine Weile wehtun. Aber es ist nichts gebrochen. Ein paar Tage Bettruhe und Sie sind wieder wie neu«, wandte er sich seiner Patientin zu.

»Scheißdreck – wie neu! Ich bin fast 100. Wenn ich nach ein paar Tagen im Bett wie neu bin, dann können Sie eine Lizenz als Wunderheiler beantragen!«, schnappte Agathe.

»Sie ist müde«, erklärte Britta entschuldigend.

»Entschuldige dich nicht für mich! Ich bin doch nicht senil.« Agathe setzte sich auf. Sie schwang ein Bein über die Bettkante. Der Schmerz war scharf und stechend. Sie keuchte kurz.

»Dann benehmen Sie sich auch nicht so!« Mit zwei Schritten war Britta am Bett und zwang Agathe zurück in eine liegende Position.

Der Arzt räusperte sich. »Frau Hutschendorf, Sie können unmöglich aufstehen. Sie müssen schon ein paar Tage …«

»Ich bin fast 100!«, wiederholte Agathe. »Ich kann ein paar Tage nicht so leicht verschmerzen.«

Britta warf dem Arzt einen vielsagenden Blick zu. »Ich habe Ihnen ja gesagt …«

»Was hast du gesagt? Was hast du dem Quacksalber ins Ohr geflüstert? Du Verräterin!«, tobte Agathe. Ihr war klar, dass sie sich nicht eben klug benahm. Aber sie konnte nichts gegen den geballten Zorn tun, der in ihr brodelte. Noch wütender als das ungeheuerliche Verhalten von Britta machte sie der Umstand, dass der Schmerz, so sehr sie sich auch konzentrierte, nicht nachlassen wollte.

»Sie hat mir gesagt, dass Sie eine recht eigenwillige Patientin sind«, lächelte der Arzt sanft. »Was mir aber vermutlich auch von allein aufgefallen wäre.«

»Reden Sie nicht mit mir, als wäre ich ein kleines Kind! Ich bin Agathe Hutschendorf. Ich bin fast 100. Ich bin reich. Ich habe Einfluss. Und Sie sind nur ein dahergelaufener, kleiner Notarzt, der …«

»Der kein Problem damit hat, sich beleidigen zu lassen, aber genug Professionalität an den Tag legt, für das Wohl seiner Patienten zu sorgen, ob es denen gefällt oder nicht!«

Agathe verblüffte die Widerrede derart, dass sie gar nicht begriff, was er vorhatte. Er packte sie mit einem festen Griff und ehe sie sich versah, hatte sie eine Nadel im Arm. Ihre Beine wurden heiß und schwer, der Kopf neblig. »Was machen Sie, was bilden Sie sich …« Sie wollte schreien, aber es kamen nur verschwommene Laute aus ihrem Mund.

Der Arzt lächelte. »Das hätten wir!« Er warf einen Blick auf seine Uhr. »Sie sollte mindestens acht Stunden schlafen. Vermutlich wird sie gegen zehn noch einmal wach werden, nicht richtig wach, aber unruhig. Wenn möglich, geben Sie ihr dann noch das Schlafmittel im Tee. Sie wird Durst haben, es sollte also einfach sein. Wenn Sie danach ruhig einschläft, dann können Sie sie über Nacht allein lassen. Aber jemand sollte hier sein, wenn Sie aufwacht. Können Sie das organisieren?«

Britta nickte. »Kein Problem«, sagte sie.

»Wenn irgendetwas ist, wenn sie doch aufwacht, wenn sie Schmerzen hat, sich übergibt, wenn Ihnen irgendwas komisch vorkommt, rufen Sie wieder an. Dann komme ich – oder einer meiner Kollegen – wieder vorbei.«

Agathe kämpfte mit ihren Stimmbändern, aber ihr Körper kooperierte nicht. Ihr blieb nichts anderes übrig, als erstaunt zu betrachten, wie der Arzt an den Rändern faserig wurde und sich langsam auflöste. Irgendwo weit weg hörte sie Brittas Stimme. Dann war alles dunkel.

29

»Schicken Sie mir Lohmann!« Lucia schaffte es nicht, ihre Sekretärin anzusehen, als sie das Büro erreichte. Sie war froh, endlich hier zu sein. Im Grunde hätte sie nicht fahren dürfen, das wusste sie. Sie hatte stechende Kopfschmerzen und das Gefühl, im körperlichen Sinne nicht mehr klar zu sehen. Von den Gedanken gar nicht zu reden. Lucia Hutschendorf war am Ende ihrer Kräfte. Sie betrat ihr Büro, schloss die Tür und lehnte sich mit dem Rücken dagegen. Für ein paar Minuten stand sie ganz still und atmete einfach. Sobald sie sich etwas besser fühlte, eilte sie in das winzige Bad, das sich hinter ihrem Büro befand. Sie wusch sich das Gesicht mit kaltem Wasser. Klarheit, dachte sie und fast hätte sie gelacht, war sie doch von nichts so weit entfernt wie von Klarheit.

»Frau Hutschendorf?«, rief es laut in ihrem Büro. Erneut atmete sie tief durch, dann verließ sie ihre Zuflucht.

Sie hatte geplant, ruhig zu bleiben, aber allein sein Anblick ließ den Damm brechen. Bevor sie an seine Brust sank, schaffte sie es gerade noch, den Schlüssel, der von innen in der Tür steckte, umzudrehen. Ihr war klar, dass niemand sie so sehen durfte. Im Grunde nicht mal Stefan, aber der Gedanke war in diesem Augenblick zweitrangig.

Er legte die Arme um sie und sie weinte.

Wenn Stefan verwundert war, so verbarg er das sorgfältig. Er stand da und tat, als sei es das Normalste der Welt, dass Lucia sich die Augen aus dem Kopf heulte.

»Was ist passiert?«, fragte er, als sie sich ein wenig beruhigt hatte.

»Ich war bei Braunstätter.«

»Warum?« Stefan ließ sie los und trat einen Schritt zurück. »Du weißt, dass er nichts tun kann. Ohne die Unterschrift deines Vaters ... Was hast du ihm gesagt?«

»Nichts! Gar nichts. Darum ging es doch nicht. Ich wollte den Ehevertrag sehen. Ich wollte mit eigenen Augen lesen, was das Miststück getrieben hat ... Oh Gott!« Abermals kamen ihr die Tränen.

»Lucia, ich verstehe kein Wort! Du weißt doch, was in diesem Ehevertrag steht, du hast mir doch selbst gesagt ...«

»Es gibt keinen!«, kreischte Lucia.

Lohmann stutzte. Er schwieg einen Moment. »Keinen Ehevertrag?«, erkundigte er sich dann vorsichtig.

»Nein!«, schluchzte Lucia.

»Ja, aber …« Lohmann trat einen Schritt auf sie zu und legte eine Hand auf ihren Arm. »Aber das ist doch gut. Ich meine, du hast doch gedacht, das ist das Motiv. Und nun scheint es, als habe sie kein Motiv. Chantal. Das ist doch eine Beruhigung …«

»Du verstehst gar nichts«, schluchzte Lucia.

»Nein«, sagte er. »Nein, ich verstehe nichts. Du hast gedacht, sie hat ihn umgebracht. Umbringen lassen, weiß der Geier. Weil es diesen Ehevertrag gibt, auf den du bestanden hast. Du hast dich schuldig gefühlt, weil du ihr damit ein Motiv geliefert hast. Wenn es keinen Vertrag gibt, dann hast du dich vermutlich geirrt. Nein, ich verstehe nicht, warum dich das so aufbringt.«

»Wenn sie ihn nicht umgebracht hat«, schluchzte Lucia, »dann war ich es!« Sie ließ sich auf das Ledersofa fallen. »Oh Gott, ich halte das alles nicht mehr aus!«

Lohmann setzte sich neben sie aufs Sofa. »Erklär es mir«, bat er leise. »Bitte, sag mir doch einfach, was in deinem Kopf vorgeht.«

Lucia zog undamenhaft die Nase hoch. Sie überlegte kurz. Es war ungewohnt, so mit Stefan zu reden. Sie wusste nicht, ob es richtig war. Andererseits konnte sie das, was in ihrem Kopf umherspukte, nicht mehr allein bewältigen. Sie brauchte Stefan. Sie brauchte jemanden, dem sie sich anvertrauen konnte.

»Als ich ihn das letzte Mal sah …«, begann sie also zögernd, »da hatten wir dieses Gespräch. Wegen der Unterschrift, dieser Unterschrift. Wegen der Unterschriften vorher. Ich hätte nicht damit gerechnet, dass er Schwierigkeiten macht. Er hat doch nie Schwierigkeiten gemacht, er hat mir immer freie Hand gelassen mit allem. Aber als er verstanden hat, dass er gar keine Wahl hat, da ist er … Er war so wütend! So hart! Ich habe ihn noch nie so gesehen. Er hat mich angebrüllt. Hat gesagt, ich hätte ihn hintergangen. Betrogen. Und dann hat er gesagt, dass er froh ist, dass meine Mutter das nicht erleben muss …« Sie schüttelte den Kopf, als könne sie das noch immer nicht glauben. »Nach all den Jahren kommt ausgerechnet er und wagt es, mir meine Mutter als moralische Instanz vorzuführen! Da bin ich durchgedreht. Ich konnte es nicht kontrollieren. Wie konnte er das wagen?«

»Das war nicht fair«, bestätigte Stefan. »Aber er war wütend. Nicht ganz zu Unrecht. Er war möglicherweise verletzt …«

Lucia unterbrach ihn mit einer Handbewegung. »Ich habe schlimme Dinge gesagt … Dinge über meine Mutter. Über ihn. Darüber, wie es ist, im Stich gelassen zu werden. Von seiner Mutter und von seinem Vater. Ich war so böse!« Sie schluckte. »Er hat geweint«, murmelte sie dann kaum hörbar. »Er hat geweint und er hat gesagt, dass ich recht habe. Dass er versagt hat. Aber dass ich begreifen müsste, dass er sie geliebt hat. So geliebt, dass es ihn zerstört hat, sie zu verlieren. Und dann hat er gesagt, dass ich nicht weiß, wie das ist, jemanden zu lieben, so zu lieben … Ich konnte das nicht ertragen, dieses hohe Ross, dieses moralische! Wenn er sie doch so geliebt hat, meine Mutter, wieso hat er dann Chantal geheiratet? Er hat gesagt, dass er fast gestorben wäre vor Einsamkeit. Verstehst du, das hat er gesagt, mir hat er gesagt, dass er einsam war mit mir und dem Jungen in dem Haus. Als wäre es meine Schuld. Dabei stimmt es nicht. Es ist genauso seine Schuld! Dass ich so bin, so falsch, so ...« Ihre Stimme versagte.

Lohmann zog ihren Kopf auf seine Schulter und streichelte ihr Haar. Das alles fühlte sich sonderbar an. Er hatte sich in Lucia verliebt, weil sie eine starke Frau war. Entschlossen, besonnen. Lucia war rational. Sie überlegte, bevor sie handelte. Sie brachte die Dinge zu Ende. Sie brauchte sie nicht, diese Schulter zum Ausweinen, nach der die anderen Frauen so gerne jammerten.

Nie hatte er sie so erlebt. So hilflos, so verzweifelt. So bedürftig. Sie tat das, was Lohmann hasste an Frauen. Sie saß da, heulte und konfrontierte ihn mit Problemen, die er nicht lösen konnte. Doch zu seiner Verwunderung stellte er fest, dass sie ihn damit nicht abstieß. Es erfüllte ihn vielmehr mit einer Art zorniger Zärtlichkeit. Er wollte ihr helfen. Aber er wusste nicht, ob er es wagen sollte. Auf einmal schämte sich Stefan Lohmann.

»Nichts an dir ist falsch«, sagte er, seine Stimme war heiser. »Lucia, du bist großartig. Du bist wunderbar. Du bist richtig, genau richtig!«

»Ich bin einsam«, widersprach sie. »Ich bin kein glücklicher Mensch. Und ich habe ihm immer die Schuld dafür gegeben. Ihm und ihr. Wie soll ich eine gute Mutter sein, wenn ich nie eine gute Mutter hatte? Niemand hat mir beigebracht, wie das geht! Wie soll ich anderen die Einsamkeit nehmen, wenn ich doch immer allein war? Ich kann nichts dafür, verstehst du, ich ...« Sie seufzte, schüttelte den Kopf. »Entschuldige, ich ... ich muss mich beruhigen. Ich habe ihm das das alles einfach an den Kopf geschmissen. Ich wollte ihn verletzen, verstehst du? Ich wollte ihn treffen, wo es schmerzt. Und ich habe es geschafft.«

»Lucia, das kommt vor! So ist das manchmal, wenn man sich streitet. Ihr habt die Kontrolle verloren. Alle beide! Das ist kein Grund, sich schuldig zu fühlen.«

»Verstehst du nicht?« Lucia hob den Kopf und starrte Stefan an. »Stefan, begreifst du nicht? Irgendwann hat er aufgehört, zu reden. Er stand einfach da und hat sich die schrecklichen Dinge angehört, die ich ihm vorgeworfen habe. Er hat geweint. Und dann hat er mich mit diesem Blick angesehen und ist gegangen. Da war etwas in diesem Blick ... Ich wusste es, verstehst du? Ich habe in diesem Moment gewusst, dass ich ihn nie wiedersehe.«

»Lucia, du steigerst dich da in etwas hinein!«

Sie richtete sich auf, straffte ihren Rücken. Dann schüttelte sie den Kopf. »Er hat sich etwas angetan. Und das ist meine Schuld, ganz allein meine Schuld. Ich glaube, ich wusste es die ganze Zeit. Deshalb habe ich so verzweifelt gehofft, dass Chantal dahintersteckt. Dass ich nicht schuld bin an seinem Tod. Ich konnte den Gedanken nicht ertragen. Aber ich kann nicht weglaufen vor der Schuld. Ich habe meinen Vater auf dem Gewissen.«

Lohmann wurde schlecht. Er atmete ruhig und kontrolliert, um das Gefühl der Übelkeit in den Griff zu kriegen. »Du irrst dich!« Er hob die Hand, um möglichem Widerspruch ihrerseits Einhalt zu gebieten. »Ich weiß nicht, wie ich es sagen soll. Du wirst mich hassen, in wenigen Minuten wirst du mich hassen. Und ...« Er zögerte, griff nach ihren Händen. »Ich möchte nicht, dass du mich hasst! Ich weiß, das war nie ein Thema zwischen uns, aber du bedeutest mir viel, so viel, dass ich ...« Er blickte in die Augen, die ihn ängstlich anstarrten. »Er lebt!«, sagte er. »Er lebt und ich weiß, wo er ist.«

»Was?«

Lohmann schluckte. »Es tut mir leid! Hätte ich gewusst, was du durchmachst, ich hätte nie … Aber das habe ich nicht geahnt! Ich habe es gehört. Ich war im Vorzimmer und habe gehört, wie ihr gestritten habt. Ich dachte, jetzt ist es vorbei. Jetzt geht alles den Bach runter. Die Firma, du, meine Karriere. Er unterschreibt nicht, wir sind erledigt. Ich musste das verhindern …«

»Was …?« Lucia befreite ihre Hände von seinen und starrte ihn an. »Was hast du mit ihm gemacht?«

»Ich habe ihn beschatten lassen. Habe jemanden engagiert. Ich dachte … nein, ich hoffte … Ich weiß es selbst nicht. Dass es vielleicht etwas gibt, von dem er nicht will, dass es an die Öffentlichkeit …«

»Du wolltest ihn erpressen? Meinen Vater?«

»Nein! Ja! Ich dachte … Ich musste etwas tun, irgendetwas, verstehst du!«

»Wo ist er? Was ist mit ihm passiert?«

Lohmann schluckte. »Ein Bauernhof«, sagte er. »In der Eifel, ganz einsam. Ich habe keine Ahnung, was er da tut oder warum er sich dort versteckt. Aber er ist freiwillig da, das steht fest. Und er ist … Es geht ihm gut! Er ist am Leben und es geht ihm gut.« Er seufzte. »Es tut mir leid, Lucia. Ich hatte Angst, verstehst du? Angst um meine Existenz. Ich habe nur an mich gedacht. Und darum habe ich mir eingebildet, dass es gut ist, wenn ich die Sache für mich behalte. Dass ich möglicherweise Einfluss nehmen kann, mit ihm reden, bevor er …«

»Oh mein Gott!« Lucias Gesicht war noch blasser geworden.

»Es tut mir leid. Du hast jedes Recht, mich zu hassen, ich habe mich benommen wie ein Idiot, aber …«

Lucia unterbrach ihn. »Das hast du«, murmelte sie.

»Aber dafür kann ich dich später hassen. Er lebt! Das ist …« Sie hob den Kopf. »Ich muss zu ihm. Bring mich hin!«

»Bist du sicher, dass das eine gute Idee ist?«

»Bring mich zu ihm! Sofort!« Lucia zerrte ein Taschentuch aus ihrer Hosentasche.

30

Margot stieg die Stufen zur Kegelbahn im Godesberger Treff hinunter. Schon auf dem Weg hörte sie das Gejohle und Gekreische gut gelaunter Damen im besten Alter. Donnernd zogen die Kugeln ihre Bahnen.

»Ich möchte zu Frau Bersenbrock …«, brüllte sie einer beleibten Keglerin ins Ohr.

»Die ist noch nicht da«, erklärte diese, als die Kugel krachend die Kegel umgeworfen hatte. »Aber Sie können ja warten«, bot sie freundlich an, als Margot das Gesicht verzog. »Setzen Sie sich doch.«

Margot überlegte kurz und ergab sich in ihr Schicksal.

Eine knappe Viertelstunde später betrat eine Frau den Raum, die entweder viel Wert auf ihre Kleidung legte oder keine Zeit gehabt hatte, sich umzuziehen, bevor sie zum Kegelvergnügen aufbrach. Margot kannte sich nicht gut aus, aber Kostüm und Pumps waren sicher keine adäquate Kegelkleidung.

Frau Bersenbrock wirkte gehetzt. Ohne Margot zur Kenntnis zu nehmen, gesellte sie sich zu den Damen.

»Es tut mir leid, ich …« Sie holte tief Luft. »Ich bin spät dran.«

Die Damen warfen sich vielsagende Blicke zu. »Wir haben schon angefangen«, erklärte die Frau, die Margot zum Warten aufgefordert hatte. »Weißt du, Hildegard muss um acht wieder gehen und wir dachten …«

Frau Bersenbrocks Enttäuschung war nicht zu übersehen. »Ja«, sagte sie. »Natürlich.«

»Aber ab der nächsten Runde bist du dabei!«, tröstete die Dame. »Du hast übrigens Besuch, da ist jemand, der dich sprechen will.« Sie deutete auf Margot, die am Ecktisch hockte.

Frau Bersenbrock warf ihr einen fragenden Blick zu. Sie seufzte, zuckte die Schultern und kam dann auf sie zu. Margot erhob sich und schüttelte ihr die Hand.

»Ich will Sie gar nicht lange aufhalten«, sagte sie.

»Wie Sie sehen, halten Sie mich kein bisschen auf.« Frau Bersenbrock hob die Hände in resignierter Geste und ließ sich auf einen Stuhl fallen. »Die Bahn ist bestellt, die Bahn ist bezahlt. Und hätte die gnädige Frau nicht vergessen, mir mitzuteilen, dass ich Feierabend machen kann, dann wäre ich auch pünktlich gekommen. Dabei weiß sie, dass ich freitags kegeln gehe. Jedenfalls theoretisch. Natürlich ist sie sehr beschäftigt, die gnädige Frau. Da kann man so was ja schon mal vergessen!« Sie forderte Margot mit einer Handbewegung auf, Platz zu nehmen. »Was kann ich denn für Sie tun?«

»Es ist ein bisschen delikat«, sagte sie. »Aber wichtig. Sehr wichtig, sonst würde ich Sie nicht belästigen.«

Frau Bersenbrock schienen ihre Ausführungen nicht sehr zu interessieren. Sie fixierte die Tür, durch die eben ein Kellner trat, dem sie zuwinkte.

»Seit 40 Jahren mache ich diesen Job. Sekretärin«, murmelte sie. »Assistenz der Geschäftsführung, so nennt man das woanders. 40 Jahre in diesem Laden! Ich hab meine Ausbildung noch beim Alten gemacht. Ich hab da Sachen erlebt, Sachen, das sage ich Ihnen! Würde heute jeder gleich sexuelle Belästigung schreien. Aber uns hat man einfach nur gesagt, dass wir uns in Acht nehmen sollen! Da hat sich kein kleines Büromädchen über den Chef beklagt. Ich war immer loyal. Immer! Und ich erwarte keine Dankbarkeit, bei Gott nicht. Aber Respekt, verstehen Sie, ein Mindestmaß an Respekt!« Sie schien sich etwas zu beruhigen. »Ich brauche einen Schnaps«, sagte sie. »Sie auch einen?« Sie wartete Margots Antwort nicht ab, sondern winkte dem Kellner und gab die entsprechende Bestellung auf.

»Sie hält mich für blind und blöd und taub«, fuhr sie dann fort. Es schien ihr gutzutun, ihrem Ärger Luft zu machen. »Sie weiß doch, dass sie sich auf mich verlassen kann. Und trotzdem macht sie dieses Affentheater. Siezt ihren feinen Herrn Liebhaber, wenn sie merkt, dass ich in der Nähe bin. Und offenbar bildet sie sich auch ein, dass ich nicht wüsste, was sie ihrem Vater da vor den Latz geknallt hat. Gott, bin ich wütend!«

Der Schnaps traf ein. Frau Bersenbrock griff nach ihrem Glas, prostete Margot kurz zu und kippte sich den Götterfunken in den Rachen. Dann schüttelte sie das ondulierte Haupt. »Ich kann es ihm nicht verübeln, Walter, meine ich. Wenn ich er wäre, ich hätte mich auch erst mal rar gemacht. Sie wusste genau, was er von dieser Alcopop-Sache hält. Aber das ist es nicht. Letztlich geht es um Respekt. Verstehen Sie, was ich meine?«

Das tat Margot nicht. Trotzdem nickte sie, war sie doch sicher, dass Frau Bersenbrock ihr dies und allerhand anderes gerne und in aller Länge und Breite erklären würde.

»Mir ist es egal. Ich bin fast 60. Wenn der Laden gegen die Wand fährt, dann such ich mir keine Stelle mehr. Dann mach ich Frührente!« Frau Bersenbrock starrte auf ihr leeres Schnapsglas. »Noch einen?«, fragte sie.

Es fiel Margot nicht leicht, ein zufriedenes Lächeln zu unterdrücken, während ihre Gesprächspartnerin nach dem Kellner winkte, um Nachschub zu ordern.

31

Die Fahrt schien sich endlos hinzuziehen. Lucia starrte aus dem Fenster, ohne etwas zu sehen. Von der kurvigen Strecke durchs Ahrtal wurde ihr ein wenig übel, aber sie nahm es kaum zur Kenntnis. Sie war zu sehr damit beschäftigt, Ordnung in ihre Gedanken zu bringen, die neue Situation zu begreifen.

Sie war wütend auf Stefan, natürlich war sie das. Von allen Menschen wäre er derjenige gewesen, der hätte wissen müssen, wie schlecht es ihr ging. Ein Wort hätte genügt. Hätte, dachte sie, hätte müssen. Konjunktiv. Warum schien ihr ganzes Leben auf einmal aus Konjunktiven zu bestehen? Sie hatte keine Lust mehr, sich etwas vorzumachen. Sie war wütend auf Stefan. Aber ihr ›hätte‹ war ungerecht. Es lag nicht an ihm. Jedenfalls nicht allein an ihm.

Er hatte ans Geschäft gedacht. Das konnte man ihm nicht vorwerfen. Sie als Allerletzte.

»Was ist das für ein Haus?« Als Stefan den Mercedes auf dem Hof parkte, sprach Lucia das erste Mal.

»Alles, was ich weiß, ist, dass er hier ist. Nach eurem Streit hat er sich eigentlich ganz normal verhalten. Erst zwei Tage später ist er durchgedreht. Ich habe es ja nicht gesehen, aber der Detektiv hat gesagt, er sei außer sich gewesen. Vollkommen aufgelöst ist er in ein Taxi gestiegen und zu dieser Freundin gefahren, irgendwo in Friesdorf.«

»Ingrid!« Lucia seufzte. »Margot hat also recht gehabt! Sie hat gelogen, die ganze Zeit.«

»Scheint so. Obwohl ... Wir können nicht mit Sicherheit sagen, was sie wirklich weiß. Er war bei ihr und dann ist er mit einem Taxi weitergefahren. Hierher, die ganze Strecke. Muss ein Heidengeld gekostet haben.«

Lucia schüttelte unwillig den Kopf. »Wenn die Polizei etwas unternommen hätte, wenn sie sich nur ein winziges bisschen engagiert hätte, dann hätte man den Taxifahrer gefunden. Dann hätte der Spuk schon längst ein Ende.«

Stefan griff nach ihrer Hand. »Die Polizei hat sich vollkommen korrekt verhalten. Er ist untergetaucht. Das ist kein Fall für die Polizei. Er ist erwachsen, er kann tun, was er will.«

Lucia straffte sich. »Lass uns reingehen«, sagte sie. Es kostete sie Mühe, ruhig zu bleiben.

Als sie das Auto verließen, sprang die Haustür des Bauernhauses auf. Eine Frau mittleren Alters stürmte hinaus, sie wirkte aufgeregt. »Walter?«, rief sie, dann fiel ihr Blick auf Stefan und Lucia. Sie blieb wie angewurzelt stehen.

»Guten Tag«, sagte Stefan knapp. »Wir möchten mit Herrn Hutschendorf sprechen.« Ohne eine Reaktion abzuwarten, ging er an der Frau vorbei und betrat das Haus, dicht gefolgt von Lucia. Der winzige Flur führte direkt in eine alte, gemütliche Küche mit einem riesigen Holztisch. Getrocknete Kräuter hingen von dunklen Holzbalken an der Decke herab. Die Fenster waren geöffnet und es roch nach Wald und Wärme. Ein Mann stand am Herd und briet Eier. Als sie hereinkamen, drehte er sich um und sah sie fragend an.

»Wir wollen zu Walter Hutschendorf!«, erklärte Stefan. »Wo ist er?«

Die Frau, die ihnen draußen entgegengekommen war, betrat die Küche. »Was soll das?«, fragte sie, ihre Stimme klang schrill. »Wer sind Sie?«

»So ein Zufall. Genau diese Frage wollte ich Ihnen gerade stellen.« Stefans Stimme klang beherrscht. Lucia war froh, dass er das Reden übernahm. Ihre Kehle war wie zugeschnürt.

»Hören Sie!« Der Mann trat einen Schritt auf sie zu und stemmte die Hände in die Hüften. »Sie stehen hier in meiner Küche. In meinem Haus, in das Sie niemand eingeladen hat. Es gibt zwei Möglichkeiten: Entweder Sie gehen, und zwar sofort«, er trat einen weiteren Schritt auf Lucia und Stefan zu. »Oder Sie sagen uns, was Sie eigentlich wollen!«

»Wo ist Walter? Wo ist Herr Hutschendorf?«

Die Frau starrte Lucia an, als habe sie ein Gespenst vor sich. »Oh Gott«, murmelte sie dann. Sie ließ sich auf einen Stuhl am Tisch fallen und vergrub das Gesicht in den Händen.

Der Mann warf ihr einen besorgten Blick zu. »Er ist nicht hier«, sagte er dann.

»Sparen Sie sich das!« Stefans Stimme wurde lauter. »Wir wissen Bescheid. Wir wollen keinen Ärger. Wir wollen nur mit ihm sprechen.«

Die Frau hob den Kopf. »Er ist weg«, erklärte sie.

Lucia starrte sie an. Ihre Augen waren verquollen, sie sah aus, als habe sie geweint. Ihre Haare waren zerwühlt und das weite Baumwollhemd, das sie trug, unterstrich noch den Eindruck völliger Auflösung.

Ein verbrannter Geruch zog durch die Küche. Der Mann fluchte, eilte zum Herd und zog die Pfanne mit den Eiern von der Platte. Er seufzte und wandte sich wieder den ungebetenen Besuchern zu. »Sie sagt die Wahrheit«, erklärte er ruhig. »Er ist hier gewesen. Aber dann ist er gegangen. Wir wissen nicht, wohin. Und es wäre besser, wenn Sie jetzt ebenfalls gehen!«

»Was wollen Sie von Walter?«, fragte die Frau.

Lucias Unbehagen wuchs. Diese Leute wirkten weder gefährlich noch bösartig. Sie wollte nicht mit ihnen streiten. »Ich will mit ihm sprechen«, sagte sie also. »Ich muss mit meinem Vater sprechen. Ich habe gedacht, er wäre tot. Ich war außer mir vor Angst. Ich will einfach mit ihm reden …«

Die Frau sprang auf. »Nein«, keuchte sie. Dann drehte sie sich um und rannte aus der Küche.

Der Mann schüttelte den Kopf und seufzte. »Also gut. Setzen Sie sich erst mal«, murmelte er. »In der Kanne ist Tee, bedienen Sie sich. Ich muss nur schnell …« Er folgte der Frau.

Lucia ließ sich auf einen Stuhl sinken. Auch Stefan setzte sich. Er griff tatsächlich nach einem der Becher, die umgedreht neben der Kanne standen und schenkte Tee ein. Er roch kurz daran und schob ihn dann Lucia hin. »Trink!«, befahl er sanft. »Das wird dir guttun.«

Lucia warf ihm einen irritierten Blick zu. So viel Fürsorglichkeit passte nicht zu Stefan. Er hat ein schlechtes Gewissen, dachte sie, daran wird es liegen. Sie griff nach dem Becher, legte die Hände darum. Sie betrachtete den Dampf, ohne zu trinken. »Was sind das für Leute?«, fragte sie. »Was, zum Teufel, geht hier vor?«

Stefan zuckte die Achseln. »Ich weiß es nicht«, murmelte er und wich Lucias Blick aus.

»Stefan!« Sie schrie beinahe. »Es reicht mir jetzt. Du musst mir sagen, was du weißt, du musst mir alles sagen!«

»Ich weiß es wirklich nicht«, beteuerte er und starrte auf die Tischplatte.

Die Küchentür öffnete sich. Der Mann hatte einen Arm um die Frau gelegt, die nur widerwillig das Zimmer betrat, und führte sie zum Tisch, wo er sie sanft auf einen Stuhl drückte. Wieder fixierten ihre Augen Lucia.

»Warum starren Sie mich so an?« Lucia klang unfreundlicher als beabsichtigt.

»Ich dachte, ich bilde mir das ein«, murmelte die Frau. »Aber ich hatte recht. Lucia …«

»Uns ist klar, dass wir Sie nicht so hätten überfallen dürfen«, sprach Stefan in die gespannte Stille, ganz verbindlicher Jurist. »Aber wir müssen wirklich dringend mit Herrn Hutschendorf sprechen. Es ist wichtig. Die Polizei sucht schon nach ihm! So kann das nicht weitergehen.«

Der Mann holte tief Luft. »Wie ich schon sagte – er war hier. Mir ist klar, dass Sie sich Sorgen gemacht haben, aber er ist ein erwachsener Mann. Er war hier und dann ist er gegangen. Er hat nicht gesagt, wo er hinwollte. Wir können Ihnen also nicht helfen!«

»Aber was wollte er hier?« Lucias Gedanken fuhren Karussell. »Wer sind Sie denn eigentlich?«

Der Mann räusperte sich. »Rainer«, sagte er dann. »Rainer Schwarz ist mein Name. Ich kenne Ihren Vater von früher. Wir hatten lange keinen Kontakt, aber jetzt …«

Lucia wurde blass. »Von früher?«

Der Mann nickte, aber Lucia sah es gar nicht. Ihr Blick hing an der Frau. »Von früher?«, fragte sie abermals.

Die Frau räusperte sich. Dann erwiderte sie Lucias Blick. Ihr Mund verzog sich zu einer Art zittrigem

Lächeln. »Ich bin Sunflower«, sagte sie. »Ich bin deine Mutter!«

Lucia sprang auf. Sie bekam keine Luft. Alles schien sich zu drehen. Sie bemerkte Stefan, der plötzlich neben ihr stand und sie am Arm festhielt. »Mir ist schlecht«, keuchte sie. »Mein Gott, ich muss … ich muss hier raus!«

»Lucia!« Die Frau war ebenfalls aufgestanden. »Lucia, bitte, ich muss … Lass dir erklären! Ich wollte nicht … Ich wollte das nicht. Er ist gekommen, er ist einfach hier aufgetaucht. Und es ging ihm nicht gut. Es ging ihm schlecht und …«

»Wo ist er?«, kreischte Lucia. »Was hast du mit ihm gemacht?«

Die Frau begann zu weinen. »Ich habe ihn enttäuscht«, schluchzte sie. »Ich habe ihn schon wieder enttäuscht!«

Lucia konzentrierte sich auf ihren Atem. Ihr Kopf tat weh. Ein Geräusch lenkte sie ab. Sie brauchte eine Weile, um zu begreifen, dass es ihr Handy war, das klingelte. Wie von selbst griff ihre Hand in die Tasche, zog das Gerät heraus. Sie meldete sich. Dann lauschte sie der aufgeregten Stimme am anderen Ende. »Alles in Ordnung«, sagte sie. »Ich bin unterwegs.«

»Was ist?« Stefan legte den Arm um ihre Schulter. »Lucia, was ist passiert?«

»Agathe! Sie hatte einen Unfall. Sie ist gestürzt.«

»Agathe«, hauchte Sunflower.

»Halt den Mund!«, brüllte Lucia, so unvermittelt, dass Stefan neben ihr zusammenzuckte. »Du hast kein Recht, du hast nicht das geringste Recht …« Sie brach ab. »Lass uns gehen!«, sagte sie zu Stefan. »Ich muss nach Hause.«

»Bitte, bleib da!«, bettelte die Frau. »Bitte, lass mich erklären …«

»Ich habe keine Zeit«, krächzte Lucia. »Ich muss mich um meine Familie kümmern, wissen Sie. Ich kenne Sie nicht. Und ich glaube, ich möchte Sie auch nicht kennenlernen. Wenn Sie meinen Vater sehen, dann richten Sie ihm doch bitte aus, dass ich ihn sprechen muss!« Sie drehte sich um. Es kostete sie Mühe, nicht im Laufschritt aus dem Haus zu stürmen.

Stefan folgte ihr.

»Bist du sicher?«, fragte er, als sie im Auto saßen. »Bist du sicher, dass ich fahren soll?«

Lucia nickte.

32

»Traudel!« Eine der Damen war an den Tisch getreten, an dem Margot und Frau Bersenbrock mittlerweile beim dritten Schnaps und vierten Kölsch angekommen waren. »Wenn du willst, dann kannst du jetzt einsteigen. Wir spielen noch eine Runde und ich muss sowieso gleich nach Hause.«

Frau Bersenbrock winkte ab. »Das ist nett von dir, Hildegard, wirklich, aber ich kann jetzt nicht.«

»Bist du sauer? Traudel, wir haben darüber gesprochen. Ich weiß, du kannst nichts dafür, aber …«

»Ich bin nicht sauer. Aber das hier ist wichtig«, erklärte Frau Bersenbrock. Ihre Stimme klang leicht verschwommen. Sie wedelte etwas gebieterisch mit der Hand. Widerwillig entfernte sich die Dame vom Tisch.

Margot fühlte sich nicht ganz wohl in ihrer Haut. Frau Bersenbrock hatte sich nicht sonderlich dafür interessiert, wer sie eigentlich war. Sie schwebte auf den Wolken des heiligen Zorns und scheute ganz offensichtlich nicht davor zurück, gewaltige Breschen in die Reihen ihrer vermeintlichen Feinde zu schlagen. Es war nicht uninteressant, was sie zu erzählen hatte. Ganz und gar nicht. Und doch fühlte es sich nicht wirklich gut an, hier zu sitzen und von einer Frau, der Lucia offenbar vertraute, Dinge zu erfahren, die ganz sicher nicht für die Ohren der Welt bestimmt waren.

»Jedenfalls glaube ich, dass der Lohmann auch hinter diesen krummen Dingern steckt«, erklärte Frau Bersenbrock verschwörerisch und unterbrach so Margots Gedankengang.

»Krumme Dinger?«

»Na, diese ganze Sache mit den Alcopops! Das wollte Walter nicht. Auf keinen Fall, hat er gesagt. Er fand das unmoralisch. Kam mit diesen Studien, Jugendalkoholismus und so. Dass man die Kinder zum Saufen verführt damit …« Sie kicherte kurz und hob ihr Schnapsglas erneut. »Ein bisschen zu skrupulös für einen, der in Schnaps macht, oder?« Abermals kicherte sie. »Aber ich bin ja nur die Tippse«, erklärte sie dann wohl zum

300. Mal. »Wenn Sie mich fragen, dann hätten die ganzen Vorverträge ohne seine Unterschrift gar nicht geschlossen werden dürfen. Das haben die sorgfältig an ihm vorbei gemacht, der Lohmann und die feine Frau Hutschendorf. Das ist nicht koscher, ganz sicher nicht! Und ich glaube, er hat das kapiert. Darum hatten sie auch so einen Krach. Er hat das kapiert und er war sauer. Boah, war der sauer. Die haben sich angebrüllt, so hab ich den noch nie erlebt. Klang fast wie sein Vater.« Abermals erfrischte sie ihre Kehle. »Ich konnte ja leider nichts verstehen. Ist schallisoliert, die Tür. Ich hab nur gehört, wie die sich angebrüllt haben. Und der Lohmann auch, der kam ja rein und als er das gehört hat, da ist der aber bleich geworden. Hatte er vermutlich auch jeden Grund dazu. Der ist gleich rückwärts wieder zur Tür raus! Na, und dann ist er abgehauen, der Walter, und seitdem ist er weg!« Sie warf Margot einen triumphierenden Blick zu. »Und jetzt ist er weg und ihr steht das Wasser bis zum Hals.« Sie nickte zufrieden.

»Das ist ja unfassbar«, sprach Margot. Was genau, war ihr selbst nicht ganz klar.

»Habe ich Ihnen damit geholfen?«, erkundigte sich Frau Bersenbrock Beifall heischend.

Margot nickte.

»Noch einen?«

»Danke!« Margot erhob sich leicht schwankend. »Ich glaube, ich habe für heute genug.«

Britta saß an Agathes Bett und bemühte sich, ihr Gewicht günstig auf ihre Sitzfläche zu lagern. Als der Doktor gegangen war, hatte sie sich ebenso erleichtert wie leichtfertig auf den Stuhl fallen lassen und dabei leider vergessen, was sie in der Tasche trug. So klein und alt das Messer auch war, es war scharf. Gemein scharf wie der Schmerz. Zum Glück war Agathes Drogenschlummer tief genug, dass sie es wagen konnte, sich kurz ins Bad zurückzuziehen und die peinliche Wunde zu desinfizieren und notdürftig zu verbinden. Britta zog es vor, nicht weiter darüber nachzudenken, wo dieses blöde Messer herkam oder worin es irgendwann gesteckt hatte. Auch über die Frage, wie lange ihre letzte Tetanus-Impfung zurücklag, wollte sie nicht wirklich nachdenken.

Sie betrachtete das ungewohnt friedliche Gesicht der alten Tyrannin und versuchte, sich einen Reim auf die Geschehnisse zu machen. Agathe hatte es wirklich geschafft, allein auf den Dachboden zu kriechen. Dass das besagte Messer der Grund dafür war, schien auf der Hand zu liegen. Britta musterte das Ding in der Plastiktüte. Ein merkwürdiges, altes Messer mit bräunlichen Flecken an der Klinge. Es sah aus wie ein Küchenmesser.

Sie ließ es in ihrer Handtasche verschwinden. Für heute hatte es genug Schaden angerichtet. Dann wandte sie ihre Aufmerksamkeit wieder dem kleinen, dürren Körper im Bett zu. Nein, es war unmöglich. Walter war ein stattlicher Mann. Nicht mehr der Jüngste, sicher, aber im Vergleich zu Agathe ein wahrer Kraftprotz. Unmöglich konnte diese kleine Person ihn einfach erstochen habe. Rein körperlich unmöglich. Außerdem war Agathe zwar kein netter Mensch, aber ihren eigenen Sohn hinzumeucheln, das traute Britta ihr wirklich nicht zu. Warum auch? Und selbst wenn sie völlig falsch lag – was war mit der Leiche?

Das alles hatte hinten und vorn keinen Sinn. Es gab in diesem Moment nur eine Sache, die feststand, eine, die

Britta mit dumpfem Zorn erfüllte. Das alles war Ingrids Schuld. Sie hatte keine Ahnung, was die Agathe erzählt hatte. Aber sie war sicher, dass es zu dieser unverantwortlich leichtsinnigen Aktion geführt hatte. Agathe hatte ihre Fehler, viele Fehler, aber sie verdiente nicht, sich den Hals zu brechen. Britta war entschlossen, Ingrid ein paar Takte zu erzählen, sobald sie die Gelegenheit bekam.

Es war höchste Zeit, dass sie herausfand, was zum Teufel hier gespielt wurde.

Agathe stöhnte. Sie öffnete ein Auge. »Was machst du denn hier?«, murmelte sie.

»Ich passe auf Sie auf«, erklärte Britta. »Sie sind gefallen und jetzt müssen Sie …«

»Ich habe nichts am Kopf«, unterbrach Agathe sie gereizt. »Ich weiß, was passiert ist.«

»Das ist gut.«

»So, gut findest du das? Ich nicht, meine Liebe. Ich finde das alles ganz und gar nicht gut.« Agathe hustete leise. »Gib mir etwas zu trinken!«

Britta griff nach der Schnabeltasse, die der Arzt da gelassen hatte und führte sie an Agathes Mund. Sie rechnete mit einem Tobsuchtsanfall, aber Agathe schien das unwürdige Trinkgefäß gar nicht zur Kenntnis zu nehmen. Sie schluckte gierig.

»Britta, ich muss wirklich mit ihm reden …«, murmelte sie dann. »Es ist wichtig!«

»Später«, erwiderte Britta. »Jetzt müssen Sie erst einmal schlafen!«

»Nicht später, du dummes Huhn. Jetzt!«, krächzte es unwillig. »Er ist mein Sohn, er muss mich anhören! Das ist das Mindeste. Er ist doch mein Sohn.«

»Ja, natürlich ist er das.«

»Es ist doch nicht so, wie es aussieht! Er macht es sich zu leicht! Ich habe immer getan, was ich konnte. Und Walter auch. Er hat sich so sehr einen Sohn gewünscht. Er war nicht herzlos. Die Zeiten waren einfach anders, damals.«

Britta brauchte einen Moment, um zu begreifen, dass sie von ihrem verstorbenen Gatten sprach.

»Alles wäre gut gewesen. Wenn das Flittchen nicht gekommen wäre. Satansbrut, gottverfluchte!« Agathe hustete trocken. Britta gab ihr noch einen Schluck Wasser und hoffte, dass sie das zugesetzte Schlafmittel nicht herausschmeckte.

»Regen Sie sich nicht auf! Es wird alles gut.« Britta legte Agathe eine Hand auf die Schulter. Fast meinte sie, ihren schnellen Herzschlag zu spüren.

Sie sank zurück und schien kurz nachzudenken. »Wo ist das Messer?«, ächzte sie dann.

»Messer? Welches Messer?«

»Stell dich nicht blöd! Das ist meine Angelegenheit. Es ist wichtig.«

»Ich weiß nicht, wovon Sie reden«, log Britta tapfer. Zu ihrer Verwunderung schien Agathe ihr zu glauben.

»Ich war auf dem Dachboden, weil …«

»Nein, Sie waren nicht auf dem Dachboden!« Britta kam in Fahrt. »Sie wollten auf den Dachboden. Eine schlechte Idee, wie ich wohl nicht betonen muss. Wissen Sie, wenn Sie etwas brauchen, dann sagen Sie Bescheid. Dafür bin ich da! Die Vorstellung, dass Sie es womöglich geschafft hätten, hochzukommen … Es ist nicht auszudenken. Sie hätten sich den Hals brechen können!« Britta schämte sich. Es erschien ihr in hohem Maße unmoralisch, eine alte, angeschlagene Frau derart frech zu belügen. Andererseits war sie nicht bereit, das Beweisstück aus den Händen zu geben. Sie wusste zwar nicht, was das Ding für eine Bedeutung hatte, aber sicher war sicher.

Agathe öffnete die Augen erneut. Sie musterte Britta böse. Dann verzog sie das Gesicht. Sie schien angestrengt nachzudenken. Sie war verunsichert, erkannte Britta, und schämte sich noch ein bisschen mehr.

»Ich war nicht oben?«

»Nein! Aber wenn Sie wollen, dann gehe ich. Wenn es so wichtig ist. Ein Messer, sagten Sie? Soll ich dieses Messer suchen?«

»Nein!«, unterbrach Agathe schnell. »Was für ein Messer überhaupt? Gott, ich bin durcheinander. Ich hätte schwören können … Verliere ich jetzt den Verstand? Altersschwachsinn? Demenz? Ich hätte wirklich schwören können …«

»Das ist normal«, versicherte Britta heimtückisch. »Sie haben ein Schlafmittel bekommen, Sie sind nicht ganz bei sich. Regen Sie sich einfach nicht auf! Alles wird gut.«

Agathe seufzte. Ihr Blick fixierte noch immer Britta, wurde aber zunehmend verschwommen. »Britta, warum redest du bloß immer so einen Schwachsinn?« Ihre Lider senkten sich. »Gar nichts wird gut«, murmelte sie. »Jedenfalls nicht von allein. Enttäusch du mich nicht auch noch! Du und Lucia, ihr seid doch meine letzte Hoffnung.«

Britta fragte sich, ob wirres Reden ein schlechtes Zeichen oder lediglich ein Hinweis war, dass das Beruhigungsmittel wirkte wie vorgesehen.

»Ich verdiene eine Chance.« Agathes Aussprache wurde immer verwaschener. »Jeder Mensch verdient die Chance. Er muss mich erklären lassen. Gott, ich bin so müde.« Sie schloss die Augen und Britta dachte schon, sie wäre wieder eingeschlafen, als sich ihr Mund erneut öffnete.

»Pürierte Papaya ...«, murmelte sie und ächzte.

Britta lächelte milde.

»Püriert ist am besten. Dann werden die ekligen Viecher ihre Blähungen los!« Agathe öffnete ein Auge. »Schreib dir das lieber auf. Und erklär mir mal, wie ihr auf die idiotische Idee gekommen seid, euch ausgerechnet eine englische Bulldogge zuzulegen. Hässlich wie dich Nacht, die Viecher.«

Sie schloss die Augen wieder und leises Schnarchen ertönte.

Obwohl sich die Tür vorsichtig öffnete, zuckte Britta zusammen. Lucia betrat das Schlafzimmer. Sie hatte Ringe unter den verweinten Augen, ihr Kostüm saß schief und Bluse und Gesicht wetteiferten im Faltenwurf.

»Wie geht es ihr?«, fragte sie und trat an Agathes Bett. »Was ist passiert?«

Britta erklärte ihr die Lage und erläuterte die Anweisungen des Arztes. »Um zehn Uhr kommt ihr Hausarzt noch mal vorbei, um nach ihr zu sehen«, erklärte sie dann. »Der Notarzt vorhin hat gesagt, dass bis dahin jemand bei ihr bleiben soll.«

Lucia nickte.

»Ich bleibe gern hier«, log Britta.

»Nein, nein«, Lucia winkte ab. »Ich mache das schon. Gehen Sie nur. Sie haben, weiß Gott, genug getan.«

Britta betrachtete ihr bleiches Gesicht. »Frau Hutschendorf, mit Verlaub, aber Sie sehen aus, als könnten Sie ein bisschen Ruhe vertragen. Ich kann bleiben, wirklich. Es macht mir nichts aus.«

»Es ist schon in Ordnung.« Lucia lächelte zittrig. »Hier habe ich doch Ruhe. Sie hat mir einen Riesenschreck eingejagt. Ich möchte jetzt gern bei ihr sein.«

Britta erhob sich. »Wie Sie meinen. Wenn etwas ist, rufen Sie mich an. Jederzeit!«

Lucia lächelte. »Natürlich, Britta. Und ... vielen Dank!«

33

Ingrid stellte einen Becher Tee auf den Tisch. Tee, dachte sie, immer Tee. Eine tröstliche Geste, die doch so lächerlich wirkte angesichts dieser Frau, die dort saß und schluchzte und das Getränk nicht mal zur Kenntnis nahm.

»Beruhige dich! Jetzt beruhige dich doch.« Ingrid setzte sich zu ihr an den Tisch. »Gott, ich kann nicht glauben, dass Rainer dich alleine hat fahren lassen. Du bist ja völlig außer dir!«

»Ich habe an einem Tisch gesessen mit ihr«, schluchzte Sunflower. »Kannst du dir vorstellen, was das für ein

Gefühl ist? Nach all den Jahren? Ingrid, ich kann nicht mehr. Ich kann einfach nicht mehr.«

»Das sehe ich. Aber du darfst dir jetzt keine Vorwürfe machen.«

»Scheiße!« Sunflower hob den Kopf. »Natürlich mache ich mir Vorwürfe. Und das muss ich auch. Ich habe ihn vertrieben, ich habe ihn ein zweites Mal im Stich gelassen.«

»Das ist doch Unsinn!«, unterbrach Ingrid.

»Ich hätte es ihm nicht sagen dürfen, jetzt noch nicht.«

»Glaubst du, dass es je einen richtigen Zeitpunkt gegeben hätte? Einen, an dem er anders reagieren würde? Du kennst ihn. Er läuft weg, wenn es ihm zu viel ist. So ist er.«

»Aber wo ist er? Wo ist er hingegangen?«

»Er ist erwachsen. Sunflower, er ist nicht so hilflos, wie alle zu denken scheinen. Er ist weder verwirrt noch mittellos. Vermutlich hat er sich irgendwo ein Hotelzimmer genommen. Das ist sein Recht. Gib ihm etwas Zeit. Das schuldest du ihm. Das schulden wir alle ihm.«

Sunflower seufzte so tief, dass sie zitterte. »Ich mache mir Sorgen um Lucia. Sie war so … Ich mache mir ernsthaft Sorgen.«

»Lucia ist kein Kind mehr«, sagte Ingrid fest. »Und sie ist alles andere als ein wehrloses Mädchen. Das weißt du genau.«

»Sie ist meine Tochter, verdammt!« Sunflower griff nach dem Paket mit den Taschentüchern und schnäuzte sich. Jetzt erst schien sie den Tee zu bemerken. Sie griff danach und trank einen Schluck. Dann sah sie Ingrid an. »Sie hat da gesessen. Sie hat mich angeschaut, als wäre ich … Gott, sie hat ja recht. Ich bin ein Stück Dreck. Es ist klar, dass sie gar nicht schnell genug wegkommen konnte von mir. Dass sie es nicht ertragen hat, im selben Raum zu sein. Was habe ich nur getan? Was habe ich nur aus meinem Leben gemacht?«

»Hör auf!« Ingrid erhob sich und trat neben Sunflower. Sie legte ihr einen Arm um die Schulter. »Selbstvorwürfe bringen dich nicht weiter. Du hast Fehler gemacht. Das haben wir alle. Aber du bist hier nicht die Böse. Vielleicht bekommst du irgendwann deine Gelegenheit. Kannst ihr erklären, was wirklich geschehen ist. Aber auch sie braucht Zeit.«

Sunflower nickte. »Ja, du hast recht. Natürlich hast du recht. Es ist nur so, dass ich wahnsinnig werde! Einfach verrückt, verstehst du?« Sie sprang auf. »Ich muss etwas tun. Ich kann nicht herumsitzen und einfach warten.«

»Nein!« Ingrid packte sie am Arm. »Tu das nicht! Lass sie in Ruhe, Lucia, meine ich.«

»Ja, ja sicher. Ich wollte nicht …« Sunflower seufzte. »Vielleicht will er nach Hause. Walter. Vielleicht kreuzt er jeden Moment dort auf. Ich … ich tue nichts, das verspreche ich dir. Ich fahre nur hin und gucke. Ich fahre einfach kurz vorbei, parke neben dem Grundstück …«

Ingrid schüttelte den Kopf. Aber ihr war klar, dass Widerspruch zwecklos war. Und im Grunde, so dachte sie sich, im Grunde konnten die Dinge ohnehin nicht schlimmer werden, als sie ohnehin schon waren.

»Wo warst du denn?« Margot lag auf dem großen Sofa im Wohnzimmer und sah etwas blass aus.

»Grundgütiger!« Britta wedelte mit der Hand vor ihrer Nase herum. »Bist du schon wieder besoffen?«

Margot stieß ein Wimmern aus. »Ich habe Magenschmerzen«, erklärte sie. »Es war nicht meine Idee! Ich hoffe langsam wirklich, dieser verdammte Fall ist bald geklärt. Warum reden die Menschen nur, wenn man Alkohol mit ihnen trinkt?«

Britta musste grinsen.

»Also, wo bist du gewesen?«, verlangte Margot abermals zu wissen.

»Bei Agathe«, erklärte Britta. »Sie ist gestürzt.« Sie berichtete kurz, was geschehen war und diesmal ließ sie den Teil mit dem Messer nicht aus.

»Das ist ja ungeheuerlich.« Margot setzte sich auf. »Ich brauche sofort einen Kaffee!«

»Ich koch dir einen Tee. In deinen gereizten Magen sollte man jetzt keinen Kaffee schütten.« Britta ging in die Küche und Margot folgte. Sie hielt die Plastiktüte mit dem Messer in der Hand, während Britta Wasser aufsetzte. »Und ich dachte, ich hätte Neuigkeiten«, murmelte sie dann.

»Erzähl einfach.« Britta hantierte mit dem Wasserkocher.

»Ich habe mich nett mit Lucias Sekretärin unterhalten. Eine schreckliche Tratschtante. Sie hasst Lucia. Ich muss ihr das sagen. Sie braucht eine neue Sekretärin.« Margot schüttelte sorgenvoll das Haupt. »Aber ergiebig war es trotzdem. Ich weiß jetzt, dass Lucia Sex hat!«

»Was?« Britta fielen fast die Minzblätter aus der Hand. »Mit wem denn?«

»Mit ihrem Justiziar.«

»Na, das ist immerhin zur Abwechslung mal so etwas wie eine gute Nachricht«, befand Britta.

»Allerdings! Dann hat sie noch behauptet, dass es da ein paar unsaubere Geschäftstransaktionen gab. Wenn ich es richtig verstanden habe, hat sich Lucia in die

Scheiße geritten, und nur Walters Unterschrift kann sie retten.«

Britta runzelte die Stirn. »Das würde erklären, warum sie uns partout nicht in der Nähe der Firma wollte.«

»Dreck am Stecken«, konstatierte Margot gewichtig. »Allenthalben Dreck am Stecken.«

Britta goss das kochende Wasser über die Minze. »Ich für meinen Teil werde jetzt zu Ingrid fahren!«, erklärte sie. »Die kann was erleben!«

»Britta, meinst du nicht, du übertreibst ein bisschen? Agathe ist eine alte, böse Frau, die blutige Messer auf dem Dachboden aufbewahrt.«

»Es ist völlig egal, ob sie Gandhi ist oder der Antichrist! Ich habe einfach die Schnauze voll von dieser Ingrid. Sie weiß etwas. Sie weiß verdammt viel. Auf jeden Fall genug, um Agathe in Angst und Schrecken zu versetzen. Und mich verschaukelt sie die ganze Zeit. Aber jetzt ist Schluss. Jetzt will ich wissen, was hier läuft.«

»Wow!«, sagte Margot. »Du hast den Hals ja wirklich dick.«

»Das kann man wohl sagen.« Britta servierte ihr einen Becher Tee, in dem frische grüne Minze schwamm. »Du trinkst das jetzt. Und dann musst du zur Abwechslung mal mir einen Gefallen tun.«

»Jeden, meine Liebe – wenn diese Brühe mir hilft, dann tue ich alles, was du willst.«

»Geh nachher noch mal rüber und schau nach Lucia. Sie wacht an Agathes Krankenlager, sehr rührend, aber sie ist am Ende. Ich weiß nicht, was sie heute Lustiges erlebt hat, aber sie sah aus, als würde sie jeden Moment aus den Latschen kippen.«

»In Ordnung!« Margot nickte schwach. »Ich schaue

nach ihr. Sobald es mir ein bisschen besser geht. Jetzt setz dich halt und trink wenigstens noch einen Tee mit mir, bevor du die Furie bei Ingrid spielst.«

Sie saßen gemeinsam am Tisch und nippten an ihrem duftenden Getränk. Ihre Blicke blieben immer wieder am Messer hängen, das in der Mitte des Tisches lag.

»Als ich da oben saß, dachte ich, man müsste eine DNA-Analyse machen.« Britta lachte. »Ich werde auch langsam ballaballa!«

»Wieso? Das ist eine großartige Idee!«

Britta schüttelte den Kopf. »Wir wissen ja nicht mal, ob es wirklich Blut ist. Und ich bin kein Fachmann, aber wenn, dann ist es uralt, oder?«

»Das Zeug an der Klinge vielleicht. Aber guck da, an der Spitze. Für mich sieht das aus wie frisches Blut!«

Britta errötete. »Das ist es auch«, murmelte sie.

»Wie bitte?

»Es ist frisch.« Britta schluckte. »Ich habe, also, ich hab es in der Tasche gehabt von meiner Hose, ich wollte nicht, dass der Arzt es sieht und als ich mich hingesetzt habe ... Hör auf zu lachen. Hör auf, das hat wehgetan! Und außerdem habe ich jetzt vermutlich eine Blutvergiftung oder sonst welche Krankheiten und ich möchte darüber nicht nachdenken und reden möchte ich gleich gar nicht darüber.«

Margot grinste. »Das, meine Liebe«, sagte sie, »das musst du auch gar nicht.« Sie erhob sich, ging zu Britta und riss ihr mit einem Ruck ein paar Haare aus. »Das kannst du getrost mir überlassen.«

Nachdem Britta verschwunden war, kochte Margot sich einen starken Kaffee. Langsam fühlte sie sich etwas besser.

Sie überlegte, ob sie sich noch schnell unter die Dusche stellen sollte, bevor sie hinüberging, um nach Lucia zu sehen, als es klopfte.

Obwohl Herr Wörner wie gewohnt optisch keinerlei Anlass dazu gab, konnte sie ein Seufzen nur mit Mühe unterdrücken. »Sie!«

»Störe ich?«

»Nein, aber Sie sollten dringend an Ihrem Timing arbeiten! Britta ist gerade wieder weg!«

Nun war es an Wörner, zu seufzen. Dabei sah er so deprimiert aus, dass Margot ihn in die Küche schob.

Er nahm am Tisch Platz, sah auf die Uhr und warf ihr einen fragenden Blick zu.

»Ich habe keine Ahnung, wann sie wiederkommt! Möchten Sie einen Kaffee? Tee? Ein Wasser?«

»Ich habe Feierabend«, erklärte er. »Also, ganz ehrlich: Mir wäre ein Bier am liebsten.«

Margot verzog angewidert das Gesicht. »Bier«, murmelte sie. »Nun, Sie müssen ja wissen, was Sie Ihrem Körper zumuten wollen.«

»Was ist denn mit Ihnen los?«

»Ich bin geläutert. Ich habe ein neues Leben angefangen. Der Mensch, mein Lieber, der Mensch kann sich ändern. Und ich habe erkannt, dass ich in die Irre gegangen bin.« Sie warf sich einen Pfefferminz in den Mund und servierte ihrem Gast sein Bier, bevor sie sich zu ihm setzte.

»Darf ich wohl fragen, was das da ist?« Er zeigte auf die Tüte mit dem Messer.

»Das, ach, das, ja …« Margot lächelte. »Das ist so eine interessante Sache. Wir saßen hier und taten nichts, ganz wie abgesprochen, als der Zufall an die Tür klopfte und uns das vorbeibrachte, sozusagen.«

»Sozusagen«, wiederholte Wörner.

»Die Sache ist kompliziert. Agathe ist die Treppe runtergefallen und hat sich fast den Hals gebrochen. Britta denkt, dass diese Ingrid daran schuld ist und darum reißt sie ihr gerade den Kopf ab, weil sie wissen will, was hier gespielt wird.«

»Da ist sie nicht die Einzige«, unterbrach Wörner. »Ich hatte doch gesagt …«

»Ja, ja. Aber so einfach ist das nicht. Es ist sogar äußerst kompliziert.« Margot schielte auf Wörners Bierflasche. Irgendwie bekam sie doch wieder Durst. »Es ist ja auch nicht so wichtig. Ich dachte nur eben … als ich Sie so sah, da dachte ich, dass Sie uns vielleicht einen winzigen Gefallen tun könnten.«

»So, dachten Sie das?«

Margot hob die Tüte mit dem Messer. »Wofür halten Sie das? Das an der Klinge?«

Wörner griff nach der Tüte und betrachtete das Messer mit zusammengekniffenen Augen. »Blut«, sagte er. »Ich würde auf Blut tippen. Aber das an der Klinge, das ist uralt. Das hier vorn hingegen«, er deutete auf die Spitze des Messers, »das sieht mir eher frisch aus.« Er warf einen Blick gen Himmel. »Ihnen ist klar, dass ich Sie fragen muss, woher Sie das haben? Was es damit auf sich hat?«

»Ja, ja, natürlich müssen Sie das«, erwiderte Margot fröhlich. »Aber wie ich schon sagte, es ist ja alles recht kompliziert und ich denke, es tut auch nichts zur Sache. Denn möglicherweise bedeutet das alles gar nichts. Und vermutlich hat es nichts mit irgendetwas zu tun. Aber ich denke, es wäre trotzdem nicht schlecht, wenn man eine DNA-Analyse durchführt.«

Wörner verschluckte sich an seinem Bier und begann, heftig zu husten. Als er sich beruhigt hatte, sah er Margot fassungslos an. »Wie stellen Sie sich das vor?«, ächzte er. »Soll ich vielleicht ins Labor gehen und denen das Ding da hinlegen? Ihnen sagen, ich müsste es mal eben analysieren lassen, nur so, weil mir danach ist?«

»Sie könnten es etwas geschickter formulieren«, schlug Margot vor.

Wörner schüttelte heftig den Kopf. »Ich fürchte, Sie überschätzen meine Möglichkeiten. Haben Sie eine Vorstellung, was so eine Analyse kostet? Die macht man nicht mal eben so, da braucht es Papierkram und vor allem einen hinreichenden Grund! Abgesehen davon, dass man eine Weile warten muss, eine ziemliche Weile, wenn man Pech hat, die Kollegen im Labor sind völlig überlastet und …«

»Ach!« Margot hob eine Augenbraue. »Na, das dachte ich mir. Wissen Sie, genau das habe ich zu Britta gesagt. Der Wörner, habe ich gesagt, der wird das nicht hinkriegen. So einfach ist das nicht, hab ich gesagt zu ihr, und vermutlich will er das auch gar nicht machen. Tja. Aber Britta ist ja ziemlich naiv. Für uns, hat sie gesagt, für uns wird er das schon hindrehen. Ich verlasse mich auf Herrn Wörner. Das waren ihre Worte! Unterschätz mir den Herrn Wörner nicht, hat sie gesagt, das ist nicht nur ein feiner Kerl, das ist auch einer, der kriegt, was er will!«

Wörner grinste sichtlich geschmeichelt. »Das hat sie gesagt?«

»Na, so in etwa.«

»Sie hat nichts dergleichen gesagt.« Wörner schüttelte den Kopf. »Herrgott, Sie sind wirklich eine schräge Nummer!«

»Das bin ich! Aber sie hat das trotzdem gesagt. Also, etwas in die Richtung. Würde ich Sie belügen? Ich bitte Sie, Sie sind Polizist! Aber es ist ja auch egal. Was nicht geht, das geht eben nicht. Sie wird enttäuscht sein. Sie ist leicht zu begeistern, wenn es sie gepackt hat.«

»Hören Sie schon auf!« Wörner trank einen großen Schluck. »Ich bin Ihnen sowieso nicht gewachsen. Sie sind völlig wahnsinnig. Und ich auch, wenn ich mich darauf einlasse. Aber wir haben da gerade diesen Praktikanten. Neffe vom Chef. Netter Junge ist das. Der langweilt sich. Ich denke, er würde gerne mal im Labor assistieren, im Labor, wo ja ein Freund von mir arbeitet, der mir vielleicht noch einen Gefallen schuldet. Ich kann Ihnen nichts versprechen, aber ich tue mein Bestes!« Abermals seufzte er. »Ich tue mein Bestes, um so ziemlich jede Regel zu unterlaufen, die es gibt. Ich tue mein Bestes, um in Teufels Küche zu kommen. Wissen Sie was? Ich glaube, Sie haben keinen guten Einfluss auf mich.«

»Sie sind wunderbar!« Margot stand auf und drückte ihm einen Kuss auf die Stirn.

Er schnüffelte. »Sagten Sie nicht, Sie trinken nicht mehr?«, fragte er.

»Oh, das …«, sagte Margot, »das war, bevor ich mein neues Leben angefangen habe.« Sie lächelte und kramte den Umschlag mit den Haaren aus ihrer Tasche. »Das frische Blut ist von Britta«, erklärte sie, während sie Wörner die Probe überreichte. Der wurde bleich. »Keine Sorge«, beruhigte Margot schnell. »Es war ein … ein kleiner Unfall und ihr ist nichts passiert. Fragen Sie sie lieber selbst, ich glaube, sie würde nicht wünschen, dass ich es Ihnen erkläre.«

»Ich brauche eine Vergleichsprobe von Walter«, sagte Wörner. »Sonst hat das ja alles keinen Sinn.«

Margot ließ sich auf ihren Stuhl fallen. »Verdammt«, sagte sie, »daran habe ich gar nicht gedacht.«

»Nun, das sollte doch nicht so schwer sein. Ein paar Haare reichen aus. Wenn Sie einfach Frau Hutschendorf-Baumeister um seine Bürste bitten würden?«

»Selbst wenn er eine hätte«, erklärte Margot unglücklich, »würde die nicht helfen. Er hat eine Vollglatze. Kein Hauch von Haar auf diesem Schädel.« Sie dachte einen Moment angestrengt nach. »Aber wir kriegen das schon hin. Immerhin hat er eine Mutter! Und eine Tochter. Ich bin keine Spezialistin, aber da müsste es doch Übereinstimmungen geben. Ich gehe einfach rasch los und hole mir ein paar Haare von Lucia und von Agathe.«

Wörner warf einen Blick auf die Uhr. »Ich weiß nicht ... Das ist ein ziemlich komplizierter Ansatz, oder? Und ich müsste auch gleich weiter.«

»Britta kann jeden Moment zurück sein. Und ich beeile mich, ehrlich! Bleiben Sie einfach sitzen und nehmen Sie sich noch ein Bier aus dem Kühlschrank. Es dauert nicht lange.«

Beschwingt verließ Margot die Küche. Wörner starrte auf das Messer. Dann zog er sein Handy aus der Tasche und wählte die Nummer seines Freundes.

34

Britta hielt sich nicht mit Höflichkeiten auf. Kaum, dass Ingrid die Tür geöffnet hatte, stürmte sie an ihr vorbei in den Flur.

»Britta?« Ingrid schloss hastig die Tür. »Was ist los?«

»Genau um das zu fragen, bin ich gekommen!«, fauchte Britta wütend.

Ingrid seufzte. »Kann ich Ihnen etwas anbieten? Einen Tee vielleicht, ein Glas Wein?«

Britta kniff die Lippen zusammen und warf ihr einen bösen Blick zu. Während Ingrid sie in die Küche führte und ihr Platz anbot, versuchte sie, ihre Wut einigermaßen zu kontrollieren. »Was haben Sie mit Agathe gemacht?«, fragte sie, kaum dass sie saß.

»Wir haben geredet«, erwiderte Ingrid. »So, wie sie das wollte.«

Brittas Faust fuhr krachend auf den Tisch. »Geredet, tatsächlich? Ich habe mir gedacht, dass Sie nicht gemeinsam geschwiegen haben. Aber so läuft das nicht. Ich muss wissen, was sie derart aus der Fassung gebracht hat!«

Über Ingrids Gesicht huschte die Andeutung eines Lächelns.

»Das ist nicht lustig. Ich weiß nicht, was mit Ihnen los ist. Agathe mag ein Drachen sein. Aber sie ist eine alte Frau. Und weder Sie noch irgendwer sonst hat das Recht, ihr so zuzusetzen, dass sie sich fast den Hals bricht. Sie hätte tot sein können, verdammt! Es steht Ihnen frei, sie für die Ausgeburt der Hölle zu halten, aber das, das geht einfach zu weit. Das hat sie nicht verdient!«

»Wovon reden Sie? Britta, was, um Himmels willen, ist passiert?«

Britta wedelte ungeduldig mit der Hand durch die Luft. »Spielen Sie nicht die Besorgte! Wovor hat sie Angst?«

»Sie denken tatsächlich, Agathe ist ein Opfer, nicht wahr?« Ingrid erhob sich. »Entschuldigen Sie, aber ich setze uns doch einen Tee auf. Ich habe das Gefühl, diese Unterhaltung könnte länger dauern.«

»Das glaube ich kaum«, keifte Britta in ihren Rücken, während Ingrid Wasser in den Kessel füllte. »Sie sagen mir einfach die Wahrheit und dann bin ich auch schon weg und hoffe, dass wir uns nie wieder begegnen.«

Ingrid drehte sich um. »Es tut mir leid, was passiert ist«, sagte sie. »Das müssen Sie mir nicht glauben, aber es ist so: Es ist richtig, ich hasse diese Frau. Daran ändert die Tatsache, dass sie alt und hinfällig ist, nicht das Geringste. Trotzdem möchte ich nicht, dass ihr etwas zustößt. Selbst wenn ich ganz sicher nicht die Verantwortung dafür trage.«

»Natürlich nicht! Sie tragen ja für nichts Verantwortung. Wir sind ja schließlich alle erwachsen, nicht wahr? Damit machen Sie es sich immer hübsch leicht. Aber ich kann das leider nicht. Ich habe dieses unselige Treffen arrangiert. Und ich bin mir meiner Verantwortung durchaus bewusst.«

»Nein, Britta!«, sagte Ingrid. »Tun Sie das nicht! Sie haben mit dieser Sache nichts zu schaffen. Es war Agathes Wunsch, mit mir zu sprechen. Und glauben Sie mir, sie hätte wissen müssen, worauf das Gespräch hinausläuft.«

»Hören Sie auf, mir zu sagen, was ich zu tun habe!«, fauchte Britta.

Ingrid seufzte und öffnete den Schrank, um ein Paket

Tee herauszuholen. »Ich verstehe, dass Sie aufgebracht sind.« Sie zögerte kurz, räusperte sich. »Und vielleicht haben Sie recht. Vielleicht ist es wirklich an der Zeit, dass Sie die ganze Geschichte hören. Obwohl es mir nicht zusteht, sie Ihnen zu erzählen.«

Britta holte tief Luft, aber bevor sie etwas sagen konnte, brachte Ingrid sie mit einer Handbewegung zum Schweigen. »Ich werde es trotzdem tun«, sagte sie. »Aber nur unter einer Bedingung!«

»Ich akzeptiere keine Bedingungen.«

»Britta, es geht hier nicht um mich! Ich bin nur eine Randfigur. Genau wie Sie. Das, was ich zu sagen habe, betrifft andere Menschen. Und wenn ich mit offenen Karten spielen soll, dann kann ich das nur, wenn Sie mir versprechen, dass die Sache unter uns bleibt. Sonst sage ich nichts. Kein Wort!«

Britta zögerte. Ein Blick in Ingrids Gesicht verriet, dass es ihr ernst war. Sie würde nicht reden ohne dieses absurde Versprechen. Ein Versprechen, so dachte Britta, das sie notfalls ja jederzeit brechen konnte. Sie war dieser Frau nicht verpflichtet, in keiner Weise. Sie kniff die Lippen zusammen und nickte zornig.

Ingrid füllte Teeblätter in ein Sieb und übergoss sie mit kochendem Wasser. Sie stellte Tassen und die Kanne auf den Tisch. »Ich weiß wirklich nicht mehr, was richtig oder falsch ist. Wenn es um mich ginge, um mich und Agathe, dann wäre es einfach.« Sie griff nach der Teekanne und schenkte ein.

Dann begann sie zu erzählen.

Britta hat nicht übertrieben, dachte Margot, als sie leise Agathes Zimmer betrat. So elend hatte sie Lucia noch nie gesehen. Sie trat zu dem Sessel neben dem Bett und legte ihr eine Hand auf die Schulter. »Was ist passiert?«

»Sie ist gefallen«, murmelte Lucia. »Aber der Arzt sagt, sie kommt schon wieder auf die Beine.«

»Ich spreche nicht von Agathe«, sagte Margot. »Die ist zäh wie Leder. Ich spreche von dir! Du siehst aus wie der Tod auf Besuch. Was ist passiert?«

Lucia schob Margots Hand weg. »Es ist nichts.«

»Nichts?« Margot schnappte nach Luft. »Lucia, ich bin deine Freundin. Ich bin auf deiner Seite!«

Lucia schüttelte den Kopf. »Das weiß ich doch. Aber es ist einfach zu viel. Ich brauche Zeit, ich brauche ein bisschen Zeit und Ruhe. Ich kann jetzt nicht reden. Ich kann nicht mal denken.« Sie rang sich ein Lächeln ab. »Mach dir keine Sorgen! Lass mich einfach hier sitzen. Vielleicht hilft mir das, zur Ruhe zu kommen.«

Margot kannte Lucia. Sie war ihr nie so nahe gekommen, wie sie gerne gewollt hätte. Lucia hatte diese Mauer, immer einen Schutzwall um sich herum. Manchmal, in äußerst seltenen Augenblicken, schaffte sie es, sich ein wenig zu öffnen. Aber nicht, wenn es ihr schlecht ging. Nicht, wenn es ihr wirklich schlecht ging.

Ganz wohl war Margot zwar nicht bei der Sache, aber der Gedanke an Wörner, der an ihrem Küchentisch saß, trieb sie zur Eile. Es war nicht ratsam, ihm zu viel Zeit zum Nachdenken zu lassen. »Wie du meinst«, sagte sie also. »Dann kommen wir zu etwas anderem.« Sie holte tief Luft. »Lucia, ich werde jetzt etwas tun, was dir sehr sonderbar vorkommen wird. Etwas, das dich vielleicht sogar wütend macht. Ich möchte, dass du weißt, dass es sich nicht vermeiden lässt. Ich habe meine Gründe!« Noch während sie sprach wanderte ihre Hand in Richtung von Lucias ungewohnt ungeordneter Frisur. Mit einem Handgriff packte sie ein paar Härchen und rupfte sie heraus.

»Aua!« Lucia zuckte zusammen und warf ihr einen befremdeten Blick zu. »Bist du verrückt?«

Margot setzte ein schiefes Lächeln auf. »Ich schätze, das bin ich«, sagte sie und seufzte. »Versprich mir, dass du schläfst heute Nacht. Ich schicke Britta hoch, sobald sie zurück ist. Und dann gehst du in deine Wohnung und nimmst eine Tablette! Es hilft niemandem, wenn du zusammenklappst!«

Lucia tastete ihren Kopf an der Stelle ab, an der Margot Haare geerntet hatte. Sie schüttelte den Kopf. »Du bist wirklich verrückt«, sagte sie. »Aber ja, ich verspreche es. Der Arzt kommt gegen zehn vorbei. Wenn er meint, dass die ganze Nacht jemand bei ihr sitzen muss, dann rufe ich an. Versprochen!«

Margot legte die Hand erneut auf ihre Schulter und drückte sie sanft. »Vergiss nicht – ich bin deine Freundin. Wenn du mich brauchst, dann bin ich da!«

Lucia nickte.

»Dann gehe ich wohl besser. Ich gehe noch mal rasch ins Bad. Nur für den Fall, dass du dich wunderst.«

Lucia machte nicht den Eindruck, als hätte sie die letzten Worte überhaupt gehört.

Sunflowers Hände umklammerten das Lenkrad des geparkten Autos. Sie saß einfach da und blickte hinaus auf die Straße, die still und verlassen war. Friedlich wirkte das Bild, aber sie wusste sie, dass der Schein trog. Sie wusste auch, dass das hier der letzte Ort war, an den Walter fliehen würde.

Und doch war sie hier. Doch spendete ihr die Mauer auf sonderbare Weise Trost. Der Gedanke an das, was auf der anderen Seite war.

Am Horizont türmten sich dichte Wolken. Ein Gewitter, dachte sie, ein Gewitter wäre jetzt richtig. Es würde nichts ändern, sich aber gut anfühlen. Allerdings schienen sich die Wolkenberge nicht von der Stelle zu rühren. Sunflower hatte lange genug hier unten gelebt um zu ahnen, dass die Unwetter sich einmal mehr rund um die Stadt austoben würden. Hier unten würde alles beim Alten bleiben. Drückend und schwül, auf eine hoffnungslose Art staubtrocken.

Es würde alles beim Alten bleiben. Und darum sollte sie nicht hier sein. Nicht hier sitzen und tun, was sie sich selbst Jahrzehntelang verboten hatte. Sie saß in der stickigen Hitze des Autos und dachte darüber nach, was Lucia gerade tat. Ihre Tochter. Und sie ließ die Erinnerungen zu.

Nicht die schrecklichen. Die hielt sie im Zaum. Aber es gab schließlich auch andere. Sie sah sich auf der großen Wiese, der Wiese jenseits der Mauer. Es war Sommer und es war heiß, so drückend und heiß wie im Moment.

Ein Sommertag, an dem sie noch nichts geahnt hatte von dem Albtraum, der schon lauerte. Sie war jung gewesen und glücklich. Denn da war dieses kleine Mädchen, dieses wunderbare, freundliche Wesen.

Ihr Leben war nicht so gewesen, wie sie es wollte, damals. Walter tat es nicht gut, hier zu leben, ständig unter dem Einfluss von Agathe und seinem Vater. Er war ihr oft fremd. Und sich selbst wohl auch. Aber all das schien so nebensächlich, wenn sie auf der Wiese saß mit diesem Kind, das gerade laufen gelernt hatte. Nur mit Windel und T-Shirt bekleidet tapste es glücklich und stolz auf stämmigen Beinen durch das – dank der nächtlichen Bewässerung – stets sattgrüne Gras. Streckte die Arme aus und rief nach ihr. ›Mama‹, rief dieses Kind, das sie beide retten würde. Sie und Walter. Das hatte sie damals wirklich geglaubt. Dieses Kind würde ihr helfen, ihn zu überzeugen, dass es besser war, wegzugehen. Weit weg, um irgendwo ein normales Leben zu leben. Eine Familie zu sein. Eine junge Familie, ein glückliches Leben. Das hatten sie verdient.

Und sie schuldeten es ihrem Kind!

Lucia hatte Locken gehabt, damals. Heute waren ihre Haare glatt. Sie ist meine Tochter, dachte Sunflower, und ich weiß nicht, wann ihre Locken verschwunden sind. Ich weiß nicht, wann sie den ersten Milchzahn verloren hat. Sie hat mir nie etwas zum Muttertag gebastelt. Ich weiß nichts von ihr. Ich habe sie verloren!

Tränen liefen über ihre Wangen.

Von weit her grollte ein Donner.

Es hatte sie jeden Tag Anstrengung gekostet, diese Gedanken fernzuhalten. Sich nicht nach ihr zu sehnen. Nicht auszurechnen, wie alt sie jetzt war. Sich zu fragen, was Kinder machten in dem Alter. Nicht darüber nachzudenken, wie sie wohl war – ihre kleine Prinzessin.

Sie trug die Verantwortung nicht allein. Und nicht die Schuld. Und doch hatte sie die Konsequenzen zu tragen. Sie hatte gelernt, diese Gefühle zu beherrschen. Gefühle, für die es keine Worte gab.

Es war besser, nicht daran zu denken. Und doch war kein Tag vergangen, kein Tag seit damals, an dem sie es nicht getan hatte.

Wirklich begriffen hatte sie es trotzdem erst heute. In dieser Küche, Auge in Auge mit ihrer Tochter hatte sie begriffen, was sie verloren hatte. Wen sie verloren hatte. Und dass der Verlust unwiederbringlich war. Es gab keinen Weg und es würde nie einen Weg geben, wieder gutzumachen, was sie ihr angetan hatte. Erst heute war die winzige Hoffnung, deren Existenz ihr bis dahin nicht einmal bewusst gewesen war, gestorben.

Und darum saß sie hier, saß hier im Auto und badete in Erinnerungen und Schmerz. Es war dumm, es war unglaublich dumm. Es war dumm und sinnlos und lächerlich. So wie ihr Leben.

Sunflower kramte nach einem Taschentuch. Sie schnäuzte sich und schlug mit der Hand aufs Lenkrad. Es spielte keine Rolle. Es spielte keine Rolle, was sie dachte, was sie fühlte. Sie spielte keine Rolle. Sie hatte kein Recht, hier zu sein. Sie drehte den Schlüssel im Schloss und startete den Motor.

Hätte sie in den Rückspiegel geschaut, hätte sie gesehen, wie sich die Tür in der Mauer öffnete und Klein Walter herauskam. Sie hätte gesehen, wie er sich mit dem Handrücken über die verweinten Augen fuhr, bevor er entschlossen losmarschierte. Aber Sunflower sah nicht in den Rückspiegel. Sunflower konnte keinen Blick in den Rückspiegel mehr aushalten.

35

»Sie hätte ihn nie heiraten dürfen«, sagte Ingrid. Sie blickte in ihre dampfende Tasse. »Nicht unter den damaligen Bedingungen. Aber sie hat ihn geliebt, wirklich geliebt. Und sie hat sich eingebildet, dass sie ihn retten kann, befreien aus den Klauen seiner Eltern.« Sie trank einen Schluck, bevor sie fortfuhr. »Sie hat versucht, ihn dazu zu überreden, wegzugehen. Irgendwo ein neues Leben zu beginnen. Ohne Herrenhaus, ohne Firma. Vielleicht hätten sie dann wirklich eine Chance gehabt. Aber Walter wollte nicht weg. Er konnte nicht. Er wollte etwas beweisen, sich selbst und vor allem seinem Vater. Er wollte beweisen, dass er etwas wert war. Er ist sicher nicht der einzige Mensch auf der Welt, der sein Leben lang nach dieser lächerlichen Anerkennung sucht. Nach dem Schulterklopfen von Papa. Leider war Papa in seinem Fall ein Sadist. Einer, der keine Gelegenheit ausgelassen hat, seinen Sohn zu demütigen, ihn vorzuführen. Der keinen Tag verstreichen ließ, ohne ihn daran zu erinnern, was für eine Enttäuschung er war.«

Der Tee schmeckte nach muffigen Kräutern. Außerdem war es viel zu heiß für Tee. Durch das offene Fenster drang kaum ein Lufthauch in die Küche. Tee war das allerletzte, dachte Britta, und doch war sie froh, etwas zum Festhalten zu haben. Sie schwieg und sah Ingrid an, bemühte sich, nicht zu interessiert zu scheinen.

»Es ging ihm auch ums Geld. Walter, meine ich. Sein Erbe. Das gute, alte Druckmittel. Man hatte ihm sein Leben lang erklärt, dass diese Firma der Mittelpunkt des Universums ist. Sunflower hat versucht, ihn davon zu überzeugen, dass sie das nicht brauchten. Nicht das Geld, nicht die Firma, nicht das Herrenhaus. Und wer weiß – wäre alles anders gekommen, sie hätte es womöglich irgendwann geschafft. Sie war stärker als er, viel stärker. Sie hat ihn geliebt und war trotzdem irgendwann so weit, ihn zu verlassen. Weil sie es nicht mehr ertragen hat. Nicht die täglichen Gängeleien von Agathe und nicht die Demütigungen des Alten. Weniger, weil sie ihr zusetzten, sondern weil sie gesehen hat, wie sie auf Walter wirkten. Aber dann wurde sie schwanger.« Ingrid schwieg und lächelte versonnen. »Das hat für sie alles verändert. Sie war so glücklich. So stolz. Und sie war sicher, dass sich jetzt alles ändern würde. Dass Walter, wäre er erst einmal Vater, begreifen würde, dass er seine Eltern nicht braucht. Dass er eine eigene Familie hat, eine, die ihn liebt. Und als Lucia dann da war, schien es wirklich zunächst so, als würde sich alles zum Besseren wenden. Sogar Agathe war eine Weile fast milde. Es gab keine Warnzeichen. Niemand hätte ahnen können …«

Britta fiel ihr ungeduldig ins Wort. »Was denn? Jetzt machen Sie es nicht so spannend!«

Ingrid räusperte sich. »Er hat versucht, sie zu vergewaltigen.«

Britta schnappte nach Luft. »Im Leben nicht! Kommen Sie, das ist lächerlich. Walter würde nie …«

»Nicht Walter! Gott, nein. Nicht Walter. Sein Vater!«

»Sein Vater? Sein eigener Vater hat versucht …«

Ingrid nickte. »Sie war in der Küche, abends. Sie wollte ein Stück Obst holen, für ihre Tochter, einen Apfel, eine Birne, weiß der Geier. Er kam dazu. Er hat nie einen Hehl daraus gemacht, dass er diese Hippiemädchen, wie er sie zu nennen pflegte, für wenig wählerisch hielt. Und offenbar wollte ihm nicht einleuchten, warum er nicht seinen Teil an dem allgemeinen Vergnügen abkriegen sollte. Sie war natürlich entsetzt. Fassungslos. Sie hat sich gewehrt, aber er hat wohl nicht verstanden, wie ernst es ihr war. So war er, der Alte. Ein Messer, ein lächerliches Küchenmesser in der Hand einer Frau, das hat ihn nicht weiter beeindruckt. Aber das war eine Fehleinschätzung, eine fatale Fehleinschätzung sogar!«

»Sie meinen …« Britta versuchte verzweifelt, diese ungeheuerliche Information in ihr Bild der Hutschendorf'schen Küche einzupassen, der Küche, in der sie abends so gerne saß und Margot beim Kochen zusah.

»Es war Notwehr!«, sagte Ingrid. »Was hätte sie tun sollen? Sie war in Panik. Er hat sie bedrängt. Und sie hatte das Messer in der Hand. Sie hat einen Apfel geschält, Herrgott, einen Apfel für ihr Kind, das Kind, dessen Großvater … Widerlich!« Sie brach ab, schüttelte den Kopf und stand vom Stuhl auf. Sie ging ans Fenster und drehte Britta einen Moment den Rücken zu. »Es tut mir leid«, murmelte sie. »Ich muss nur daran denken und mir kommt alles hoch! Ich verliere jedes Mal die Fassung.«

»Oh, machen Sie sich keine Sorgen …« Britta starrte auf die Tischplatte. »Mir geht es im Moment ganz ähnlich!«

Ingrid drehte sich um. »Verstehen Sie jetzt?«, fragte sie. »Verstehen Sie, warum ich Sie warnen wollte? Sie denken, Agathe ist eine alte, etwas skurrile Frau. Harte Schale, weicher Kern, nicht wahr? Sunflower hat gedacht, ihr Schwiegervater ist ein despotischer, verbitterter, alter Mann. Aber die beiden sind mehr als das. Und es ist ein Fehler, ein großer Fehler, sie zu unterschätzen.«

»Moment!« Britta hob die Hand. »Jetzt komme ich nicht mehr mit. Wenn es stimmt, was Sie sagen, wenn der Alte tatsächlich keine Hemmungen hatte, seine eigene Schwiegertochter, die Mutter seines Enkelkindes, vergewaltigen zu wollen, dann ist das ungeheuerlich. Widerwärtig. Aber wohl kaum Agathes Schuld!«

»Die Geschichte ist noch nicht zu Ende.« Ingrid klang bitter. »Hören Sie sich erst den Rest an!«

Britta bemerkte, dass sie dazu eigentlich gar keine Lust mehr hatte. Ihr reichte es für einen Tag. Aber Ingrid sprach schon weiter. »Sunflower stand da, mit dem Messer in der Hand und er lag vor ihr. Sie stand da und versuchte, zu begreifen, was geschehen war. Und da kam Agathe in die Küche.«

»Oh mein Gott, ich meine, wie furchtbar …«

»Sie war recht gelassen. Nerven hat sie, das muss man Agathe lassen. Natürlich war ihr auch nicht neu, dass ihr Gatte es nicht so genau nahm mit der ehelichen Treue. Trotzdem hätte man annehmen können, dass es sie schockierte, dieses Bild, das sich ihr bot. Ich will nicht unfair sein – ich weiß natürlich nicht, was wirklich in ihr vorging. Aber sie hat sich schnell gefangen. Sie hat direkt begriffen, was da auf sie zukam. Der Skandal wäre das Ende für sie gewesen, das Ende des Lebens, wie sie es führen wollte. Genau das hat sie Sunflower erklärt. Was Walter wohl tun würde, wenn er die Wahrheit erfährt, hat sie gefragt. Hat den Finger mitten in die Wunde gelegt. Dass er labil war, das wusste Sunflower genauso gut wie Agathe. Er würde durchdrehen. Würde sich von diesem Schock womöglich nie erholen. Es würde zu einem Prozess kommen, in aller Öffentlichkeit würde man diskutieren, was vorgefallen war in dieser Küche. Ein gefundenes Fressen für die Medien. Agathe hat es Sunflower erklärt. In aller Seelenruhe. Sunflower stand unter Schock. Sie war nicht fähig, einen klaren Gedanken zu fassen. Und so hat sie sich auf Agathes Plan eingelassen. Agathe hat jemanden angerufen, sie hatte offenbar Leute für solche Fälle. Jemand hat ihn abgeholt. Sie und Sunflower haben die Küche geputzt. Das Blut weggewischt, sehr gründlich und ordentlich. Und den Rest der Geschichte kennen Sie.«

»Mein Gott!« Britta schüttelte den Kopf. Sie war nicht sicher, ob sie glauben konnte, was sie da hörte.

»Der Plan war gut, das muss man ihr lassen«, erklärte Ingrid. »Ein schrecklicher Unfall, alle Welt war außer sich. Aber niemand ist auf die Idee gekommen, dass etwas nicht stimmt. Kein Mensch hat Fragen gestellt.«

»Aber Sunflower ist fortgegangen«, murmelte Britta.

»Nicht aus freien Stücken.« Ingrid schüttelte den Kopf. »Über kurz oder lang hätte sie es vermutlich ohnehin nicht ausgehalten. Sie hatte einen Menschen auf dem Gewissen. Und im Unterschied zu ihrer Schwiegermutter hatte sie ja so etwas wie ein Gewissen. Früher oder später hätte sie Walter alles erzählt. Und weil das auch Agathe klar war, hat sie eine ganz eigene Lösung für dieses kleine Problem gefunden. Sie hat bis nach der Beerdigung gewartet. Dann hat sie Sunflower erklärt, wie sie sich die Zukunft vorstellt. Sie hat gesagt, sie habe das Messer, sie habe es aufbewahrt. Das Messer mit dem Blut und den Fingerabdrücken. Ein Beweisstück. Wem würde man glauben? Einem kleinen Flittchen mit Drogengeschichte und einer bewegten Vergangenheit? Oder Agathe Hutschendorf, der Witwe mit dem tadellosen Leumund? Es hat sie nicht mal viel Mühe gekostet. Sunflower war noch immer traumatisiert. Die Idee, dass sie Walters Leben und das ihrer Tochter ruinieren könnte, hat sie fertiggemacht. Sie hat nach einem Ausweg gesucht, aber es gab keinen. Sie hat sich darauf eingelassen. Agathe wollte, dass sie verschwindet. Für immer. Und dass sie nie wieder Kontakt aufnimmt, weder zu Walter noch zu ihrem Kind!« Ingrid Stimme war heiser geworden, jetzt brach sie. Sie brauchte einen Moment, bevor sie weitersprechen konnte: »Verstehen Sie jetzt?«, fragte sie. »Verstehen Sie, warum ich Sie warnen muss vor Agathe? Sie hat keine Skrupel. Sie geht über Leichen, im wahrsten Sinne des Wortes!«

Britta war übel. Sie schüttelte erneut den Kopf. »Warum soll ich Ihnen glauben?«, fragte sie. »Warum soll ich Ihnen diese Geschichte abnehmen?«

»Warum sollte ich so etwas erfinden?«

Britta überlegte kurz. »Wie konnten Sie all das zulassen? Wie konnte sie damit leben, all die Jahre? Sich ansehen, wie Walter leidet unter dem Verlust? Und Lucia! Wie konnten Sie einfach den Mund halten?«

Ingrids Kinn zitterte verdächtig. »Sie haben recht«, murmelte sie. »Es tut sehr weh, wenn Sie das sagen, aber Sie haben völlig recht. Ich habe mir jeden Tag meines Lebens Vorwürfe gemacht. Es wäre nicht zu spät gewesen, damals. Als ich von der Geschichte hörte. Es wäre nicht schön geworden, ganz sicher nicht. Nicht für Sunflower, nicht für Walter und auch nicht für Lucia. Aber sie hätten es schon irgendwie durchgestanden. Ich hätte nie zulassen dürfen, dass sie klein beigibt. Es war, wie es so oft ist im Leben. Es gibt diesen Punkt, diesen magischen Zeitpunkt, den man nicht verstreichen lassen darf. Danach ist es zu spät. Und dann bezahlt man den Rest seines Lebens. Seit 30 Jahren ist kein Tag vergangen, an dem ich mir keine Vorwürfe mache.«

Britta erhob sich. »Ich hoffe, Sie erwarten kein Mitleid von mir! Die Sache ist mir eine Nummer zu groß, um Ihnen jetzt das Händchen zu halten und Sie zu trösten.«

»Werden Sie es Lucia erzählen?« Ingrids Blick war erstaunlich direkt.

»Natürlich nicht!«, fauchte Britta. »Ich habe Ihnen mein Wort gegeben.«

Ingrid verzog den Mund zu einem spöttischen Lächeln. »Ja, das haben Sie. Und Sie sind froh, nicht wahr?« Sie hob die Hand. »Ich will keine Antwort von Ihnen! Ich möchte nur, dass Sie darüber nachdenken. Wie es sich anfühlen würde, diese Wunden aufzureißen. Lucia die Wahrheit zu sagen über ihre Mutter, ihren Großvater und Agathe.«

Britta schluckte. Ihr gefiel nicht, was sie hörte, aber sie hatte noch ein ganz anderes Problem auf dem Herzen.

»Aber wie hat er es herausgefunden? Jetzt, nach all den Jahren? Oder haben Sie sich entschlossen, Ihr Gewissen auch ihm gegenüber zu erleichtern? Damit es Ihnen besser geht?«

»Nein!« Ingrid starrte sie entsetzt an. »Nein, ich ... Als er hierher kam, war er außer sich. Ich dachte natürlich auch im ersten Moment, dass es um diese Geschichte geht. Aber es war etwas anderes. Ich habe ihn nicht verstanden. Er hat unzusammenhängendes Zeug geredet. Dass er niemandem trauen könne, dass ihn alle hintergingen. Seine Mutter, seine Tochter, Chantal.« Sie schluckte. »Mir war klar, dass ich das nicht reparieren kann. Und will. Ich wollte nichts damit zu tun haben. Ich dachte, es ist an der Zeit ...« Abermals brach sie ab. »Ich hab ihn in ein Taxi gesetzt. Ihn dort hingeschickt. Zu Sunflower. Ich habe nicht lange nachgedacht, ich habe es einfach getan. Als er unterwegs war, habe ich Sunflower angerufen. Sie hätte verschwinden können, bevor er ankommt. Es wären andere dagewesen, die sich um ihn gekümmert hätten. Aber sie ist geblieben.«

Britta schnappte nach Luft. »Sie wussten tatsächlich die ganze Zeit, wo er ist?«

»Das war Ihnen doch klar, oder?«

Britta starrte sie an. Sie spürte, wie sich in ihrem Magen etwas löste. Für einen kurzen Moment fühlte sie sich fast froh. »Immerhin …«, murmelte sie. »Immerhin ist ihm nichts passiert.«

Nun war es an Ingrid, zu seufzen. »So einfach«, sagte sie, »ist es leider inzwischen nicht mehr.«

Britta hätte am liebsten gegen den Küchenschrank getreten. »Was soll das heißen?«

»Sie hat es getan«, sagte Ingrid leise. »Sunflower hat ihm alles erzählt. Und dann ist es genauso gekommen, wie Sie vermutet haben. Dann ist er wirklich weggelaufen. Ich habe also keine Ahnung, wo er gerade ist. Und das macht mich langsam wirklich etwas nervös!«

36

Lucia stand auf der Veranda. Die Nachtluft duftete schwach nach Blumen, ein Duft, den sie nicht zuordnen konnte. Ihr Blick schweifte über die gepflegten Beete, die die Auffahrt säumten. Büsche und Stauden blühten um die Wette mit der Kletterrose an der Fassade des Herrenhauses. Lucia wusste nicht, was so duftete. Sie mochte den Geruch. Sie nahm sich vor, den Gärtner zu fragen, wenn sie ihn das nächste Mal sah. Oder vielleicht Britta. Lucia meinte sich zu erinnern, dass Britta sich mit Pflanzen auskannte.

Es war ihr nicht ganz klar, wie sie auf so abwegige Gedanken kam, gerade jetzt. Aber sie taten ihr gut. Es erfüllt sie mit Ruhe, darüber nachzudenken. Sie würde sich informieren. Sie würde sich Zeit nehmen für diese Dinge. Dinge, die auf den ersten Blick gar nicht wichtig erschienen. Dinge, die vielleicht auch gar nicht wichtig waren. Sie würde sich trotzdem darum kümmern.

Ihr Blick wanderte an der Fassade hoch, blieb am Fenster ihres Sohnes hängen. Es war dunkel. Natürlich war es dunkel, es war schon halb elf. Nach der Visite des Doktors, der mit dem Zustand Agathes zufrieden gewesen war und ihr dringend geraten hatte, sich schlafen zu legen, hatte sie genau das tun wollen. Vorher noch einen Moment Luft schnappen. Sie würde auf den Arzt hören. Auf Margot. Sie würde auf sich achten, in Zukunft. Sie würde mehr schlafen. Sich mehr Zeit nehmen. Für sich. Und für ihren Sohn. Das war wichtig. Viel wichtiger, als sie bisher begriffen hatte.

Stefan, dachte Lucia, wie wichtig war ihr Stefan? Sie hätte es nicht sagen können. Etwas veränderte sich zwischen ihr und ihm. Sie hatten auf der Rückfahrt von diesem grauenhaften Bauernhof kaum ein Wort gewechselt. Und doch war da etwas gewesen. Etwas Fremdes. Etwas, das konkreter wurde, als er sie nicht einfach absetzen wollte. Er wollte mitkommen. Er wollte bei ihr sein, hatte er gesagt. Sie hatte darauf bestanden, dass er nach Hause fuhr.

Jetzt fragte sie sich, ob das ein Fehler gewesen war. Auch das war neu.

Sie holte tief Luft. Sie brauchte Urlaub, sie brauchte wirklich Urlaub. Wenn diese Geschichte vorbei war, dann würde sie etwas buchen. Bald war es geschafft, sicher vor Ende der Ferien. Sie würde einen Flug buchen. Für sich und ihren Sohn. Vielleicht auch für Stefan. Ans Meer fliegen.

»Ich bin nicht allein!« Sie sprach die Worte laut aus. Und für einen Moment schaffte sie es, das Bild von ihrer Mutter zuzulassen. Dieser Frau in der Küche. »Ich bin nicht allein!«, sagte sie zu dem Bild. »Ich brauche dich nicht! Du hast mich verraten und ich will mit dir nichts mehr zu tun haben. Ich habe ein Leben. Ich habe mein eigenes Leben!«

Sie atmete tief durch. Der Deal, der Deal würde platzen. Ihr Vater war am Leben, ihr Vater war irgendwo da draußen, er versteckte sich vor ihr und schien entschlossen, sie zu sabotieren. Er verriet sie genau so, wie damals ihre Mutter. Zu ihrer großen Überraschung stellte Lucia fest, dass ihr der Gedanke nichts ausmachte.

Möglicherweise war das das Ende der Firma. Aber es würde weitergehen. Sie war gut. Sie war eine hervorragende Managerin. Sie konnte etwas Neues machen. Etwas anderes. Sie würde klarkommen. Es ging weiter! Sie straffte die Schultern. Abermals blickte sie zum Fenster ihres Sohnes. Sie würde nicht nach ihm sehen. Sie würde ihn nur stören, ihn wecken. Und sie war nicht ganz sicher, ob sie die Fassung bewahren könnte, wenn er aufwachte, wenn er sie ansah mit seinen runden Augen, die immer ein bisschen erstaunt blickten, die denen seines Großvaters so ähnlich waren, wenn er sie so anblickte und »Mama« sagte.

Morgen beim Frühstück würde sie ihn fragen. Ob er Lust hatte, ans Meer zu fahren, mit ihr. Und vielleicht mit Stefan. Vielleicht fuhr er lieber in die Berge? Lucia wusste es nicht. Sie würde das herausfinden, ganz bestimmt. Aber erst würde sie schlafen. Endlich schlafen.

Sie blickte hinauf zum Himmel, sie sah den Mond und die Sterne. Die Gewitterwolken am Horizont hatten sich fast aufgelöst. Sie lächelte.

Der Briefumschlag leuchtete weiß auf der Schwelle zur Verandatür. Lucia wusste sofort, dass es kein guter Brief war. Am liebsten hätte sie so getan, als sehe sie ihn gar nicht. Ihre Hände zitterten, als sie ihn aufhob und hastig den Umschlag aufriss. Sie zog das Blatt heraus, sie las und Tränen traten in ihre Augen. Sie las den Text noch einmal und sie wurde traurig. Sie würde nicht ans Meer fahren. Noch war es nicht zu Ende. Sie war entsetzt, sie kämpfte die Panik nieder. Und doch fühlte sie sich auf eine sonderbare Art besser. Das, was sie da in der Hand hielt, war etwas, mit dem sie umgehen konnte. Es war an ihr, zu handeln. Sie war am Zug und sie hatte eine Chance. Sie musste Entscheidungen treffen. Sie zerrte das Handy aus der Tasche und wählte Stefans Nummer.

Ingrid hatte sich eine weitere Kanne Tee gekocht und sich ihren Schlafanzug angezogen. Nachdem Britta aus ihrer Wohnung gestürmt war, hatte sie noch eine Weile am Küchentisch gesessen, in den leeren Becher gestarrt und gegrübelt. Möglicherweise war es egoistisch gewesen, Britta die Geschichte zu erzählen. Es hatte gutgetan, endlich darüber zu reden. Und doch hätte sie es nicht getan, hätte sie nicht geglaubt, dass Britta ein Recht auf die Wahrheit hatte. Denn irgendwann in naher Zukunft, da war Ingrid sicher, würde sie auch auf den Rest stoßen.

Es war müßig, zu grübeln.

Sie schenkte sich einen Becher ein und setzte sich aufs Sofa. Sie tastete nach der Fernbedienung. Sie hatte das Bedürfnis, ihren Kopf mit Bildern und Geräuschen zu füllen, die das Gehirn einlullten und nichts mit ihr zu tun hatten.

Es klingelte an der Tür. Für eine Sekunde war sie in Versuchung, sich einfach die Ohren zuzuhalten. Dann fluchte sie leise und erhob sich vom Sofa.

Wenige Minuten später war sie dankbar, dass sie dem Impuls, sich tot zu stellen, nicht nachgegeben hatte. »Walter, mein Gott!« Sie starrte das bleiche Kind an, als sehe sie ein Gespenst. »Was machst du hier? Wie kommst du hierher? Weißt du, wie spät es ist?«

Walter schniefte. »Es ist Viertel vor elf und ich wollte nicht stören. Ich bin zu Fuß gegangen und ich habe eine dreiviertel Stunde gebraucht«, erklärte er gewissenhaft. »Als ich hier war, habe ich gesehen, dass Brittas Auto vor dem Haus stand und ich wollte sie nicht so gerne treffen und deshalb habe ich mich versteckt und gewartet, bis sie weg ist.«

Ingrid lächelte. Der Junge nahm es genau. Mit allem.

»Jetzt komm erst mal rein!« Sie zog ihn in den Flur. »Möchtest du einen Kakao?«

Walter nickte. Gemeinsam gingen sie in die Küche, wo er am Tisch Platz nahm.

»Du bist den ganzen Weg allein zu Fuß gegangen? Ganz allein?«, erkundigte sich Ingrid vorsichtig, während sie Milch in einen Topf goss.

»Ja!« Walter klang kläglich. »Aber ich habe gut aufgepasst und bin bei den Ampeln über die Straße gegangen und ich habe mich von niemandem ansprechen lassen.«

»Walter, ich freue mich immer, wenn du mich besuchst, aber es ist wirklich schon ziemlich spät. Es ist dunkel und du solltest um diese Zeit nicht allein durch die Gegend laufen.« Ingrid stellte den Topf auf den Herd und drehte sich zu dem Jungen um. »Weiß deine Mutter, dass du hier bist?«

Zu ihrem Entsetzen begann Walter zu weinen. Nicht so, wie sie das gewohnt war von Kindern. Es war, als habe er einen inneren Hahn bedient. Sturzbäche liefen aus seinen Augen auf eine so lautlose und verzweifelte Weise, dass es ihr das Herz abschnürte. Mit wenigen Schritten war sie bei ihm. Sie legte ihre Arme um seine bebenden Schultern. »Wein doch nicht, mein Schatz«, murmelte sie, während sie ihn sanft wiegte. »Alles ist in Ordnung, glaub mir. Du bist jetzt hier, du bist in Sicherheit!« Es schien zu helfen. Walter beruhigte sich allmählich. Ingrid setzte sich neben ihn.

»Was ist denn passiert? Erzähl es mir, mein Schatz. Ist es wegen Opa? Weil du ihn vermisst?«

»Ja!« Walter zog die Nase hoch. »Ich meine, nein. Nicht nur. Auch. Es ist nicht alles gut. Es ist gar nichts gut. Es ist sehr, sehr schlimm. Und alles ist meine Schuld!«

»Aber das ist doch Unsinn!« Ingrid zog ein Paket Taschentücher aus der Tasche ihres Schlafanzugs und reichte Walter eines. »Egal, was es ist, ich bin sicher, dass du nicht schuld bist. An gar nichts!«

»Geht es Opa gut?« Walter wich Ingrids Blick aus und starrte auf die Tischplatte.

Ingrid zögerte. Der Impuls, das Kind mit einer schnellen Lüge zu beruhigen, war fast übermächtig. Aber noch hatte sie einen Rest von Prinzipien. »Ich weiß es nicht«, sagte sie also. »Ich glaube schon. Ich weiß nicht, wo er ist im Moment.«

»Aber er hat gesagt, du weißt das! Er hat gesagt, wenn ich ihn wirklich ganz, ganz dringend brauche, dann soll ich dir Bescheid sagen!« Walters Stimme zitterte. »Er ist nicht mehr auf dem Bauernhof, oder? Da ist er nicht mehr.«

Ingrid bemühte sich, ihre Stimme ruhig klingen zu lassen. »Ich glaube nicht, nein.«

Erneut begannen die Tränen des Jungen zu fließen.

»Walter, das ist kein Grund zum Weinen. Er hat seine Pläne geändert. Es ist ein bisschen kompliziert. So ist das manchmal bei Erwachsenen.«

»Es ist alles meine Schuld.«

»Das stimmt nicht. Wirklich nicht! Manchmal machen Erwachsene komische Sachen. Dumme Sachen. Sie sind manchmal durcheinander und wütend auf andere und dann brauchen sie ein bisschen Zeit für sich. Der Opa hat dich lieb, das weißt du doch! Ich bin sicher, er vermisst dich genauso wie du ihn. Aber er braucht jetzt ein bisschen Zeit. Um aufzuräumen in seinem Leben. So, wie du manchmal dein Zimmer aufräumen musst, verstehst du?«

Ein Zischen vom Herd und ein beißender Geruch ließ sie hochfahren. »Verdammte Scheiße!« Sie sprang auf und zog den Topf mit der überkochenden Milch vom Herd.

»Ich finde das schön«, erklärte Walter.

»Was?« Ingrid drehte sich um und warf ihm einen irritierten Blick zu.

»Dass du schlimme Worte sagst, wenn etwas Schlimmes passiert.«

»Na ja …« Ingrid drehte die Herdplatte aus und betrachtete die Bescherung. »So schlimm ist es eigentlich nicht.« Sie goss die Milch, die zu retten war, auf das Kakaopulver und rührte um, bevor sie das Getränk vor Walter auf den Tisch stellte.

»Scheiße«, murmelte Walter leise.

Ingrid wartete.

»Scheiße!«, kam es dann lauter. »Verdammte Scheiße! Arsch!«

»Mach dir keine Sorgen«, sagte Ingrid leise. »Das hast du dem Opa versprochen, erinnerst du dich?«

»Ja, aber das war bevor …«

»Bevor was?«

Walter schwieg.

»Walter, weiß deine Mutter, wo du bist?«

Er schüttelte den Kopf.

Ingrid zögerte. »Walter, ich muss sie anrufen. Das weißt du, oder? Sie wird sich entsetzliche Sorgen machen.«

»Nein!«

»Sei vernünftig! Du kannst hier bleiben, du kannst hier schlafen, aber ich muss …«

»Nein!«, wiederholte Walter. »Sie wird sich keine Sorgen machen. Sie merkt gar nicht, dass ich weg bin. Sie ist beschäftigt, sie ist immerzu beschäftigt und in der Firma und wenn sie zu Hause ist, dann ist sie in ihrem Zimmer. Ich bin einen ganzen Tag nicht rausgegangen, nur zweimal schnell aufs Klo. Und das hat keiner gemerkt. Mama nicht. Margot nicht. Keiner merkt, ob ich da bin oder nicht. Oder ob ich weine oder irgendwas oder ob ich tot bin. Keinen interessiert das.«

Ingrid schluckte. Sie hätte dem Jungen gern widersprochen, aber sie ahnte, dass er sich das nicht aus den Fingern sog.

»Bitte, lass mich hier schlafen!«, bettelte Walter. »Nur heute Nacht. Wenn du anrufst, dann kommt sie mich holen, sofort, das weiß ich.«

Ingrid dachte kurz nach. »In Ordnung«, sagte sie dann. »Wir machen einen Kompromiss. Ich verspreche dir, dass du hier schlafen kannst. Ich mache dir ein Bett auf dem Sofa. Und wenn du eingeschlafen bist, dann rufe ich Britta an oder Margot. Ich glaube, mit denen kann man reden. Dann sage ich ihnen, dass du hier bist und dass du schon schläfst und auf keinen Fall geweckt werden kannst. Dass ich nicht erlaube, dass dich jemand einfach abholt. Aber dann müssen sie sich keine Sorgen machen.«

Klein Walter schniefte und nickte. »Ich bin auch sehr müde«, sagte er dann.

Ingrid erhob sich. »Dann wollen wir dir mal ein schönes Lager bauen.« Bevor sie ihm ins Wohnzimmer folgte, warf sie einen Blick auf den Tisch. Walter hatte seinen Kakao nicht angerührt.

Stumm sah er zu, wie sie Bettwäsche aufzog. »Ich habe meine Zahnbürste mit«, erklärte er, als sie fertig war. »Ich gehe dann mal ins Bad.«

Ingrid nickte. Am liebsten hätte sie geheult. Er hatte an alles gedacht. Kaum war er im Bad verschwunden, klingelte es erneut an der Tür. Ingrid schloss die Augen. »Es langt für heute!« Wie sehr es langte, wurde ihr erst klar, als sie die Tür geöffnet hatte und sich Sunflower gegenüber sah.

»Ich muss mir dir reden«, sagte diese und schob sich in den Flur. »Ich werde wahnsinnig. Ich halte das alles nicht mehr aus!«

»Sei leise!«, zischte Ingrid. »Um Himmels willen, sei leise! Geh in die Küche, ich flehe dich an. Gib mir ein paar Minuten und rühr dich nicht von der Stelle, bis ich zu dir komme!« Die Lage wurde ihr entschieden zu unübersichtlich.

»Aber warum? Was ist los?«

»Pscht!«, zischte Ingrid und starrte Sunflower warnend an.

In diesem Moment öffnete sich die Badezimmertür. Walter trat in seinem karierten Pyjama auf den Flur. Er warf Sunflower einen interessierten Blick zu. »Wer ist das?«, erkundigte er sich bei Ingrid.

»Das ist ... eine Freundin von mir. Ihr geht es nicht so gut. Aber du legst dich jetzt einfach erst mal hin und schläfst. Wir setzen uns in die Küche und sind ganz leise, okay?«

»Okay!« Walter schien sich auf seine guten Manieren zu besinnen. Er trat auf Sunflower zu und streckte ihr die Hand entgegen. »Guten Tag, es freut mich, Sie kennenzulernen«, sagte er höflich. »Ich heiße Walter Hutschendorf und mir geht es auch nicht so gut.«

Aus Sunflowers Gesicht wich der letzte Rest Farbe. Sie begann zu zittern und lautlos zu weinen.

»Entschuldigung, das wollte ich nicht«, murmelte Walter, sichtlich überfordert.

»Walter, es ist schon gut. Es ist alles nicht so schlimm, wie es aussieht.« Ingrid wandte sich an Sunflower. »Geh einfach in die Küche. Ich bringe den Jungen ins Bett und dann komme ich zu dir.«

Sie deckte Walter zu und setzte sich auf die Sofakante.

»Es geht ihr gar nicht gut«, bemerkte er und sah Ingrid an.

Die schüttelte den Kopf. »Sie ist sehr aufgeregt.«

»Sie sieht nett aus. Sie ist bestimmt nett, oder? Wenn sie doch deine Freundin ist?«

»Ja, das ist sie. Sie ist sehr nett.«

»Du musst jetzt schnell zu ihr gehen, oder?«

»Das eilt nicht. Erst kümmere ich mich um dich.«

»Ich …« Er zögerte. »Ich habe mir was überlegt. Im Bad, vorhin. Aber das dauert einen Moment. Vielleicht zwei Minuten. Oder fünf. Geht das? Ich meine, hast du so viel Zeit?«

»Natürlich, mein Schatz! Was hast du dir denn überlegt?«

»Ich muss das erzählen. Das Schlimme. Es sitzt in meiner Brust drin und ich kann nicht atmen und schlafen und Opa hat gesagt, dass man so ganz schlimme Sachen, Sachen, von denen man denkt, dass man sie niemand sagen kann, niemals, dass solche Sachen raus müssen aus einem. Aber ich habe so viel Angst. Weil du mich dann vielleicht nicht mehr magst und weil mich dann keiner mehr mag und weil es etwas ganz, ganz Schlimmes ist, was ich gemacht habe!« Er seufzte. »Und ich darf es niemandem erzählen. Das habe ich versprochen, aber nicht freiwillig und deshalb gilt es nicht. Aber das macht nichts, weil ich mir überlegt habe, dass wir einfach das Licht ausmachen. Und dann krieche ich unter die Decke und du kommst mit deinem Ohr ganz nah. Und ich erzähle dir gar nichts, sondern ich sage einfach etwas, ich rede so vor mich hin unter der Decke und du hörst das zufällig. Und wenn du das hörst, dann kann ich nichts dafür.« Er biss sich auf die Unterlippe. »Glaubst du, das geht?«

»Ich bin sicher, dass das geht.« Ingrid strich ihm über den Kopf. »Ich finde, das ist ein ausgezeichneter Plan!«

Sie stand auf, löschte das Licht und Walter verkroch sich. Ingrid legte ihr Ohr an die Decke und hörte sich Walters Murmeln an. Als der Junge fertig war, zerrte sie ihn unter der Decke hervor. Sie nahm ihn in den Arm und dann weinten sie eine Weile zusammen, bevor sie in der Lage war, das Kind zu beruhigen. Keiner von ihnen bemerkte Sunflower, die reglos in der Tür stand und die Szene betrachtete.

37

Britta hatte den Tag damit verbracht, Margot aus dem Weg zu gehen. Nach einer Nacht mit miserabel wenig Schlaf hatte sie das einige Mühe gekostet. Sie hatte sich entschlossen, spazieren zu gehen. Den Rhein entlang, immer geradeaus. Lange. Sehr lange. Dabei hatte sie darüber nachgedacht, dass es sich über kurz oder lang nicht vermeiden lassen würde, Margot gegenüberzutreten. Margot, die Fragen stellen würde. Jede Menge Fragen. Margot würde wissen wollen, was Ingrid erzählt hatte, und Britta war nicht sicher, ob sie in der Lage war, die Sache für sich zu behalten. Und auch nicht, ob sie das wollte.

Sie näherte sich dem Grundstück. Schlenderte vorbei am Fähranleger, an dem kleinen Imbiss mit Kiosk. Sie passierte die Bushaltestelle am Ufer. Zögerte an einer Bank. Dann riss sie sich zusammen, bog entschlossen nach rechts ab und ging hoch zum Eingangstor.

Sie konnte wohl kaum auf Dauer ihr eigenes Haus meiden. Sie ging hinüber zum Gärtnerhaus, betrat die Küche und erstarrte. Wörner saß da und rührte in einer Kaffeetasse. Britta hatte das schreckliche Gefühl, rot anzulaufen. Auch Wörner schien ihr Anblick aufzuregen. Klirrend ließ er den Löffel auf die Untertasse fallen und stand auf. »Guten Tag«, stammelte er. »Ich freue mich … Ich meine … Einen schönen guten Tag, wollte ich sagen.«

Britta nickte. »Ja. Ich auch. Also, ich freue mich. Also, guten Tag!«

»Kriegt euch ein, ihr Täubchen!« Margot betrat den Raum. »Setz dich, Britta, ich hol dir einen Kaffee. Du siehst scheiße aus, wenn ich das sagen darf. Wo warst du denn den ganzen Tag?«

Britta setzte sich an den Küchentisch und mied Wörners Blick.

»Er ist ein Zauberer!«, erklärte Margot und strahlte wie die liebe Sonne. »Du wirst nicht glauben, was unser Wörner so drehen kann!« Sie wandte sich dem Belobigten zu. »Sie hat gar keine Ahnung. Gestern Abend habe ich sie nicht mehr gesehen und heute war sie den ganzen Tag weg. Wo warst du denn nun?« Abermals schaute sie Britta an.

»Spazieren«, murmelte diese.

Das schien Margot indes nicht weiter zu interessieren. »Es ist ja verblüffend, was man heute alles machen kann. Kriminaltechnik – faszinierend. Und du kommst gerade recht. Ich bin so gespannt!«

»Kriminaltechnik?« Es lag nicht nur an Wörners Anwesenheit, dass Britta nicht recht folgen konnte.

»Das Messer, das Blut. Die DNA-Analyse!«

»Oh!« Britta wurde übel. »Ja, aber das ist … Ich glaube nicht, dass das eine Rolle spielt, ich meine …«

Margot nahm am Tisch Platz. »Ich schlage vor, wir hören jetzt alle auf, wirre Halbsätze zu stammeln. Wörner, nun erzählen Sie schon! Bitte!«

»Tja, nun …« Wörner zog einen schmalen Aktenordner aus seiner Tasche und blätterte ihn auf. »Es ist ein bisschen kompliziert. Ich bin nicht sicher, ob ich das alles richtig verstanden habe. Wir hatten also Proben von …« Er brach ab und blätterte in dem Ordner.

»Herrgott!«, stöhnte Margot. »Wir hatten das Blut

auf dem Messer, wir hatten eine Probe von Agathe und eine von Lucia. Und natürlich von Britta, weil sie, wie wir uns gerne erinnern, so blöd war …«

»Wir erinnern uns sicher alle gut«, unterbrach Britta eilig.

Wörner seufzte erneut. »Na gut, na schön. Dann hatte ich das doch alles richtig verstanden. Ihnen ist klar, dass die Sache hier absolut diskret behandelt werden muss? Ich komme in Teufels Küche, wenn …«

»Wörner!«, bellte Margot. »Es reicht! Zur Sache jetzt!«

»Die Sache«, murmelte Wörner, »die Sache ist ein bisschen heikel. Fangen wir vorn an. An dem Messer klebt tatsächlich Blut. Aber es kann auf keinen Fall das Blut des verschwundenen Herrn Hutschendorf sein. Es ist viel zu alt. Ein paar Jahrzehnte. Und von wem es auch stammen mag, er oder sie ist mit keiner der Vergleichspersonen verwandt!«

»Oh!« Margot wirkte enttäuscht.

»Nicht?« Britta runzelte die Stirn. Sie verstand das nicht, aber sie war erleichtert. Ingrid hatte also gelogen. Nicht, dass der Gedanke sie fröhlich stimmte, aber es war von allen möglichen Verwicklungen eindeutig die, die sie am ehesten verkraften konnte.

»Es ist also ganz klar vom Tisch, dass die alte Frau Hutschendorf ihren Sohn erstochen hat«, erklärte Wörner weiter. »Allerdings war das ja ohnehin kein wahrscheinliches Szenario angesichts der körperlichen Konstitution der Dame.«

»Aber warum bewahrt sie ein blutverschmiertes Messer auf dem Dachboden auf? Warum lagert sie das Ding ein und kramt es ausgerechnet jetzt heraus?«

»Nun, das werden wir wohl nie erfahren.« Britta griff eilig nach der Kaffeetasse. Ihre Laune besserte sich zusehends.

»Was ist denn nun aber so heikel?«, erkundigte sich Margot. »Wir sind ja leider keinen Schritt weiter! Die DNA vom Messer und die von Agathe und Lucia sind also nicht verwandt. Es ist nicht Walters Blut. Damit tauchen neue Fragen auf, aber das, was wir wissen wollten, ist erst mal geklärt.«

»Ja, das ist es wohl.« Wörner schien auf einmal unruhig zu werden. »Dann bedanke ich mich recht herzlich für den Kaffee und werde mal wieder …« Er machte Anstalten, aufzustehen.

»Wörner!«, donnerte Margot. »Überspannen Sie den Bogen nicht! Ich habe Sie ins Vertrauen gezogen. Ich habe Sie in meinem Hause willkommen geheißen und ich unterstütze sogar ihre unlauteren Absichten meiner Mitbewohnerin gegenüber! Wenn Sie sich einbilden, dass Sie mich für dumm verkaufen können, dann sind Sie schiefgewickelt.«

Wörner warf ihr einen verstörten Blick zu. »Meine Absichten sind nicht unlauter«, protestierte er und errötete tief.

»Sie strapazieren meine Geduld, guter Mann«, knurrte Margot.

»Gut, gut, also … dann sage ich es jetzt. Aber Sie müssen mir versprechen, niemals irgendwem zu erzählen, woher Sie diese Informationen haben. Am besten wäre es ohnehin, diese Informationen würden einfach unter uns bleiben, in diesen vier Wänden, denn die Sache ist heikel, wirklich heikel.«

»Wenn Sie jetzt nicht sofort mit der Sprache rausrücken«, drohte Margot, »dann mache ich mir Pipi in die Hose!«

»Probe A«, hub Wörner an. »Probe A stammt von Agathe Hutschendorf. Probe B stammt von Lucia Hutschendorf. Probe C stammt von Britta. So weit, so gut.« Er atmete tief durch. »Somit müsste also Probe A mit Probe B verwandt sein, nicht aber mit Probe C. Unglücklicherweise ist es aber so, dass Probe A nicht mit Probe B und auch nicht mit Probe C verwandt ist. Des Weiteren kann man es als überraschend bezeichnen, dass Probe B mit Probe C verwandt ist. Somit Probe C auch mit Probe B, aber nicht mit Probe A.« Für einige Sekunden herrschte Schweigen. »Sie haben vermutlich die Proben vertauscht«, schloss Wörner.

Margot schüttelte den Kopf. »Oh nein!«, sagte sie. »Ich habe zwar noch nicht ganz verstanden, was Sie da gerade gesagt haben, aber ich habe garantiert nichts vertauscht. Ich bin ja kein Idiot.« Sie runzelte die Stirn und sah aus, als würde sie im Kopf an einer komplizierten Gleichung arbeiten. Einer Gleichung, mit der Britta schon fertig war.

»Das ist vollkommen unmöglich«, ächzte sie. »Das würde ja bedeuten …«

»Was würde das bedeuten?«, kreischte Margot.

»Es bedeutet, dass Agathe Hutschendorf nicht mit Lucia verwandt ist. Es bedeutet, dass Lucia aber überraschenderweise mit Britta verwandt ist. Und zwar recht nah verwandt.« Wörner warf Britta einen entschuldigenden Blick zu. »Verdammt, ich hätte mich nie auf diese Sache einlassen sollen. Es tut mir leid.«

Britta konzentrierte sich auf ihren Atem. Ihr war schwindelig.

»Aber das kann nicht sein«, ächzte Margot. »Ich meine, das kann doch nur sein, also, ich bin da etwas langsam, glaube ich, aber wenn Agathe nicht mit Lucia verwandt ist, dann heißt das doch, dass Lucia nicht die Tochter von Walter sein kann. Was natürlich nicht unmöglich wäre, nach allem, was man hört über ihre Mutter. Was ich aber nicht verstehe ist: Britta hätte dann ja zufällig denselben Vater wie Lucia, denn Brittas Mutter ist … Moment, oder ist Brittas Mutter womöglich auch Lucias Mutter? Aber das kann ja nicht sein, denn das wäre ja absurd. Vielleicht also haben Britta und Lucia denselben Vater, was … Oh mein Gott!«

Britta starrte in ihre Kaffeetasse. »Es ergäbe einen Sinn«, sagte sie. »Es würde auf jeden Fall erklären, wie ich an diesen sonderbaren Job gekommen bin.«

»Wir sollten nicht voreilig sein.« Wörner schien die Situation sehr unangenehm. »Sie sollten mit Ihren Eltern reden. Ihrem Vater. Diese Tests sind … Also, es ist durchaus möglich, dass Margot doch etwas vertauscht hat in der Eile.«

»Das ist doch lächerlich!«, protestierte Margot erneut. »Schon, weil Agathes Haar schlohweiß ist. Das Einzige, was ich vertauscht haben könnte, ist also die Probe von Lucia und die von Britta und das würde ja nun überhaupt nichts ändern.«

»Ich habe keinen Vater«, murmelte Britta. »Ich meine, natürlich habe ich einen Vater, aber meine Mutter hat mir nie gesagt, wer er ist. Entschuldigen Sie, aber das ist jetzt alles sehr verwirrend.« Sie erhob sich vom Küchenstuhl, der polternd umfiel. »Sie haben mich verarscht«, erklärte sie merkwürdig gefasst. »Alle, wie sie da sind. Meine Mutter. Walter. Und Agathe – verdammt, ich bin sicher, dass sie Bescheid weiß. Jetzt langt es, jetzt reicht es, jetzt ist es wirklich genug! Die kann was erleben, die kann jetzt ihr blaues Wunder erleben! Sie ist mir eine Erklärung schuldig!«

»Nein, nicht doch …« Wörner sprang ebenfalls auf. »Sie haben es mir versprochen!«

Das Telefon begann zu klingeln. Keiner machte Anstalten, darauf zu reagieren.

»Wir haben gar nichts versprochen!«, stellte Margot richtig. »Aber ich glaube trotzdem, dass er recht hat«, wandte sie sich an Britta. »Du solltest nichts überstürzen, ich meine, du kannst gar nicht wissen, ob Agathe überhaupt eine Ahnung hatte.«

Das Telefon stellte sein störendes Geräusch ein.

»Bitte«, flehte Wörner, »bitte denken Sie erst darüber nach! Ich hätte nie … Verdammt, das wird mich meine Karriere kosten.« Er trat einen Schritt auf Britta zu. Der wurde schwindelig. Sie machte keine großen Umstände, sondern sank einfach an seine Brust. Er nahm sie in die Arme und trotz der widrigen Umstände fühlte sich das gar nicht schlecht an.

»Wir halten Sie da raus«, flüsterte sie in sein Hemd. »Keine Sorge. Das sollte kein Problem sein, denn so, wie ich diese Familie kenne, gehört das zu der Art von Verwicklung, die ganz sicher nicht öffentlich diskutiert werden muss.« Obwohl sie gerne in ihrer Position verharrt wäre, machte sie sich doch aus der Umarmung frei. »Ich würde gerne mit Ihnen essen gehen«, erklärte sie ihm. »Wenn Ihnen das recht ist. Vielleicht nicht heute«, fuhr sie fort, »ich glaube, ich bin heute etwas durcheinander, aber vielleicht morgen oder übermorgen, ich … ich fände es sehr schön, morgen oder übermorgen mit Ihnen essen zu gehen oder etwas zu trinken.«

Wörner nickte und nickte und nickte. »Das sollten wir

tun«, sagte er, »morgen oder übermorgen, ich finde, das ist eine gute Idee.«

»Das ist es.« Britta lächelte. Dann wurden ihre Knie zu Gummi und sie sank auf den Küchenboden.

Chantal saß auf ihrem Sofa und starrte vor sich hin. Sie hatte das Gefühl, seit Tagen nichts anderes zu tun. Vor ihr auf dem Tisch lag das Handy. Unzählige Male hatte sie Guidos Nummer gewählt, aber er ging nicht an den Apparat zu Hause und sein Handy war ausgeschaltet. Chantal wurde immer nervöser. Sie war zu ihm gegangen, gestern. In seiner Wohnung war alles dunkel gewesen. Sie hatte trotzdem geklingelt, niemand hatte geöffnet.

Nun saß sie hier, sie saß da und starrte vor sich hin und sie hatte absolut keine Idee, was sie tun sollte. Sie zuckte zusammen, als es an der Tür klingelte. Sie zuckte ein weiteres Mal zusammen, als sie die Tür öffnete und sich Auge in Auge mit Lucia fand. Sie drängte an ihr vorbei in die Wohnung. »Gib mir das Geld!«, sagte sie ohne Umschweife.

Chantal schüttelte den Kopf.

Lucia starrte sie wütend an. »Ich habe einen Brief bekommen. Er ist entführt worden. Begreifst du das, du dumme Gans? Ich habe Zeit bis um fünf. Ich habe zusammengekratzt, was ging. Aber du wirst deinen Teil beitragen! Ich will das, was du für den Schmuck bekommen hast! Ich brauche es, kapierst du? Es geht um sein Leben.«

Chantal war wie gelähmt. »Oh Gott! Ja, ja, ich hole das Geld. Ich habe … Moment!« Sie verschwand kurz und kehrte mit ihrer Geldbörse zurück. Sie hielt Lucia zerknitterte Scheine hin. »50 Euro fehlen«, hauchte sie.

»Ich habe etwas zu essen gekauft, wirklich nur etwas zu essen.«

Lucia starrte auf ihre Hand. »Willst du mich verarschen?« Sie riss Chantal die Scheine aus der Hand und zählte rasch. »Das sind nicht mal 1.000 Euro!«

»Mehr hat er mir nicht gegeben«, hauchte Chantal.

Lucia wurde blass. »1.000 Euro?«, flüsterte sie. »Du willst mir im Ernst erzählen, dass du den ganzen Schmuck für 1.000 Euro verscherbelt hast?« Sie legte den Kopf in den Nacken und starrte für eine Sekunde an die Decke. »Ist dir klar, was das Zeug wert war?«, fragte sie dann. »Hast du überhaupt eine Vorstellung, wie viel Geld mein Vater ausgegeben hat, um dir die hübschen kleinen Glitzersachen zu kaufen?«

Chantal begann zu weinen. »Er war so gemein«, krächzte sie, »dieser Mann! Aber es ist ja nur verpfändet, ich bekomme es dann zurück, aber ich brauchte doch das Geld, es war doch wegen Guido ...«

»Wegen Guido?« Lucia starrte Chantal an. »Großer Gott, du willst mir doch wohl nicht sagen, dass du das alles deinem Liebhaber gegeben hast?«

Chantal schüttelte den Kopf. »Nein. Also, ich wollte, ich habe gehofft ... Aber ich habe ihn noch nicht gesehen.«

Lucia versuchte, sich zu fassen. 1.000 Euro, es war nicht zu glauben. Kaum mehr als ein Tropfen auf den heißen Stein. Aber darüber konnte sie sich jetzt nicht aufregen. Sie hatte keine Zeit, sich über solche Dinge aufzuregen. Zumal es ohnehin nicht viel änderte.

»Er lebt, nicht wahr?« Chantal lächelte zittrig. »Wenn es Entführer gibt und eine Lösegeldforderung, dann kommt er zurück! Das ist gut, ich meine, das ist nicht gut, natürlich, dass er entführt ist, aber das heißt doch, dass er nicht tot ist.«

»Halt die Klappe!«, fauchte Lucia. »Ich ertrage das jetzt nicht!« Sie trat einen Schritt auf Chantal zu. »Wenn er lebend zurückkommt, dann hat er das ganz sicher nicht dir zu verdanken. Um halb neun bist du drüben auf der Veranda. Du musst es überbringen, das Lösegeld. Du wirst zu niemandem ein Wort sagen, ist das klar? Sonst gefährdest du sein Leben. Hast du das verstanden?«

Chantal nickte.

Lucia wandte sich zum Gehen. »Ach, eins noch«, sagte sie und legte die Hand auf die Türklinke. »Du irrst dich, wenn du meinst, dass du raus bist aus dieser Nummer. Dafür, dass du nie etwas anderes als eine mittelmäßige Schauspielerin warst, spielst du die Unschuldige nicht schlecht! Aber ich kriege dich. Dich und deinen feinen Guido. Ich werde die Wahrheit ans Licht bringen. Und ich mache dich fertig! Ich möchte nicht, dass du das vergisst.«

Draußen hörte man Louis bellen.

»Lucia, ich habe nichts damit zu tun! Ich schwöre dir …«

Bevor Chantal ihren Satz beenden konnte, fiel die Tür krachend hinter Lucia ins Schloss.

38

Ingrid knallte wütend den Hörer auf die Gabel.

»Und?« Sunflower, die am Küchentisch saß, warf ihr einen fragenden Blick zu.

»Niemand da!«, erwiderte Ingrid knapp. »Verdammt, das kann doch nicht sein! Seit gestern Abend versuche ich, jemanden zu erreichen in diesem Haus.«

Sunflower runzelte die Stirn. »Wir müssen ihn zurückfahren«, sagte sie leise. »Bestimmt sind alle außer sich vor Sorge und deshalb geht niemand ans Telefon.«

»Gerade wenn man außer sich vor Sorge ist, dann geht man ans Telefon.« Ingrid schüttelte wütend den Kopf. »Ich kann das nicht glauben! Es ist tatsächlich so, wie er sagt. Es fällt niemandem auf, dass er nicht da ist. Oh Gott, was ist das bloß für eine Familie? Das ist so krank.«

»Du weißt nicht, was los ist«, sagte Sunflower. »Lucia macht sich sicher Sorgen. Ich bin überzeugt, dass sie …«

»Nimm sie nicht in Schutz«, sagte Ingrid. »Sunflower, bitte! Ich weiß, was du empfindest. Ich weiß, dass es nicht leicht ist für dich. Aber du kennst sie nicht. Es tut mir leid, aber so ist es.«

Tränen traten in Sunflowers Augen. Aufgrund der Fluten, die sie in den letzten zwölf Stunden geweint hatte, nahm Ingrid das eher ungerührt zur Kenntnis. Sie fühlte sich mittlerweile wie ausgewrungen. Nachdem Walter eingeschlafen war, hatte sie Sunflower erzählt, was sie von dem Jungen erfahren hatte. Ihr war klar, dass sie die Polizei einschalten sollte. Man hatte das Kind bedroht, man hatte den kleinen Walter gezwungen, den Aufenthaltsort seines Großvaters zu verraten. Und dieser war daraufhin verschwunden. Das war ein Fall für die Polizei.

Und doch zögerte sie. Es war nicht ihre Entscheidung. Sie musste mit Lucia sprechen oder wenigstens mit Britta.

Sie war erschöpft. Den ganzen Tag hatte sie ihr Möglichstes getan, Walter abzulenken und aufzumuntern. Sie war mit ihm in den Wildpark nach Rolandseck gefahren, hatte Ziegen gefüttert und von der Hitze völlig ermattete Wildschweine bestaunt, während Sunflower versuchte, irgendwen im Hause Hutschendorf zu erreichen. Vergeblich.

Nun saß der Junge vor dem Fernseher und sie hockten in der Küche, um dieselben Gedanken wieder und wieder zu denken und auszusprechen. Es reichte. Langsam reichte es wirklich. Ingrid stand auf. »Ich fahre da jetzt hin!«, sagte sie.

Sunflower erhob sich ebenfalls. »Ich komme mit!«

»Nein, du bleibst hier. Jemand muss auf den Jungen aufpassen!«

»Er kennt mich doch gar nicht!« Sunflower schüttelte den Kopf. »Ingrid, er braucht jetzt jemanden, dem er vertraut. Und außerdem hast du genug getan. Es ist an der Zeit, damit aufzuhören. Es geht um meine Tochter. Es geht um meinen Enkel. Und deshalb werde ich mich darum kümmern.«

»Ich weiß nicht, ob das eine gute Idee ist.«

»Das weiß ich auch nicht! Aber das ist mir egal!«

Sunflower wirkte so entschlossen, wie Ingrid sie schon lange nicht mehr gesehen hatte. Sie überlegte kurz. Dann trat sie auf ihre Freundin zu und nahm sie in die Arme.

Wörner hatte Britta erfolgreich ins Leben zurückgeholt und sich dann verabschiedet. Nun hockte Britta am Küchentisch und starrte dumpf vor sich hin. Margot fiel nicht ein, was sie hätte sagen können und darum schwiegen sie, bis von draußen lustiges Gebell erklang.

Margot öffnete dem gut gelaunten Louis die Tür. »Wo warst du denn, du Streuner?«, fragte sie. »Und wo hast du deinen Freund gelassen? Wo steckt denn Walter, ich hab ihn seit Ewigkeiten nicht mehr gesehen.« Statt diese Frage zu beantworten, vollführte das Tier winselnd einen Tanz vor dem Regal, in dem die Hundefutterdosen standen. Margot seufzte und nahm eine Untertasse aus dem Schrank, um dem Hund sein stinkendes Mahl zu bereiten.

»Was machen wir denn jetzt?«, fragte sie, als Louis glücklich schmatzte.

»Ich weiß nicht, was du machst! Aber ich hole mir jetzt ein paar Antworten.« Britta stand auf. Weder ihr Ton noch ihr Gesichtsausdruck wollten Margot so recht gefallen.

»Was hast du vor?«

»Ich werde Agathe besuchen«, erklärte Britta.

Agathe hatte den verhassten Rollstuhl neben ihrem Sessel geparkt. Trotz aller verbissenen Versuche hatte sie einsehen müssen, dass die Schmerzen beim Gehen derart gemein waren, dass sie nicht gewinnen konnte. Noch nicht.

Mehr noch als ihr körperlicher Zustand beunruhigte sie allerdings ihr Erinnerungsvermögen. Sie war wieder klar, sie hatte keine weiteren Beruhigungsmittel bekommen. Ihr Verstand arbeitete so, wie er sollte. Und doch war da diese Erinnerung an den Dachboden. An das Messer. Klar und scharf.

Sie griff nach der Schnapsflasche und schenkte sich nach. Sie war oben gewesen. Auch, wenn Britta das Gegenteil behauptet hatte. Es gab nur zwei Möglichkeiten. Entweder sie konnte sich wirklich nicht mehr auf ihre Erinnerung verlassen. Das wäre schlimm. Oder sie hatte dieses verfluchte Messer geholt und irgendwer hatte es an sich genommen. Das wäre schlimmer. Viel schlimmer. Zumal eigentlich nur Britta infrage kam, was passen würde, obwohl es nicht zu Britta passen würde, sie so zu belügen. Das jedenfalls hätte Agathe früher gedacht. Jetzt war sie sich nicht mehr sicher. Gar nichts mehr war sicher. Und auch das war schlimm.

Sie fuhr aus den unerfreulichen Gedanken hoch, als Britta den Raum betrat.

»Besuch für den Krüppel, wie schön«, fauchte sie. »Da freut sich der Krüppel aber sehr. Du kommst gerade recht! Du hast mich angelogen!«

»Habe ich das?« Britta zeigte sich von Agathes Ton sonderbar unbeeindruckt.

»Britta, ich verlange eine Erklärung!«

»Dann sind wir ja schon zwei!« Britta zog das Messer aus der Tasche und hielt es ihr entgegen. »Was wird hier gespielt?«

Agathe wurde erst bleich und dann rot. »Verdammt, ich wusste es! Fast wäre ich auf dich reingefallen, du mieses Stück. Fast hätte ich an meinem eigenen Verstand gezweifelt. Ich bin froh, froh, dass ich mich auf den mehr verlassen kann als auf dich. Diebstahl! Lüge!« Sie hob die Hand und deutete mit dem knochigen Finger auf Britta. »Gib es mir! Gib mir zurück, was mir gehört! Und dann gehst du und packst deine Sachen! Jetzt ist es endgültig genug. Ich will dich nie wiedersehen!«

Britta steckte demonstrativ das Messer in ihre Tasche. Dann ging sie hinüber zum Buffet und holte sich ein Schnapsglas. Ungefragt setzte sie sich auf den Besucherstuhl neben Agathes Sessel.

»Wir sind heute ständig einer Meinung«, erklärte sie ruhig und schenkte sich ein. »Ehrlich gesagt kann ich es auch kaum erwarten, hier abzuhauen. Und auf ein Wiedersehen mit Ihnen kann ich unbestreitbar gut verzichten. Aber leider geht es im Leben nicht immer so, wie man sich das wünscht!«

Agathe starrte sie verwirrt an. Diese Reaktion überforderte sie sichtlich.

»Machen Sie sich keine Sorgen! Ich gehe, sobald Sie mir ein paar Fragen beantwortet haben.«

»Was bildest du dir denn ein?« Obwohl Agathe ihr Bestes gab, klang sie eher kläglich.

»Nun, es gibt da ein paar Dinge, die mich verwirren«, sagte Britta und schenkte Schnaps ein. »Ich wüsste zum Beispiel gerne mehr darüber, wieso ich mit Lucia verwandt bin!«

»Was?« Agathe schüttelte den Kopf. »Was soll das? Was hat das mit dem Messer zu tun? Wovon, in aller Welt, sprichst du eigentlich?«

»Sie wissen genau, wovon ich rede. Ein bisschen Beruhigungsmittel lockert die Zunge ja ganz vortrefflich! Ich und Lucia, haben Sie gesagt, Ihre einzige Hoffnung. Hören Sie auf, mich für dumm zu verkaufen!«

»Nicht in diesem Ton, bitte! Das ist ja …« Agathe griff nach dem Schnapsglas. Sie trank, zögerte dann kurz. »Aber ich glaube, ich verstehe, worauf du hinaus willst.

Wenngleich ich nicht verstehe, warum du mich so angiftest. Ich bin es nicht gewesen, die links und rechts am Wegesrand ein Blümelein gepflückt hat, nicht wahr? Ich kann am allerwenigsten dafür.«

»Sie geben also zu, dass Sie es gewusst haben?«, schrie Britta. »Verdammt, das ist ungeheuerlich. Ich habe ein Recht auf die Wahrheit!«

»Ein Recht? Ach, da haben wir es wieder. Ihr seid doch alle gleich. Ein Recht auf die Wahrheit, dass ich nicht lache! Wieso verrennen sich alle so in den Gedanken, dass Wahrheit etwas mit Recht zu tun hat? Dass es gut ist, wenn jeder immer und überall die Wahrheit kennt?« Sie keuchte. »Es ist mir ein Rätsel, es ist mir wirklich ein Rätsel, wie du es herausgefunden hast, aber bitte, du sollst deine Wahrheit haben! Da kommst du ja ganz auf deinen Vater, nicht wahr? Auf den edlen und guten Walter, der sich auch der Wahrheitsliebe verschrieben hat. Er hätte es dir sowieso gesagt, über kurz oder lang. Obwohl ich es verboten habe. Aber er wäre weich geworden. Er ist immer weich geworden, der sentimentale Idiot! Bist du sauer auf ihn?«

Die Frage überraschte Britta. Sie war noch nicht dazu gekommen, über ihre genaue Gefühlslage nachzudenken. Sie zuckte die Achseln.

»Ich frage nur, weil du wissen solltest, dass er nichts davon ahnte. Ich kenne deine Mutter nicht, aber ich muss sagen, dass ich Respekt vor ihr habe. Es war eine kleine Affäre, etwas, das vorkommen kann. Sie wurde schwanger. Das hat sie erst gemerkt, als die Sache schon vorbei war. Sie ist dann aber nicht zum Industriellensöhnchen gerannt, um sich ein Stück vom Kuchen abzuholen. Deine Mutter hat das schön allein durchgezogen, ohne

Walters Geld und ohne Walters emotionalen Schmonzes. Ich rechne ihr das hoch an! Allein die Vorstellung, dass da noch eine Frau im Spiel gewesen wäre, noch ein Kind, noch eine Verwicklung, das wäre wirklich zu viel für mich gewesen.«

»Verwicklung?« Britta starrte Agathe wütend an. »Ich bin also eine Verwicklung?«

»Jetzt mach dir mal nicht ins Hemd! Was willst du denn? Willst du mich Oma nennen? Das ist lächerlich, meine Liebe! Du bist ein erwachsener Mensch. Es hat dir an nichts gefehlt. Wäre das Leben nicht voller bescheuerter Zufälle, du hättest nie davon erfahren, wem du deine Existenz verdankst. Wer konnte schon ahnen, dass Walter deiner Mutter über den Weg läuft, nach all den Jahren? Sie haben ein bisschen geplaudert und da hat sie sich verplaudert, sodass sogar mein beschränkter Sohn genug rechnen konnte, um hinter die Sache zu kommen. Oh, das war ein großer Tag für die Wahrheit!« Sie hielt inne und warf Britta einen scharfen Blick zu. »Glaubst du, dass dich diese Wahrheit zu einem besseren Menschen macht? Zu einem glücklicheren Menschen?« Sie schnaubte erneut. »Ich kann dich gut leiden, Britta. Aber ich sage dir eins – bilde dir nicht ein, dass es so einfach ist. All die wunderbare Wahrheit, auf die alle ein Recht haben, ändert nicht das Geringste an der Situation. Du bist keine Hutschendorf.«

»Ich höre wohl nicht richtig!«, schäumte Britta. »Was bilden Sie sich eigentlich ein? Meinen Sie ernsthaft, ich lege Wert darauf, zu dieser Familie zu gehören? Dass ich scharf bin auf so eine Oma wie Sie?« In dem Moment, in dem sie das Wort aussprach, realisierte sie, dass die Anrede ja nach ihrem derzeitigen Erkenntnisstand gar nicht den Tatsachen entsprach. Agathe war ja weder mit ihr noch mit Lucia verwandt. Die Verwirrung schlug erneut die Klauen in ihr Gehirn. Sie war mit der Überlegung, ob und wie sie den Rest ihres neuen Wissens mit Agathe diskutieren sollte, noch nicht fertig, als die Tür aufgestoßen wurde. Lucia stürmte herein, gefolgt von Margot.

»Agathe«, kreischte sie. »Hast du Walter gesehen?«

Agathe wandte ihr den Blick zu und runzelte die Stirn. »Lucia, Kind, geht es dir gut?« Sie schüttelte den Kopf. »Er ist verschwunden, erinnerst du dich?«

»Nicht der Walter«, mischte sich Margot ein »Der Junge! Wir können den kleinen Walter nirgends finden.«

»Was?« Agathe wurde bleich.

»Ich habe gehofft, dass er hier ist.« Lucia schluchzte auf. »Verdammt, ich habe gedacht, er ist bei Margot, wegen dem Hund, dachte ich, und dann habe ich den Hund gesehen, er rennt da draußen rum, ganz alleine und dann …«

Margot legte ihr eine Hand auf die Schulter. »Jetzt beruhige dich«, sagte sie. »Lucia, bleib ruhig. Wann hast du ihn das letzte Mal gesehen?«

»Ich weiß es nicht! Oh Gott, ich … Gestern! Gestern habe ich ihn gesehen. Dann war ich … ich war in der Firma und dann ist Agathe gefallen und ich bin bei ihr gewesen und dann war es so spät und ich habe noch überlegt, ob ich nach ihm sehe, aber es war schon so spät, und sein Zimmer war dunkel und ich … Ich bin eine furchtbare Mutter! Und jetzt … jetzt …«

»Reiß dich zusammen!« Agathes Stimme klang laut und eisig. »Das langt jetzt. Du musst dich zusammenreißen. Du musst nachdenken!«

»Nachdenken?«, kreischte Lucia. »Oh, ich habe nachgedacht. Ich habe verdammt viel nachgedacht, das kannst du mir glauben. Und ich tue es noch! Aber es ist zu spät. Vielleicht habe ich einfach viel zu spät damit angefangen. Dabei kapiere ich es langsam. Ich kapiere, wie ich in diese Situation geraten konnte. Jede Minute meines Seins habe ich verschwendet. Für diese Firma, für das kostbare Erbe. Und ich habe keine Zeit gehabt für das, was zählt! Meine Güte, ich kenne mich nicht mal aus mit Kindern. Ich hätte vielleicht nie eins haben dürfen! Aber ich liebe ihn doch. Er ist mein Sohn. Er ist doch mein kleiner Junge. Und wenn ihm irgendetwas zugestoßen ist, dann ... Ich weiß nicht, was ich tue. Ich weiß nicht, was ich dann tue!« Sie verschluckte sich und hustete.

»Lucia, bleib ruhig!« Margot nahm sie in den Arm. »Ich gehe ihn suchen, ich gehe sofort los. Vielleicht ist er irgendwo im Gärtnerhaus. Vielleicht hat er sich da versteckt. Oder im Wäldchen, im Wäldchen, da hat er eine Höhle, oder so. Ich weiß nicht wo, das war sein Geheimversteck, aber ich werde jeden Stein umdrehen. Du musst ruhig bleiben, wir finden ihn bestimmt! Ich nehme Louis mit. Und wenn wir ihn nicht finden, dann gehen wir zur Polizei.«

»Nein!« Lucia wurde bleich. »Das geht nicht, nicht jetzt, ich meine ... Wir dürfen auf keinen Fall zur Polizei! Nicht vor neun, ich meine ...« Sie warf einen panischen Blick auf die Uhr. »Ich muss weg, ich ... Finde ihn! Nicht auf dem Grundstück, er ist nicht auf dem Grundstück. Ich habe alles durchsucht auf dem Grundstück, er ist nicht da. Und wir können nicht ... die Polizei, nicht jetzt ... nicht auf dem Grundstück. Ich sage dir Bescheid. Wir müssen abwarten. Oh Gott! Ich halte das nicht aus. Warte! Warte einfach hier! Tu gar nichts! Ich sage dir Bescheid, wenn … Oh Gott!«

Sie stürmte aus dem Raum. Britta und Margot tauschten einen verwirrten Blick.

»Ich habe es dir gesagt, Walter …«, krächzte es aus dem Sessel. »Diesmal schaffe ich das nicht. Diesmal geht wirklich alles den Bach runter.«

Britta starrte Agathe an. Sie sah eine alte, dürre Frau in einem Sessel. Sie sah die Frau, die die Leiche ihres eigenen Mannes verschwinden lassen hatte, um sich so ihrer lästigen Schwiegertochter zu entledigen. Sie sah die Frau, die ihrer Enkelin die Mutter genommen hatte. Sie sah jemanden, der ihr selbst die eigene Herkunft vorenthalten hatte und nur darum besorgt schien, dass sie sich als Teil der geheiligten Familie fühlte. Sie sah all das und trotzdem fühlte sie keinen Zorn, auch keine Abscheu. Sie sah diese Frau an und sie fühlte Mitleid. »Was machen wir denn jetzt?«

Agathe reckte das Kinn vor. »Wir müssen uns um sie kümmern. Sie ist durcheinander. Das habt ihr doch gesehen!« Die letzten Worte klangen gebremst, ein bisschen schleppend.

»Agathe, ist alles in Ordnung mit Ihnen?« Ein Schlaganfall, dachte Britta, womöglich hat sie gerade einen Schlaganfall.

»Mit mir ist alles in bester Ordnung«, zischte Agathe und griff nach der Schnapsflasche. Ein Blick auf den Inhalt beruhigte Britta, erklärte er doch, dass Agathes Sprachprobleme keinesfalls auf ein gesundheitliches Problem zurückzuführen waren.

»Hören Sie, Sie sollten jetzt wirklich nichts mehr trinken.«

»Ich trinke, so viel ich will!« Agathe umklammerte die Flasche. »Ich bin ein erwachsener Mensch! Ich bin umgeben von Idioten. Ich werde hier sitzen und trinken. Ich werde auf meinen Mann trinken und auf den Sohn, den wir nie hatten. Und dann werde ich auf Walter trinken und auf den kleinen Walter, der auch keinen Vater hat und auf Britta, die einen Vater hat, genau wie Walter, die haben einen Vater und doch keinen Vater!« Sie rülpste leise. »Und dann, dann ganz am Ende, dann trinke ich noch auf meinen Vater! Es ist nämlich so eine Sache mit den Vätern, weißt du, meine liebe kleine Britta? Du hast es ja sehr schwer gehabt, das weiß ich ja, so ganz ohne Vater! Aber weißt du was? Ich hatte es auch schwer. Und eben, weil ich einen Vater hatte. Einen, der gar nicht nett war. Einen, der Leute verdroschen hat, wenn er besoffen war. Und wenn er nüchtern war, um korrekt zu bleiben. Einen, dem meine Mutter auf Dauer nicht genug war zum Verdreschen. Er hatte mehr Spaß daran, wenn man sich gewehrt hat! Ja. Ich trinke auf meinen Vater. Und dann trinke ich auf Walters Vater, obwohl ich Walters Vater ja nicht kenne, denn kein Walter hat einen Vater in dieser Familie, es ist wirklich so eine Sache mit all den Vätern.« Abermals stieß sie auf. Dann sank ihr Kopf auf ihre Brust und sie begann, leise zu schnarchen.

»Verdammt«, schrie Britta und machte Anstalten, sie zu schütteln. Margot hielt ihren Arm fest. Sie nahm der schlafenden Agathe sanft die Flasche aus der Hand.

»Lass gut sein«, sagte sie und fühlte vorsichtig am runzligen Hals nach dem Puls. »Du weißt doch, was du wissen wolltest. Und ich denke, wir haben jetzt Wichtigeres zu tun.« Sie richtete sich auf. »Wir müssen den

Jungen finden! Wir sollten nicht in Panik ausbrechen, aber das gefällt mir alles ganz und gar nicht.«

»Meinst du wirklich, wir können sie einfach so hier sitzen lassen?«, fragte sie. »Mein Gott, sie hat gestern all diese Beruhigungsmittel bekommen. Sie hätte vermutlich gar nichts trinken dürfen. Ich hätte das nicht erlauben dürfen, ich ...«

»Du hättest es ihr auch nicht verbieten können«, unterbrach Margot. »Sie ist ja nun wirklich alt genug. Und sie hat genug für heute. Genug von allem! Also komm jetzt!«

Britta überlegte kurz, ob sie der Schlafenden noch eine Decke holen sollte, beschloss aber, dass Agathe das nicht verdient hatte. Sie warf einen letzten Blick auf sie und verließ dann mit Margot die Wohnung.

Als sie den Rasen in Richtung Gärtnerhaus überquerten, kam Louis bellend und schwanzwedelnd auf sie zu. »Na, mein Kleiner?« Margot tätschelte dem aufgeregten Hund den Kopf. »Jetzt verrat mir doch mal, wo dein Freund ist? Hast du ihn gesehen? Komm schon, Louis, sei ein braver Hund!« Louis bellte begeistert und stürmte in Richtung Gärtnerhaus. Margot zog die Augenbrauen hoch. Fast im Laufschritt folgten sie dem Hund. Leider galt dessen Interesse erneut dem Futterregal. »Verfressenes Vieh! Du bist wirklich zu gar nichts nutze«, schimpfte Margot und öffnete erneut eine Dose.

»Lass ihn in Ruhe! Er kann ja nun wirklich nichts dafür«, murmelte Britta abwesend. »Was sie da eben gesagt hat ... Agathe ...«

»Sie war rotzevoll«, sagte Margot. »Sie hat wirres Zeug geredet. Außerdem können wir uns ein andermal darum kümmern. Wir haben jetzt Wichtigeres zu tun.«

Britta schüttelte den Kopf. »Nein«, sagte sie. »Nein, verdammt. Warte einen Moment!« Sie stand auf und rannte nach oben. Wenig später kam sie mit dem Foto zurück, dem Foto, das sie aus Walters Arbeitszimmer entliehen hatte. Triumphierend knallte sie es vor Margot auf den Tisch.

»Was soll das?«

»Schau es dir an!«, forderte Britta.

Margot starrte auf das Bild. Dann erhellte sich ihre Miene. »Oh Gott«, sagte sie. »Wie süß! Ich musste erst eine Weile hinsehen, aber jetzt, jetzt sehe ich es auch! Das ist Walter, nicht wahr? Der … der Große, glaub ich oder der mittlere … Gott, die sehen sich ähnlich, die Jungs. Aber er sieht aus wie der kleine Walter, ehrlich, die Ähnlichkeit ist nicht zu verkennen.«

»Margot!«, keuchte Britta. »Ist das dein Ernst?«

Ihre Freundin warf ihr einen fragenden Blick zu. »Ja, schau doch!«, sagte sie und wies auf den mittleren Jungen, der mit seinen Brüdern vor den Eltern stand. »Das ist doch ganz unser kleiner Walter. Obwohl, warum sehen die drei sich so ähnlich?« Sie schüttelte den Kopf.

»Das ist es!«, rief Britta aus. »Das ist es, was ich die ganze Zeit nicht kapiert habe! Das Foto habe ich aus Walters Sachen, aus der Kiste vom Dachboden. Walter hat es auch gesehen. Walter hat es gesehen und es war ein Brief dabei. Und Walter hat den Brief gelesen und …«

»Britta! Du hast auch Schnaps getrunken, das weiß ich, aber es wäre trotzdem schön, wenn du deine wirren Gedanken etwas sortierst«, forderte Margot.

»Sie hat gesagt, sie trinkt auf den Sohn, den sie nie hatte«, erklärte Britta aufgeregt. »Verstehst du nicht? Sie trinkt auf den Sohn, den sie nie hatte und dann trinkt sie auf Walter. Auf ihren Sohn. Ihren vermeintlichen Sohn. Sie hat gesagt, dass kein Walter einen Vater hat in dieser Familie, das hat sie gesagt! Begreifst du nicht? Das ist es! Das hat ihm den Rest gegeben!«

Margot schüttelte den Kopf. »Es tut mir leid, meine Liebe, aber ich begreife in der Tat nicht. Ich begreife gar nichts!«

Britta ließ sich auf den Stuhl fallen. »Lass uns überlegen, wie es war, bevor er weg ist«, sprudelte sie aufgeregt. »Walter geht es schlecht. Er hat Chantal geheiratet. Die Sache läuft nicht so gut. Sie betrügt ihn. Das gefällt ihm nicht, das verletzt ihn. Möglicherweise sagt Chantal sogar die Wahrheit und er hat gemerkt, dass er sie nicht wirklich liebt. Egal, jedenfalls war die Ehe eine Enttäuschung. Dann ist da die Firma. Seine Tochter. Seine Tochter, der er immer freie Hand gelassen hat. Wenn es aber stimmt, was deine Kegelsekretärin erzählt hat, dann lief es da auch nicht rund. Sie hat versucht, ihn zu hintergehen. Sie wollte ihn über den Tisch ziehen. Ein schlimmer Schlag, wette ich, so etwas tut weh! Aber Walter hält sich wacker. Und dann, dann kommt der Brief vom Heimatverein. Er fängt an, ein bisschen in der Vergangenheit herumzustöbern. Und dabei fällt ihm das hier in die Hände. Dieses Foto und ein Brief. Und ich glaube, ich weiß, was in dem Brief steht. Ich bin sogar sicher, dass er es weiß. Dann passt nämlich alles zusammen. Dann kann Agathe auf den Sohn trinken, den sie nie hatte. Walter! Der mein Vater ist und Lucias Vater. Aber Agathe ist nicht seine Mutter. Es liegt also auf der Hand!«

»Äh …«, machte Margot und schüttelte den Kopf. »Auf meiner Hand liegt gar nichts, tut mir leid!«

»Er ist nicht ihr Sohn!«, schrie Britta so laut, dass Louis erschrocken winselte. »Er ist nicht Agathes Kind!«, wiederholte sie, deutlich leiser. »Und sie hat gesagt, dass er auch nicht der Sohn vom alten Walter ist! Ich brauche diesen Brief. Ich brauche sofort diesen Brief!« Sie sprang auf. »Komm, worauf wartest du?«

Chantal hatte sich siebenmal umgezogen in der letzten halben Stunde. Sie war aufgeregt. Sie hatte Angst. Und doch fühlte sie sich besser als in den letzten Tagen. Er lebte. Der Gedanke war in ihrem Kopf und er half ihr, das zu tun, was sie tun musste. Walter lebte und sie würde Lösegeld übergeben und er wäre bald da, bald schon wäre ihr Walter wieder da und dann würde endlich alles in Ordnung kommen. Sie freute sich, Chantal freute sich unbändig auf den Moment, in dem ihr Ehemann wieder vor ihr stünde. Endlich jemand, der auf ihrer Seite war!

Sie durfte es nicht vermasseln! Nicht diesmal!

Sie blickte in den Spiegel. Jeans waren gut und bequem, obwohl der Hosenbund um ihre Hüfte etwas zu eng saß, um sich wirklich bequem anzufühlen. Einen Pullover hatte sie angezogen, das Sweatshirt von ihrem Trainingsanzug. Es war zu warm, aber es schien ihr passend. Turnschuhe dazu. So war es gut. Sie würde das Lösegeld überbringen, sie würde es nicht vermasseln.

Sie zuckte zusammen, als es klingelte. Sie sah auf die Uhr. Sie war nicht zu spät, sie hatte noch eine halbe Stunde Zeit. Es konnte also nicht Lucia sein, Lucia, die sie wieder anschreien würde.

Sie stolperte zur Tür.

»Hast du den Jungen gesehen?« Margot platzte in den Flur.

»Den Jungen?« Chantal musste kurz nachdenken, bevor ihr einfiel, von wem Margot sprach. Dann schüttelte sie den Kopf. »Nein«, sagte sie, »Wieso denn?«

Britta stürmte an ihr vorbei. »Was machst du?«, rief Chantal irritiert. Langsam ging es ihr auf die Nerven, dass sich Leute in ihrer Wohnung ständig benahmen, als seien sie hier zu Hause. Sie würde mit Walter darüber sprechen, wenn er wieder da war.

Britta verschwand im Arbeitszimmer.

»Was macht sie?«, erkundigte sich Chantal bei Margot. Die zuckte die Schultern.

»Und was ist mit dem Jungen?«, fragte Chantal weiter.

»Er ist weg«, erklärte Margot. »Er hat sich in Luft aufgelöst, und wenn wir ihn nicht bald finden, dann dreht Lucia durch!«

»Oh Gott«, sagte Chantal. »Ihm wird doch nichts passiert sein?«

Margot rollte die Augen.

Britta stürmte aus dem Arbeitszimmer und schwenkte triumphierend den Brief. »Ich hatte recht«, rief sie. »Volltreffer!«

»Großartig!«, sagte Margot. »Du bist eine großartige Detektivin, aber wir sollten uns jetzt auf das Wesentliche konzentrieren: den Jungen. Ich werde jetzt noch einmal das Grundstück abgehen mit Louis. Du kannst in seinem Zimmer nach irgendwas suchen. Nach Listen von seinen Klassenkameraden oder so. Nummern, die wir anrufen können.«

»Aber er hat doch keine Freunde«, mischte sich Chantal ein. »Das hat er selber gesagt«, verteidigte sie sich, als Margot ihr einen bitterbösen Blick zuwarf. »Das hat er zu Walter gesagt, neulich, ich habe das gehört.«

»Wir müssen die Polizei informieren«, sagte Margot. »Verdammt, ich rufe Wörner an. Er wird wissen, was zu tun ist.«

»Aber nicht jetzt!«, kreischte Chantal.

Abermals warf ihr Margot einen entnervten Blick zu. »Und warum nicht jetzt?«, erkundigte sie sich betont ruhig. »Ein Kind ist verschwunden. Das ist ein Fall für die Polizei.« Sie warf einen Blick auf ihre Uhr.

Britta wedelte plötzlich mit dem Brief. »Sie hat ihn gekauft. Sie hat sich ein Kind gekauft! Es war eine Flüchtlingsfamilie, sie sind hier einquartiert worden. Frau mit vier kleinen Kindern, schwanger mit dem fünften. Der Mann war vermisst. Und da hat Agathe nicht gezögert. Sie hat ihn einfach gekauft! Wie einen Hund oder so! Und ihm all die Jahre nichts davon gesagt. Kein Wunder, dass er ausgeflippt ist. Erst Chantal mit ihrer Affäre, dann Lucia mit ihren Geschäften hinter seinem Rücken und dann noch seine Mutter, die gar nicht seine Mutter ist! Er ist weggelaufen, weil er nur von schrecklichen Frauen umgeben ist.«

»Das verbitte ich mir!«, erwiderte Chantal. »Er ist nicht abgehauen. So ein Unsinn!« Sie holte tief Luft und stemmte die Arme in die Hüften. »Das mit dem Jungen, das ist schlimm, ganz schlimm! Aber ihr dürft auf keinen Fall die Polizei rufen, bevor das Lösegeld übergeben ist. Wenn die Polizei auftaucht, dann bringt der Entführer Walter womöglich um. Das könnt ihr nicht machen! Und der Rest, der Rest geht euch nichts an. Wir kriegen das schon hin, Walter und ich, wenn er erst wieder da ist. Ich muss jetzt los. Sofort!« Ohne sich weiter um Margot und Britta zu kümmern stürmte sie aus der Tür.

Margot ließ sich gegen den Türrahmen sinken. »Ich kann nicht eben behaupten, dass ich mich besonders klar im Kopf fühle. Um offen zu sprechen, bin ich ziemlich verwirrt. Deshalb möchte ich dich gerne etwas fragen. Hast du das, was ich da gerade gehört habe, auch gehört? Den Satz, in dem das Wort Lösegeld fiel?«

Britta umklammerte den Brief und starrte sie an. Nach einer kleinen Ewigkeit begann sie, langsam zu nicken.

39

Lucia wartete bereits auf der Veranda. Chantal nickte ihr zu. Es kostete sie Mühe, sie nicht anzustarren. Lucia hatte geweint, das war nicht zu übersehen. Zum ersten Mal kam sie Chantal nicht wie eine Furcht einflößende Person vor. Chantal sah eine Frau, die verzweifelt war. Eine, die Angst hatte. So wie sie. »Lucia«, sagte sie leise. »Ich … Wegen dem Jungen, das tut mir leid. Er taucht sicher wieder auf, er hat sich sicher versteckt, irgendwo …« Fast wünschte sie, Lucia würde auf sie losgehen. Komischerweise machte die stille und verzweifelte Lucia Chantal mehr Angst als alles andere. Wenn Lucia weinte, dann musste es schlimm sein.

Lucia würdigte sie weder eines Blickes noch einer Antwort. Sie ging an ihr vorbei, betrat durch die geöffnete Verandatür das Wohnzimmer und kehrte nach wenigen Minuten mit einer grauen Sporttasche zurück. Eine plötzliche auftretende Windböe zerrte an ihren Haaren.

»Was soll ich machen?«, fragte Chantal.

»Du sollst die Klappe halten«, sagte Lucia müde. »Halt einfach die Klappe und warte. Er wird sich melden. Wir müssen uns bereithalten.«

Chantal begann zu zittern. Erneut näherten sich Schritte. Margot und Britta betraten die Veranda. »Was macht ihr denn hier?« Lucia funkelte sie wütend an. »Ich kann jetzt nicht. Bitte, bitte, geht einfach!«

»Es ist also wahr.« Sie deutete auf die Sporttasche. »Lucia, warum hast du mir das nicht gesagt?«

»Verschwinde!« Lucias Ton war beherrscht. »Margot, es tut mir leid, aber ich muss das allein zu Ende bringen. Ich habe keine Zeit, ich muss mich beeilen, damit ich mein Kind suchen kann.« Sie schwankte bedrohlich. Bevor Margot an ihre Seite eilen konnte, tauchte wie aus dem Nichts ein Mann auf, stürzte zu ihr und fing sie auf. »Stefan, was machst du hier?«

»Hast du im Ernst gedacht, ich lasse dich jetzt allein?«

Margot starrte den Neuankömmling an. »Und wer, bitte, wer sind jetzt Sie?«

»Lohmann, mein Name.« Er hielt sie schluchzende Lucia in den Armen. »Ich bin ein Kollege von Frau Hutschendorf.«

»Ja, das sieht man«, murmelte Britta und betrachtete das eng umschlungene Paar.

Aus dem Wohnzimmer ertönte ein Poltern, kurz darauf erschien Agathe in der Verandatür.

»Nein!«, stöhnte Lucia. »Nicht auch noch du!«

»Ihr könnt mich doch nicht einfach allein lassen da oben. Was ist mit Walter? Habt ihr den Jungen gefunden?«

Die Sache gefiel Guido nicht. Sie gefiel ihm sogar ganz und gar nicht. Er hockte in seinem Versteck und beobachtete die Veranda. Er verstand nicht, was er da sah. Und was er nicht verstand, das gefiel ihm nie.

Sein Blick wanderte zum Himmel. Die Wolken wurden dichter, gelegentlich grollte es dumpf. Er hoffte, dass das Gewitter sich noch etwas Zeit lassen würde. So lange, bis er hatte, was er wollte. Dann konnte es losgehen. Dann war ein kräftiger Regen genau richtig, um alle Spuren restlos zu beseitigen.

Es war so glattgegangen bis jetzt. Glatter, als er sich je hätte träumen lassen. Er grinste bei dem Gedanken. Der Alte hatte nicht die geringsten Schwierigkeiten gemacht. Als Guido vor ihm stand, auf der Lichtung im Wald, mit der Knarre in der Hand, da hatte er nur gelächelt. Er war mitgegangen, folgsam wie ein Hündchen.

Er war verrückt. Vollkommen durchgeknallt war dieser Mann, allerdings nicht auf die unangenehme oder gar gefährliche Art. »Hübsch«, hatte er Heiners Jagdhütte kommentiert, die, weiß Gott, alles andere als hübsch war. Der Bau mit dem hochtrabenden Namen war kaum mehr als ein Holzschuppen in der Einöde. Wackelige Campingliegen, verkrustete Kochplatten, ein kaputter Kühlschrank. Mehr noch als die bescheidene Ausstattung hatten Guido die alten Fensterläden missfallen. Die Riegel waren verrostet, das Holz morsch. Aber er hatte keine Zeit gehabt, eine passendere Alternative zu suchen. Und Walter hatte ja auch keinerlei Anstalten gemacht, einen Fluchtversuch zu unternehmen. Im Gegenteil. Sie hatten zusammen in der Hütte gehockt. Irgendwann waren sie ins Plaudern gekommen. Und was der Alte ihm da so erzählt hatte, war unglaublich gewesen. Genauso unglaublich wie der Umstand, dass er offenbar gar nichts dagegen hatte, seine Familie um das Lösegeld zu erleichtern. Sie verdienten es nicht anders, hatte er gesagt. Sie hatten tatsächlich in aller Seelenruhe die Höhe der Lösegeldforderung diskutiert. Er solle nicht übertreiben, hatte der Alte Guido geraten. Seine Tochter würde nicht ohne Weiteres jede Summe lockermachen können. Er hatte in Ruhe durchgerechnet und der Betrag, auf den er kam, klang in Guidos Ohren durchaus annehmbar. Er war nicht gierig. Er wollte nur genug, um abzutauchen. Zum Flughafen fahren, die nächste Maschine nehmen. Thailand vielleicht. Guido hatte gehört, dass man in Thailand nicht viel Geld brauchte, um sich etwas aufzubauen.

Guido hatte angefangen, den Alten richtig zu mögen.

Nun, da er hier hockte und ungläubig beobachtete, was sich auf der Veranda abspielte, kam er allerdings nicht umhin, den Alten für deutlich verrückter zu halten als bisher. Wie ein denkender Mensch freiwillig zurückgehen konnte zu diesem hysterischen Hühnerhaufen, war Guido ein Rätsel.

Aber das war nicht Guidos Sache. Er war fast am Ziel. Bald schon hätte er die Kohle, würde dann zur Hütte fahren und Walter freilassen, und dann war er am Flughafen.

Er zog sein Handy aus der Tasche. Es war an der Zeit. Obwohl ihm dieser Auflauf da missfiel. Er hatte keine

Lust, die Sache länger zu verschieben. Besser, er brachte es hinter sich. Bevor noch mehr Statisten auf der Bühne erschienen.

Lucia erstarrte, als das Handy klingelte. Mit zitternden Händen zog sie es hervor, lauschte kurz. Dann wandte sie sich an Chantal. »Jetzt«, sagte sie. »Runter in Richtung Fluss. Auf der Bank im Wald stellst du die Tasche ab. Dann drehst du dich um und kommst zurück. Vermassel es nicht, hörst du, vermassel das bloß nicht!«

»Du lässt dich erpressen?« Agathe starrte sie an. »Herrgott, er ist wirklich entführt worden? Warum sagt mir das keiner? Lucia, was tust du bloß?«

»Ich habe keine Wahl. Kapiert das hier keiner? Und das Letzte, was ich jetzt gebrauchen kann, ist eine Grundsatzdiskussion. Ich habe nicht darum gebeten, Agathe. Ich habe nicht darum gebeten, dass die ganze Verantwortung auf mir lastet. Aber so ist es nun mal und darum treffe ich hier die Entscheidungen. Ich diskutiere nicht! Ist das klar?« Sie warf einen Blick in die Runde. »Wir bleiben jetzt hier, bis die dusselige Kuh wieder da ist. Keiner bewegt sich!«

Britta hatte Lucia schon in Zuständen gesehen, bedenklichen Zuständen. Aber die beherrschte Ruhe, unter der etwas spürbar heftig brodelte, war beängstigend.

»Der Entführer ist hier? Hier auf dem Grundstück?«, fragte Margot.

»Halt die Klappe!«, brüllte Lucia unbeherrscht.

»Nein! Nein, ich werde nicht die Klappe halten. Da unten im Wäldchen, da hat dein Sohn sein Versteck. Vielleicht hockt er da, wir haben nicht mal nachgesehen. Vielleicht ist dein Sohn da draußen und läuft diesem Verbrecher direkt in die Arme.«

Erneut begann Lucia zu schwanken. Tränen liefen über ihre Wangen. »Oh Gott«, stöhnte sie. »Wenn ihm ... Ich verliere den Verstand, ich muss zu ihm!« Sie versuchte, sich von Lohmann, der sie festhielt, loszumachen.

»Er ist nicht da draußen.« Eine Frau erschien auf der Seitentreppe der Veranda. Britta, deren Gefühl für Realität mit jeder Minute schwächer wurde, musterte die neue Darstellerin interessiert. Sie war vielleicht Mitte 60, hatte langes, von grauen Strähnen meliertes dunkles Haar und sie erinnerte Britta vage an jemanden, den sie kannte.

»Wie kannst du es wagen?«, ächzte Lucia.

»Das Tor stand offen«, erklärte die Frau ruhig. »Und es ist wichtig. Es geht um den Jungen, um Walter.«

»Was hast du gemacht? Was hast du meinem Kind angetan?« Lucia machte Anstalten, sich auf die Fremde zu stürzen.

»Um Gottes willen, Lucia, er ist mein Enkel! Wie kannst du nur so etwas denken?«

Nun wusste Britta, an wen die Frau sie erinnerte. Die Erkenntnis erschütterte sie wenig. Sie war jenseits der Erschütterungen.

»Er ist bei Ingrid.« Sunflowers Blick war fest auf Lucia gerichtet. Als sie deren Erleichterung sah, huschte ein winziges Lächeln über ihr Gesicht, das aber umgehend wieder verschwand. »Seit er gestern Abend aufgetaucht ist, haben wir versucht, hier jemanden zu erreichen. Aber niemand ist ans Telefon gegangen. Und deshalb dachte ich, es ist am besten, wenn ich hierher komme, um dir zu sagen, dass es deinem Kind gut geht.«

»Du impertinentes Miststück. Du hast Nerven!« Agathe knurrte mehr, als dass sie sprach. »Tauchst einfach hier auf, so mir nichts dir nichts.«

Für einen Moment flackerte Furcht in Sunflowers Augen auf. Dann wurden ihre Lippen schmal. »Ich lasse mir von dir keine Vorschriften mehr machen«, sagte sie, »und ich lasse mir schon gar nicht verbieten, mit meiner Tochter zu sprechen. Selbst, wenn es zu spät ist. Jetzt ist Schluss, Agathe. Du hast verloren. Nach all den Jahren hast du doch noch verloren.«

»Da, meine Liebe, da irrst du! Mord verjährt nicht!«

»Sagten Sie Mord?«, mischte sich Margot interessiert ein. Auch Lucias Kopf, der wieder an Lohmanns Schulter ruhte, fuhr hoch. »Was soll das? Wovon sprecht ihr?«

»So langsam«, hörte Britta Margot neben sich murmeln, »wird mir die Sache fast ein bisschen zu interessant.«

Am Himmel zuckte stumm ein Blitz.

Die lauten Stimmen drangen von der Veranda bis ins Birkenwäldchen. Chantal achtete gar nicht darauf. Sie hatte genug damit zu tun, ihre Nerven unter Kontrolle zu bekommen. Sie würde ihre Sache gut machen. Sie würde alles genau so machen, wie Lucia gesagt hatte. Der Entführer würde sein Geld bekommen und Walter freilassen. Natürlich würde das eine Weile dauern. Je nachdem, wo er festgehalten wurde. Er musste ja erst einmal zurückkommen, Walter. Vielleicht würde der Entführer sie zappeln lassen. Vielleicht war es nicht genug Geld. Die Tasche war allerdings schwer. Es musste jede Menge Geld sein. Woher hatte Lucia so viel Bargeld? Wieso hatte sie so darauf bestanden, Chantal die paar Kröten, die sie hatte, abzunehmen?

Chantal dachte an Guido. Sie schluckte. Sie hatte keine Ahnung, in was für Schwierigkeiten er steckte. Aber es war ernst, da war sie sicher. Chantal wusste nicht allzu viel über die Leute, mit denen Guido zu tun hatte. Aber genug, um zu ahnen, dass es einige gab, mit denen nicht zu spaßen war.

Und dann war er da. Dieser Gedanke. Mitten in ihrem Kopf. Es würde nicht auffallen. Es war so viel Geld. Ein paar Scheine weniger, nur eine Handvoll. Niemand würde genau nachzählen. Und wenn doch, dann käme es nicht darauf an. Bei Guido hingegen, bei Guido kam es darauf an.

Chantal sah sich um. Sie lauschte. Nichts rührte sich. Sie stellte die Tasche ab. Öffnete den Reißverschluss. Ganz leise, ganz vorsichtig. Sie griff in die Tasche. Eine Handvoll. Fünfziger. Es waren lauter 50-Euro-Scheine. Eine Handvoll, sie wusste nicht, wie viel das war. Nur die 1.000 Euro, dachte Chantal. Es kam nicht darauf an.

Die Art und Weise, wie sich Agathe und Sunflower gegenüberstanden und anstarrten, erinnerte Britta an ein Filmduell im Wilden Westen. Statt sich eines Colts zu bedienen, schienen die beiden Frauen aber entschlossen, sich mit Blicken zu töten.

»Geh!«, sagte Agathe irgendwann. »Ich gebe dir diese letzte Chance. Dreh dich um und geh und komm nie wieder.«

»Du kannst mir nicht mehr drohen«, erwiderte Sunflower.

»Oh, da irrst du dich. Es hat sich nichts geändert, meine Liebe. Und ich werde nicht zögern, das zu tun, was ich dir angekündigt habe. Wir hatten eine Abmachung!«

Sunflower schüttelte den Kopf. »Du bist eine dumme, alte Frau, Agathe.«

»Geh!«, wiederholte Agathe. »Hier will dich keiner haben. Du musst sie in Ruhe lassen, begreifst du das nicht? Deine Tochter und Walter. Warum bist du zurückgekommen? Warum lässt du ihm nicht endlich seinen Frieden?«

»Er ist gekommen«, sagte Sunflower. »Er ist zu mir gekommen. Geflohen ist er, und du weißt, vor wem. Du weißt auch, warum! Ich habe immer gedacht, dass das, was du mir angetan hast, der Gipfel an Niedertracht ist. Aber ich bin nicht der einzige hässliche Fleck in deinem Leben, nicht wahr? Und jetzt holt es dich ein, Agathe. Jetzt kommt alles ans Licht. Denn sogar du machst Fehler. Du übersiehst Dinge. Einen Brief hier, ein Foto da.«

»Das ist alles haltlos. Das irre Geschreibsel einer verwirrten Frau. Er hat sich da was zusammengereimt. Er hat das alles völlig falsch verstanden. Ich habe ihm das gesagt. Aber er …«

»… hat dir kein Wort geglaubt«, vollendete Sunflower Agathes Satz, »Niemand glaubt dir ein Wort. Und das hat wohl seine Gründe. Ist dir eigentlich klar, was du ihm angetan hast? Erst hast du ihm die Frau genommen. Dann hast du ihm sein Kind entfremdet. Und wozu? Für die Familie. Immer hast du ihn auf diese Familie eingeschworen. Und jetzt stellt sich heraus, dass auch das eine Lüge ist. Du hast ihm den Grund genommen, Agathe. Den Grund, all das hier auszuhalten, sein Leben lang.«

»Hör auf, so geschwollen daherzuquasseln«, fauchte Agathe.

»Ich finde das alles hochgradig spannend«, unterbrach Margot, »aber ich wüsste zu gern, wo er nun eigentlich ist. Was hier vorgeht. Haben Sie ihn entführt? Geht es Walter gut?«

Sunflower biss sich auf die Unterlippe. »Ich weiß es nicht. Er war bei mir und dann ist er weggelaufen.«

»Ach, tatsächlich?« Agathes Stimme klang triumphierend.

Sunflower beachtete sie gar nicht. »Er ist nicht zurückgekommen und ich habe mir Sorgen gemacht. Und dann hat Walter, also mein Enkel Walter …«

»Klein Walter«, sagte Lucia. Ihre Stimme klang überraschend sanft. »Wir nennen ihn den kleinen Walter!«

Sunflower sah sie überrascht an. Dann besann sie sich wieder. »Der Junge hat erzählt …« Sie schluckte. »Es ist kompliziert.«

»Was Sie nicht sagen«, sprach Margot.

»Na toll!« Agathe trat einen Schritt vor. »Da ist sie, die Sunflower, die wir kennen! Er kommt zu dir, dann rennt er weg, warum nur, wo du eine so reine, so gute Seele bist. Und dann wird er auf einmal entführt und es ist kompliziert? Soll ich dir mal was sagen – das ist Schwachsinn. Es ist, wie es immer war – wenn Verantwortung ins Spiel kommt, dann versagst du. Das war immer so und das wird wohl immer so bleiben.«

»Das sagst ausgerechnet du mir? Du? Was ist denn mit deiner Verantwortung, Agathe? Hast du darüber mal nachgedacht?«

»Ich habe niemanden erstochen«, zischte es zurück. »Ich bin keine Mörderin.«

»Es war kein Mord. Es war Notwehr.«

»Notwehr? Dass ich nicht lache! Notwehr und Vergewaltigung, das hast du dir fein zurechtgesponnen. Wer ist denn ständig halb nackt hier rumgelaufen, wer hat denn jeden rangelassen? Es ist doch wohl kein Wunder, dass mein Walter … Herrgott, er war eben auch nur ein

Mann! Und dass du ausgerechnet bei ihm die Jungfrau spielst, das konnte er ja nicht ahnen.«

»Agathe!« Lucia unterbrach entsetzt. »Agathe, sag, dass das nicht wahr ist!«

Sunflower kreuzte die Arme und legte sich die Hände auf beide Schultern, als wolle sie sich selbst wärmen. »Es tut mir leid. Es tut mir so leid, Lucia. Du solltest nichts von all dem wissen. Deshalb bin ich doch weggegangen. Um dir das hier zu ersparen.«

»Du bist abgehauen, weil ich dich in den Knast gebracht hätte. Hör endlich auf, die Heilige zu spielen.« Agathes Stock stampfte böse auf den Verandaboden. »Ich bin diejenige, die verhindert hat, dass irgendwer leiden musste!«

»Wie bitte?« Sunflowers Energie kehrte zurück. »Verhindert? Dir war völlig egal, wer leidet. Du hast alles so hingedreht, wie es dir gepasst hat. Deinen tyrannischen Alten warst du los, praktischerweise konntest du dich gleich noch der unpassenden Schwiegertochter entledigen, und damit war das Gleichgewicht der Welt wiederhergestellt. Der Welt, in der du die Fäden ziehst und keiner dir dazwischen funkt.«

»Verschwinde!« Agathes freie Hand ballte sich zu einer Faust und aus diesem einen Wort troff der Hass so geballt, dass man tatsächlich fast fürchtete, sie würde sie benutzen.

40

Guidos Unverständnis wandelte sich in Entsetzen. Er hatte jeden Schritt von Chantal von seinem Versteck aus verfolgt. Als sie die Tasche hingestellt und geöffnet hatte, hatte er seinen Augen nicht trauen wollen. Was tat sie da bloß? Gut, sie liebte den Alten nicht. Aber Guido hatte immer den Eindruck gehabt, dass sie irgendwie an ihm hing. Wie konnte sie tun, was sie da tat?

Allzu lange hatte er sich von dieser Frage nicht umtreiben hatten, denn es war immerhin sein, Guidos Vermögen, an dem sie sich da zu bedienen gedachte. Er konnte nicht anders – er stürzte aus seinem Versteck. »Was machst du?« Er kostete ihn Mühe, nicht laut zu brüllen.

»Guido!« Sie wurde blass. »Guido, mein Gott, was tust du hier?« Sie schüttelte den Kopf, dass ihre langen Ohrringe nur so klirrten. »Du musst verschwinden, sofort! Walter ist entführt worden, wir wissen das jetzt! Ich soll das Lösegeld überbringen. Er ist hier irgendwo, der Entführer, du musst sofort verschwinden!« Sie griff nach der Tasche und umklammerte den Griff fest. »Was machst du eigentlich hier?«, fragte sie dann langsam und hob den Blick. Als er das Begreifen in ihren Augen sah, wurde Guido klar, dass er einen entsetzlichen Fehler gemacht hatte.

»Nein«, flüsterte sie.

»Hör zu, Chantal«, Guido trat einen Schritt auf sie zu. Sie wich zurück.

»Es ist nicht so, wie du denkst! Es war … es war mehr ein Zufall und ich …«

»Du Schwein!« Ihre Stimme klang ganz ruhig. Fremd. Guido hatte sie noch nie so gesehen. Sie sah ihn an, starr und, so erkannte er jetzt, voller Hass.

»Ich habe meinen Schmuck versetzt«, sagte sie. »Ich habe nicht geschlafen. Ich habe nur noch darüber nachgedacht, wie ich an Geld kommen kann. Ich war außer mir vor Sorge, Guido. Nicht um Walter, um dich! Für ein paar Euro hätte ich alles getan, alles. Um dich zu retten!« Aus ihrem Augenwinkel löste sich eine Träne. »Ich bin nachts in die Küche geschlichen, Guido. Damit mich Lucia nicht erwischt. Ich habe mir Essen aus dem Kühlschrank gestohlen. Weil ich keinen Cent erübrigen konnte. Weil ich dachte, du brauchst das Geld. Ich hatte Angst. Ich hatte so beschissen viel Angst! Und eben, eben habe ich das Leben meines Mannes aufs Spiel gesetzt. Eines Mannes, der immer nur gut zu mir war! Für dich! Weil ich dich liebe! Weil ich blöd genug war, dir zu glauben. Und du … du hast die ganze Zeit …« Sie stöhnte auf. »Du bist ein solches Schwein!«

»Nein!« Guido trat einen Schritt zurück. »Es war ganz anders, hörst du? Ich wollte dich nicht mit reinziehen. Ich habe ihn nicht entführt, nicht am Anfang, ich schwöre es dir. Chantal, ich habe das doch auch für dich getan. Für uns!«

»Für uns?« Sie spuckte die Worte aus, als habe sie etwas Ekliges im Hals. »Für mich?« Sie lachte hässlich. »Ich kann es dir nicht mal übel nehmen, weißt du? Es war ja so leicht! Die dumme, kleine Chantal. Sie ist auf dich reingefallen! Ich habe dir geglaubt, all die Jahre. Aber irgendwann kapiert sogar eine blöde Kuh wie ich, was läuft. Ich wette, du hast schon dein Flugticket, oder? Und irgendwie könnte ich schwören, dass es nur ein Ticket ist.« Immer mehr Tränen strömten über ihre Wangen. Aber sie weinte nicht wirklich. Ihre Stimme war ganz klar. »Du hast mich benutzt! All die Jahre. Dein Goldesel, das war ich. Und ich habe es nicht gesehen. Wollte es nicht sehen. Ich hab mir deine Lügen angehört, deine Ausflüchte. Jetzt kriege ich die Quittung. Aber das eine sage ich dir – wenn du Walter auch nur ein Haar krümmst, dann wirst du das bereuen!« Sie ließ die Tasche fallen. »Da – nimm die Kohle! Nimm deine Kohle und dann hau ab. Lauf so weit weg, wie du kannst! Solange du noch kannst.«

»Chantal, ich …« Guido streckte eine Hand nach ihr aus.

Sie wandte sich ab. Ganz langsam ging sie zurück in Richtung Veranda.

»Verschwinde«, wiederholte Agathe.

Sunflower hob den Kopf. »Ich gehe«, sagte sie, »Aber ich gehe nicht wegen dir! Und ich komme wieder. Ich bringe meinen Enkel nach Hause.«

»Nein«, unterbrach Lucia. »Ich möchte ihn abholen. Und …« Sie zögerte kurz. »Ich möchte, dass du bleibst! Ich möchte, dass wir uns unterhalten. Du und ich, allein.«

In diesem Moment stolperte eine aufgelöste Chantal die Verandatreppe hoch.

»Was ist los?« Lucia stürzte ihr entgegen. »Ist etwas schiefgegangen?«

Chantal schüttelte den Kopf. »Alles bestens!«

»Und warum flennst du dann?«, erkundigte sich Agathe müde.

»Es ist …« Sie zögerte. »Es war … Es war Guido!« Sie blickte auf und warf Lucia einen ängstlichen Blick zu.

»Ich schwöre, ich wusste das nicht. Bei meinem Leben! Ich hätte nie gedacht, dass er so ein Schwein ist. Ich hatte keine Ahnung!«

»Wo ist er?« Lucia packte ihre Schultern und schüttelte sie. »Wo ist mein Vater? Wo ist Walter?«

»Ich weiß es doch nicht! Woher soll ich das wissen?«

»Du musst dich konzentrieren. Denk nach! Wo kann er ihn versteckt haben. Chantal, wir müssen ihn finden. Bevor er ihm womöglich doch noch etwas antut.«

»Antut?« Chantal wurde noch blasser, als sie ohnehin war. »Nein, das würde er nie. Guido würde nie ... Oh Gott, sehen Sie, ich tue es schon wieder! Ich dachte, ich kenne ihn. Aber ich kenne ihn nicht.« Sie schluchzte auf. »Er ist kein Mörder. Das kann alles nicht wahr sein!«

Guido stand am Fuß der Treppe und tat dasselbe wie Chantal. Es war entwürdigend und fremd, aber da stand er nun und heulte. Er wusste selbst nicht, wie ihm geschah. Er sollte im Auto sitzen, auf dem Weg zum Flughafen. Zum ersten Mal in seinem Leben hatte er eine echte Chance. Er hatte Geld.

Es war ihm egal. Der Gedanke überraschte ihn selbst am meisten. Was tat er hier nur? Warum ging auf einmal alles doch noch schief? Anders schief, als er gedacht hatte, ganz anders, aber schief war schief.

Er hatte die Tasche nehmen wollen und einfach abhauen. Aber er konnte nicht. Er hatte Chantal noch nie so gesehen. So zornig und so verletzt. Er hatte dagestanden und einfach nicht gewusst, was er tun sollte. Und dann hatte er begriffen, dass er nicht abhauen konnte. Auf einmal war ihm die Idee, allein an einem Strand in Thailand zu sitzen, vollkommen unsinnig vorgekommen. Es war bescheuert, aber er konnte nichts daran ändern.

Er hatte immer versucht, sich einzureden, dass sie vom gleichen Schlag waren, er und Chantal. Er verarschte sie und sie verarschte ihn. Ganz tief drinnen hatte er immer geahnt, dass das nicht stimmte.

Und jetzt stand er hier, hatte die Chance seines Lebens und heulte. Jetzt stand er versteckt an einer Treppe und ihm war klar, dass er sie liebte. Sie war nicht besonders helle. Aber sie war gut. Sie war gut für ihn. Und sie gehörte zu ihm. Aber er hatte es ruiniert. Er hatte alles vermasselt. Ja, Guido war klar, dass er sich lächerlich machte. Zum Affen. Aber jetzt war alles egal. Er stellte die Tasche ab und stürmte die Treppe hinauf.

Die Szene schien einzufrieren. Alle Blicke ruhten auf ihm.

»Schwein!«, kreischte Chantal.

»Hallo, Guido«, sagte Margot verblüfft. »Wie nett!«

»Chantal«, sagte Guido. »Ich war ein Idiot. Lass es mich erklären.«

»Schwein!«, schrie Chantal erneut.

Es donnerte.

»Nun lassen Sie ihn doch mal ausreden«, forderte Margot. »Mich interessiert, was er zu sagen hat.«

»Mich auch«, pflichtete Agathe bei.

»Könnte jemand die Polizei rufen?«, sagte Lucia. »Stefan, bitte? Der Mann ist ein Entführer. Der Mann hat meinen Vater in seiner Gewalt!«

»Sie sind mal lieber ganz still«, fuhr Guido sie an. »Zufällig weiß ich, dass Sie auch nicht gerade ein Unschuldslamm sind!«

»Was nimmt er sich heraus, dieser unverschämte ...«

Agathe fuchtelte mit ihrem Stock in Guidos Richtung. Sie schien sehr froh zu sein, dass sich der allgemeine Fokus der Aufmerksamkeit verschoben hatte.

»Schnauze!«, brüllte Guido. »Alle Schnauze halten jetzt! Ich bin gleich fertig.« Er holte tief Luft. »Chantal, ich bin ein Schwein, du hast recht. Ich habe einen schrecklichen Fehler gemacht. Nein, ich habe viele Fehler gemacht! Aber ich liebe dich, hörst du? Ich kann nicht … Du darfst mich nicht verlassen. Ich halte das nicht aus. Das habe ich eben verstanden, eben, als du weggelaufen bist. Guido, hab ich mir gesagt, Guido, jetzt macht sie ernst! Jetzt ist sie wirklich weg, für immer.«

»Gut erkannt!«, fauchte Chantal.

»Ich bin ein Idiot! Ich flehe dich an. Chantal, eine Chance, eine allerletzte! Ich mach es wieder gut! Ich gehe in den Knast, wenn es sein muss.«

»Für eine verlogene, kleine Ratte schlägt er sich gar nicht schlecht, oder?«, raunte Margot Britta zu.

»Guido, du lügst doch, wenn du den Mund aufmachst!« Chantal nahm das Taschentuch, das Lohmann ihr galant reichte, und schnäuzte sich.

»Sei nicht so hart zu ihm!« Die Männerstimme drang hinter den Gardinen der geöffneten Verandatür hervor. »Er liebt dich wirklich.«

»Walter!« Ein Echo aus vielen Kehlen folgte Chantals Schrei. Als es verklungen war, setzte Britta leise ein »Papa« hinzu, was ihr sogleich sehr albern erschien, aber es fiel ohnehin niemandem auf.

Das heißt: Fast niemandem, denn Walter höchstselbst warf ihr einen erstaunten Blick zu. »Ach, das weißt du jetzt auch. Es tut mir leid, ich wollte es dir eigentlich selber sagen. Aber können wir vielleicht später darüber reden? Irgendwie vermasselt es mir sonst meinen Auftritt …«

»Natürlich«, nickte Britta eifrig, »kein Problem.«

»Oh mein Gott«, hauchte Margot in entsetzter Wonne. »Jetzt gibt es nicht nur ein Gewitter, jetzt gibt es auch ein Blutbad!«

EPILOG

Wie eine blütenweiße Decke lag der Schnee auf Wiese und Wäldchen. Margot sah aus dem Fenster und seufzte. Unberührt und rein, wunderschön anzusehen.

Jetzt fing auch noch die Natur an! Margot wusste wirklich nicht, wie lange sie das alles noch aushielt.

Britta betrat die Küche und zwitscherte einen grauenhaft gut gelaunten Morgengruß.

»Kommt Wörner nicht zum Frühstück? Ich habe extra Eier gemacht«, maulte Margot, ohne ihren Blick von der Wiese zu wenden.

»Er kommt gleich«, versicherte Britta strahlend. »Es hat geschneit, ist das nicht schön?«

»Oh Gott! Gefrorenes Wasser ist vom Himmel gefallen. Ja, das ist über alle Maßen reizend und bezaubernd!« Margot schüttelte den Kopf. »Gott, du bist so kitschig drauf! Ich kriege langsam Ausschlag. Wo man hinschaut rosa Zuckerwatte und debiles Grinsen. Aber warte nur ab! Er ist auch nur ein Kerl. Bald pinkelt er im Stehen und lässt seine Bartstoppeln im Waschbecken liegen und außerdem schnarcht er.«

»Nicht schlimmer als du«, erwiderte Britta.

»Ich schnarche nicht!«, behauptete Margot.

»Und ich würde nie im Stehen pinkeln!« Wörner betrat die Küche und küsste Britta auf die Wange. »Das riecht ja wieder köstlich hier.«

»›Das riecht ja wieder köstlich, das riecht ja wieder köstlich‹«, äffte Margot ihn nach. »Kannst du, äh, könnt ihr bitte aufhören mit dieser Harmonie? Echt, ihr macht mich krank.«

Erneut starrte sie aus dem Fenster, bereute das aber umgehend, denn Lucia kam eben in Begleitung von Stefan Lohmann aus der großen Flügeltür. Klein Walter folgte den beiden mit Louis, der begeistert hinaus in den Schnee raste. Irgendwann war Uschi zu dem Schluss gekommen, dass sie doch lieber einen Mann als einen furzenden Hund haben wollte und so war Louis ungefähr gleichzeitig mit Lohmann im Haupthaus eingezogen.

Es machte sie krank. All das hier machte Margot fertig! Natürlich war sie nicht enttäuscht gewesen, dass das Blutbad an jenem Abend im Sommer ausgeblieben war, trotz anderslautender und bösartiger Unterstellungen seitens Brittas. Die Fetzen waren ja immerhin recht ordentlich geflogen und es hatte Verwundete genug gegeben. Im übertragenen Sinne, ein Gemetzel an den Seelen der Beteiligten. Seit jenem Abend war ein Heer von Psychologen mit der Familie Hutschendorf in verschiedensten Einzel- und Familientherapien befasst. Und nach und nach schien es ihnen tatsächlich zu gelingen, all das, was das Leben einst spannend und interessant gemacht hatte, zu klären.

Alles in allem war die Stimmung optimistisch und positiv. Schrecklich grauenerregend positiv!

Klein Walter gab seiner Mutter einen eiligen Kuss und folgte seinem tierischen Freund auf die verschneite Wiese.

»Einen Eimer, ich muss kotzen«, murmelte Margot, während sie beobachtete, wie Lohmann Lucia die Beifahrertür aufhielt. Seit sie schwanger war, war er noch aufmerksamer und fürsorglicher als vorher.

»Du bist nur neidisch!« Britta griff nach der Kaffeetasse und schenkte sich ein.

»Ich bin nicht neidisch! Aber all das hier, das ist unnatürlich. Wo sind wir denn? Im Elysium?« Margot riss sich vom Fenster los und gesellte sich zu Britta und Wörner an den Tisch. »Ich fahre gleich Walter und Sunflower zum Bahnhof. Sie besuchen ihre neue Großfamilie. Zum Kotzen!«

»Das ist doch schön. Er versteht sich gut mit seiner Familie. Seiner neuen Familie.« Britta griff nach einem Brötchen. »Und außerdem ist es auch meine Familie, gewissermaßen, es sind ja meine Onkel und Tanten und darum solltest du nicht schlecht über sie reden. Du kennst sie ja nicht mal.«

»Du kennst sie auch nicht! Wörner, hast du Geschwister?«

Wörner nickte. »Drei Schwestern«, murmelte er mit vollem Mund. »Reizende Frauen. Darum war mir lange gar nicht bekannt, dass man auch im Stehen pinkeln kann.«

Margot verdrehte die Augen. »Ich gehe heute Abend aus. Dass ihr es wisst!«, erklärte sie dann.

»Wir gehen zu Chantal und Guido. Komm doch mit«, schlug Wörner vor.

»In diesen gestylten Schuppen bringen mich keine zehn Pferde!« Margot schüttelte verächtlich ihr Haupt. »Der Laden ist langweilig, spießig und immer zu voll.«

Zumindest im letzten Punkt hatte sie recht. Die Kneipe, die Guido und Chantal kürzlich eröffnet hatten, hatte sich schnell zum Godesberger Geheimtipp entwickelt. Wer immer der geheime Geldgeber war – es gab da einen gewissen Verdacht –, er kam ganz sicher auf seine Kosten.

»Schau nicht so beleidigt!« Margot schnitt Wörner eine Grimasse. »Ich will nicht gemütlich ein Bier trinken. Ich will einen Kerl! Sex, verstehst du? Da kann ich euch wirklich nicht gebrauchen.«

Wörner hob entsetzt eine Hand. »Ganz deiner Meinung!«

Britta schluckte den Rest Brötchen und sah auf die Uhr. »Ich muss los«, sagte sie. »Agathe beim Anziehen helfen.«

»Da schwebt sie hin! Engel der Einsamen und Siechen. Beschwer du dich ja nicht. Du bist selber schuld.«

»Ich beschwere mich nicht«, erwiderte Britta. Margot hatte recht. Dass Agathe ihr restliches Leben nicht in irgendeinem teuren Seniorenheim verbrachte, verdankte sie allein Britta und Lucia. Die beiden hatten sich vehement gegen die von Walter favorisierte Lösung gewehrt.

Der Gedanke an Agathe tröstete Margot dennoch ein bisschen. Sie immerhin, sie war nicht heil und voller Puderzucker aus der Sache herausgekommen. Und so sehr man das, was sie getan hatte, auch verurteilen mochte, sie konnte einem leidtun. Dass man ihr die Zügel einfach aus der Hand genommen hatte, sie der Machtposition, die sie sich so mühevoll aufgebaut hatte, beraubte, hatte sie nicht wirklich verwunden. Sie war noch da, hockte oben in ihren Gemächern und zeterte wie eine alte Nebelkrähe. Aber sie war nicht mehr dieselbe.

Britta und Wörner verabschiedeten sich und ließen die übellaunige Margot allein in der Küche zurück. Sie schenkte sich noch eine Tasse Kaffee ein und trat erneut ans Fenster. Sie sah Klein Walter und Louis beim Toben im Schnee zu. »Den Tod wird er sich holen«, murmelte sie und überlegte, ob sie noch genug Kakao und Hundefutter im Haus hatte.

Dann ging sie zum Tisch und griff nach der Zeitung, die unbeachtet neben dem Brötchenkorb lag. Sie schlug den Anzeigenteil auf und suchte kurz, bis sie sie fand. Die Anzeige. Ihre Anzeige. Es war ja nicht die Harmonie. Nicht nur. Eigentlich hatte Margot kein Problem damit, von hormongefluteten Narren umgeben zu sein. Aber Langeweile, das war ihre Sache nicht.

Sie blickte hinüber zum Telefon. Sie hatte niemandem davon erzählt, noch nicht. War ihr doch klar, dass Britta bestimmt wieder Theater machen würde. Margot blickte auf die Buchstaben. ›Privatermittlungen, schnell und diskret. Übernehmen jeden Fall!‹, stand da. Sie war zufrieden. Das klang gut, das klang ausgezeichnet. Sie konnte nur hoffen, dass der Markt so war, wie sie ihn einschätzte.

In diesem Moment klingelte das Telefon. Margot hob den Hörer ab und lauschte kurz. Dann lächelte sie. »Überhaupt kein Problem«, sagte sie. »Ich schlage vor, wir treffen uns gleich heute Abend!«

ENDE

Weitere Titel finden Sie auf den folgenden Seiten und im Internet:

WWW.GMEINER-VERLAG.DE